Gabriele Ketterl wurde in München geboren, wo sie auch heute wieder mit ihrer Familie lebt. Ihre Fantasie steckt mittlerweile in Kinderbüchern, Kurzgeschichten, Fantasyromanen, Romantic-History-Büchern ...
Nach einem Studium der Amerikanistik und Theaterwissenschaften an der Ludwig-Maximilians-Universität München hieß es erst einmal: Reisen und Ideen sammeln. Betrachtet man ihren Output, scheint das gut geklappt zu haben.

Lady Ilses MORDS GESCHICHTEN

Spiel, Satz und Mord

Gabriele Ketterl

Erstausgabe Mai 2024

Copyright © 2024 dp Verlag, ein Imprint der
dp DIGITAL PUBLISHERS GmbH
Made in Stuttgart with ♥
Alle Rechte vorbehalten

Spiel, Satz und Mord

ISBN 978-3-98998-029-7
E-Book-ISBN 978-3-98778-707-2
Hörbuch-ISBN 978-3-98778-722-5

Covergestaltung: Buchgewand
Umschlaggestaltung: ARTC.ore Design
Unter Verwendung von Abbildungen von
stock.adobe.com: © Sharmin, © saranyoo
shutterstock.com: © Kosoff, © Elena Zajchikova, © azure1
depositphotos.com: © MKucova, © yupiramos,
© tigran.gasparyan.m
Lektorat: Sandra Florean
Satz: dp DIGITAL PUBLISHERS GmbH
Druck und Bindung: Books on Demand GmbH, Norderstedt

„Donaurundfahrt? Ich? Spinnt's ihr jetzt komplett? Da fahren nur alte Leute mit! Kommt nicht infrage!"
Ilse von Karburg (78).

Die aufmüpfige Lady

„Was bitte schön soll das? Das kann jetzt aber nicht sein Ernst sein, oder?" Bei jedem einzelnen Wort stach der perfekt manikürte Zeigefinger von Ilse von Karburg auf das wehrlose Stück Papier ein, das am schwarzen Brett des Tennisclubs angepinnt worden war.

„Wir bitten unsere Mitglieder, ab sofort wieder in angemessener Kleidung zum Spiel zu erscheinen. Die vorherrschende Farbe möge, der Geschichte unseres Sportes angemessen, erneut ein elegantes Weiß sein."

„Elegantes Weiß, ich glaub es ja nicht. Spinnen die jetzt komplett? Freie Fahrt zurück ins Mittelalter." Ilse von Karburg, von Freunden liebevoll Lady Ilse genannt, war nachhaltig verstimmt. „In edlem Weiß lass ich mich vielleicht mal begraben, aber so geh ich nicht auf den Platz, jawoll!"

„Ilseschatz, du und dich in Weiß begraben lassen. Ich könnt ja schwören, dass du im Sarg einmal einen pinken Hosenanzug und eine silberne Glitzerbluse anhast." Tilde, Ilses langjährige Freundin, nippte mit einem unergründlichen Lächeln auf den Lippen an ihrem Prosecco, tupfte sich mit einer der weißen Stoffservietten den Mund ab und blickte sich suchend um. „Hat jemand Kamon gesehen? Ich hätte gerne noch so ein winziges Fläschchen."

„Der Kellner ist drin und holt neue Tischtücher. Du weißt schon, die in edlem Weiß." Ilse setzte ihr Sektglas so heftig auf der Tischplatte ab, dass es klirrte.

Nun lachte Tilde wirklich. „Ach, komm schon, Lady Ilse, jetzt übertreib es doch nicht gar so. Ja, Heinz ist ein Spießer und noch einmal ja, er ist erzkonservativ, aber gib es zu, der Club läuft gut unter seiner Leitung. Darf ich dich außerdem daran erinnern, dass wir seit letztem Jahr Ehrenmitglieder sind und nur den Grundbetrag zahlen?"

Ilse ließ ein nicht sehr dezentes Hüsteln vernehmen. „Keine Bange, das habe ich nicht vergessen. Ich hab aber auch die zahlreichen Spenden nicht vergessen, die wir zu Franz-Josefs, der Herr hab ihn selig, Lebzeiten in den Club versenkt haben. Darum hält sich mein Kniefall aus reiner Dankbarkeit jetzt in Grenzen, allein schon wegen der dummen Arthrose. Außerdem brauchen wir dringend frisches Blut. Wir haben bald nur noch Senioren, also auf gut Deutsch, zu viele alte Leut. Das ist langsam beängstigend."

„Alte Leute?" Tilde musterte sie sichtlich amüsiert.

Ilse nahm ihr Glas auf, leerte es, seufzte genussvoll und wandte sich dann an sie. „Ja, das sagte ich. Irgendwelche Einwände oder sonstige seltsamen Randbemerkungen?"

„Schatzilein, du weißt aber schon noch, dass du letzte Woche deinen achtundsiebzigsten gefeiert hast – oder?"

Ilse schmunzelte. „Fünfundsiebzig c, wenn ich bitten darf, soviel Zeit wird ja wohl noch sein. Und wenn schon? Deshalb muss ich noch lange nicht alt sein. Jetzt mal ernsthaft, Mausilein, ich spiele zweimal die Woche ein Doppel und unser Marcus ist bei meinen Einzelstunden ganz schön außer Puste, der ist gerade mal zweiunddreißig Jahre alt. Wenn es ginge, und zeitlich passen tät, dann würd ich sogar noch mehr spielen, so!"

Tilde hob elegant die rechte Augenbraue. „Das könntest du, liebste Lady, Klaus-Peter würde so gerne wieder mit dir im Doppel spielen. Du weißt, dass er dich anbetet?"

„Klaus-Peter? Oida! Ja, bist du denn narrisch?" In solchen Momenten brach die Österreicherin aus ihr heraus und zwar volle Breitseite. „Geh mir heim. Der hat beim letzten Spiel dermaßen geröchelt, dass ich schon befürchtet hab, die letzte Ölung gleich auf dem Platz vornehmen zu müssen. Nichts da. Ich brauch jemanden, der jung und fit ist."

„Klaus-Peter ist zweiundsechzig Jahre alt, meine Liebe. Also ist er ziemlich genau ..." Tilde kam nicht dazu, den Satz zu vollenden.

„Der ist alt im Kopf und in den Gelenken, basta. Des is koa Junga, des is a Oida!" Ilse musste lachen. „Da haben wir es schon wieder. Kaum reg ich mich auf, verabschiedet sich mein elegantes Hochdeutsch."

„Elegantes Hochdeutsch? Süße, ich hab dich echt gern, aber davon ist selten was zu hören." Tilde tätschelte ihr liebevoll die Hand. „Ich bin ja nun mal auch schon siebzig und ich steh dazu. Vertrau mir, ich würde die Zeit auch oft gerne zurückdrehen."

Sofort schaltete Ilse zwei Gänge zurück. Sie wusste sehr wohl, dass Tilde, die erst vor zwei Jahren ihren Mann, den begnadeten Herzchirurgen Klaus Berger verloren hatte, deshalb ab und an noch mit dem Witwendasein haderte. Noch dazu, da Klaus nicht nur ein erfolgreicher, sondern auch noch höchst attraktiver Mann gewesen war. Allerdings versüßte das zweistellige Millionenvermögen, mit dem er seine Angetraute zurückgelassen hatte, selbiger ihr Schicksal nicht unerheblich.

„Liebes, alles ist gut. Solange du, Marga und ich einander haben, brauchen wir keinen Mann an unserer Seite, stimmt's? Ich bin immer für dich da. Das mit dem Zurückdrehen, das kommt uns sicherlich allen ab und an in den Sinn. Ich vermiss Franz-Josef auch, sehr sogar. Aber du erinnerst dich an seine letzten Worte an mich?" Ilse musterte die Freundin aufmerksam.

Die nickte mit leisem Seufzen. „Natürlich: Leb du mir ja fröhlich weiter und genieß dein Leben, sonst verfolge ich dich als Geist bis zu deinem Lebensende."

Ilse nickte nachdrücklich. „Siehst du! Und ich würd mich ja Sünden fürchten, den letzten Willen eines Dahingeschiedenen nicht zu respektieren."

Schon konnte Tilde wieder lachen. Sie strich sich die silbergrauen Haare zurück, die der Wind ihr aus ihrer schönen Bobfrisur ins Gesicht gepustet hatte, und musterte Ilse kopfschüttelnd. „Du bist mir so eine Marke, was mach ich nur mit dir? Dir kann man gar nicht böse sein."

Ilse griff nach der fast leeren Pikkoloflasche mit edlem Sekt. „Tja, so ist das halt. Mich kennen, heißt, mich lieben."

Eine Stunde und eine Flasche stilles Mineralwasser später stöckelte Ilse entschlossen zu ihrem knallrosa VW-Beetle Cabrio und glitt höchst elegant in den Sitz. Kurz kontrollierte sie im Rückspiegel den Sitz ihrer hellblond gefärbten Igelfrisur und warf sich selbst ein

Küsschen zu. „Guad schaugst aus, altes Haus!“ Mit entschlossenem Blick startete sie den Motor. Erneut betrachtete sie sich nachdenklich im Spiegel. „Wir gehen jetzt shoppen, aber so richtig. Dem werde ich was husten von wegen *edles Weiß*. Nicht mit mir!“

„Frau von Karburg, führen Sie heute Selbstgespräche?“

Sie war so auf sich selbst konzentriert gewesen, dass sie Marcus, ihren bezaubernden Trainer, gar nicht bemerkt hatte. Sie strahlte ihn zufrieden an. „Ja, sicher, weißt du, Marcus, ab und an muss ich mit einem vernünftigen, logisch denkenden Menschen sprechen, sonst wird man ja deppert in dieser Welt.“

Auf dem kantigen Gesicht des sportlichen Tennistrainers erschien ein breites Grinsen. „Das verstehe ich nur allzu gut. Dann noch eine zielführende Unterhaltung und einen schönen Abend, Frau von Karburg.“

Sie nickte zustimmend, winkte ihm freundlich zu und fuhr in gewohnt schneidigem Tempo vom mit grünen Hecken eingefassten Parkplatz des Clubs hinaus auf die zu dieser nachmittäglichen Zeit nicht allzu dicht befahrene Landstraße.

„Margot, den Rock da, bitte. Den mit dem Herz an der Seite.“ Mit Nachdruck deutete Ilse auf das entzückende Röckchen in knallrosa, an dessen rechter Seite ein glitzerndes Herz aus Strasssteinen prangte.

„Frau von Karburg, der steht Ihnen sicher richtig gut, aber nur zur Erinnerung, Herr Felsner hat als neue Vorgabe Weiß ausgegeben. Nur falls Sie das noch nicht wissen.“ Margot hielt ihr zögerlich das Kleidungsstück entgegen.

Ilse lächelte nachsichtig. „Liebste Margot, aber sicher weiß ich das und genauso sicher werde ich es ignorieren. Das wissen bei uns alle. Steht ja in Riesenlettern am Schwarzen Brett." Sie griff nach dem Rock und betrachtete ihn eingehend. „Und wissen Sie, liebe Margot, so ab einem gewissen Alter ist das oft sehr seltsam. Man liest was, liest es nochmal, dreht sich um, geht zwei Schritte und – zack – weg ist es. Ich kann mich beim besten Willen nicht mehr an den Aushang erinnern, so gerne ich das auch möchte." Sie drehte sich schwungvoll um und zog den Vorhang der Umkleidekabine hinter sich zu. Draußen vernahm sie das leise Kichern ihrer langjährigen Sportartikel-Fachverkäuferin.

Ilse schlüpfte behände in den kurzen Rock, knöpfte die zwei silbernen Knöpfe an der Seite zu, strich das Ganze glatt und stellte sich in der gut ausgeleuchteten Kabine vor den Spiegel. Da stand sie nun, Ilse von Karburg, Witwe des angesehenen „Stahlkönigs" Franz-Josef von Karburg, seit einer Woche achtundsiebzig Jahre alt und recht unglücklich mit dieser Zahl. Sie war immer sportlich gewesen und legte noch heute großen Wert darauf. Obwohl sie mit ihren ein Meter siebzig Körpergröße nicht gerade klein war, hatte Franz-Josef sie um einen ganzen Kopf überragt. Perfekt, um die gewagtesten High Heels aller Zeiten zu tragen. Das ging heute nicht mehr. Die Arthrose schlug immer mal wieder zu, aber noch kämpfte Ilse vehement dagegen an.

Sie drehte sich nach links und musterte sich mit kritischem Blick von der Seite. Ein winziger Bauchansatz, ansonsten schlank und durchtrainiert. Der viele Sport zahlte sich aus, ebenso die Besuche bei Lieblingsheilpraktikerin Sabine, die alles daransetzte, sie fit und gesund zu halten, und das mit ansehnlichem Erfolg. Liebevoll streichelte Ilse das Strassherz. Ihr war schon bewusst, dass es genug Leute gab, die ihren Kleidungsstil als unangepasst bezeichneten. Dass sie ihr damit ein Kompliment machten, verstanden diese verknöcherten Spießer leider nicht. Ja, sie trug enge Jeans, bunte Turnschuhe, ebenso bunte Shirts und Blüschen. Natürlich konnte sie auch richtig edel, aber eben alles zu seiner Zeit. Sie hatte ihr Leben immer selbst in die Hand genommen und alles gemeistert, jedes Problem gelöst, das sich ihr in den Weg gestellt hatte. Franz-Josef war nicht von allein dahingekommen, wo er letztendlich gewesen war: an der Spitze der Industriebarone Bayerns. Kaum jemand neidete ihr das, was sie heute besaß. Wer sie kannte, der wusste, dass sie sich das alles redlich verdient hatte. So ganz nebenbei half sie auch noch, wo immer sie konnte, und das rechnete man ihr hoch an. Was aber alles nichts an der Tatsache änderte, dass sich ihr Kopf weigerte, ihr Alter zu akzeptieren.

Dunnerlittchen, sie war nicht alt, das konnte überhaupt nicht sein. Wo waren sie nur hingekommen, all die Jahre, all die Pläne, die sie noch hatte? Verflixt, sie war im Kopf sicherlich kaum älter als … na, sagen wir achtundzwanzig, von wegen Alzheimer und so. Eine schöne und amüsante Ausrede, wenn sie sich an etwas schlicht nicht erinnern wollte, aber eigentlich erinnerte sie sich an alles. An das Gute und das weniger Gute, denn das Wort „schlecht" kam in ihrem Wortschatz kaum vor. Das half dabei, dass der Geist jung blieb.

Erneut drehte sie sich, sodass der schön geschnittene Rock um ihre schlanken Beine schwang. Nun musste es ihr nur noch gelingen, ihren Körper davon zu überzeugen, dass sie noch so grob dreißig Jahre leben musste, um alles das zu tun, was ihr vorschwebte. Und das war eine ganze Menge!

Ilse legte den Kopf leicht schief und warf ihrem Spiegelbild ein aufmunterndes Lächeln zu. „Wir schaffen das miteinander, aber mitmachen musst schon, sonst wird das nix."

Sie begutachtete eingehend die drei Poloshirts, die Margot ihr in die Kabine gereicht hatte. Unwillig stellte sie fest, dass das weiße mit dem hübschen Emblem vorn rechts am besten zu dem rosa Rock passte. Na ja, ein winziges Zugeständnis an ihren spießigen Clubchef. Aber da fehlte noch etwas. Mit breitem Lächeln zog sie den Vorhang zurück.

„Margot, die pinkfarbigen Chucks mit den silbernen Nieten drauf, sind die in meiner Größe da?"

Konfrontation hält jung

Marga stellte schnaufend die Einkaufstasche auf Ilses langgezogener Küchentheke ab. „Schau, meine Liebe, alles ganz frisch. Die Eier sind vom Richard, der Lauch und die Zwiebeln vom Schwarzberger und das Obst vom Bauern Herzig. Frischer geht's nimmer."

Ilse griff mit stoischer Miene nach der Eierschachtel. „Die Eier vom Richard faszinieren mich gerade besonders, wie hast ihm die denn abgeschwatzt?"

Marga begriff nicht sofort. „Wie …? Ach, Ilse, du und deine schrägen Witze. Der Richard hat seine Eier schon noch, keine Sorge." Sie schüttelte mit ernster Miene den Kopf. „Ein wenig mehr Ernst, liebe Lady. Es geht hier um deine Gesundheit."

„Ich dachte, es geht um Richards Eier?"

„Ilse!"

„Verzeih, aber die Steilvorlage kam jetzt wirklich von dir selbst. Nein, alles prima. Ich freu mich sehr über die frischen Sachen. Das Glump aus dem Supermarkt kannst ja nicht mehr essen. Das schmeckt alles nach Wasser. Null Vitamine. Magst du zum Essen hierbleiben?"

Marga schien kurz zu überlegen, nickte dann jedoch zustimmend. „Sehr gerne sogar. Aber nur, wenn ich beim Kochen helfen darf."

Ilse, die nur allzu gut wusste, dass die routinierte, erfindungsreiche Marga ein Ass in der Küche war, ließ sich das nicht zweimal sagen. „Eh ich mich schlagen lasse, darfst du mir helfen."

Marga grinste und umrundete die Theke in Richtung der riesigen, marmornen Arbeitsfläche in Ilses eindrucksvoller Küche. „Das ist ganz bezaubernd, dass ich helfen darf."

Während die beiden den frischen Lauch in feine Streifen schnitten, junge Kartoffeln schälten und eine saftige Gemüsezwiebel meuchelten, wurden die diversen Geschehnisse der vergangenen Woche besprochen.

Marga stellte einen Suppentopf auf den Gasherd, gab ein ansehnliches Stück Butter hinein und ließ die Gasflamme auffauchen. „Hast du gehört, dass die Zugehfrau der Felsners mitbekommen haben will, dass Heinz und Caroline sich gestritten haben wie die Kesselflicker?"

Ilse nickte grübelnd. „Ja, hab ich. Was mir eher zu denken gibt, ist, dass sie auch gesagt hat, sie hätte ein Klatschen gehört und einen wütenden Schrei von Caroline. Jetzt heißt es, er habe sie geschlagen, und man munkelt, es sei nicht das erste Mal gewesen."

Marga zog eine große Haarklammer aus der am Boden stehenden Umhängetasche, zwirbelte ihre widerspenstige, schulterlange rote Lockenmähne zu einem dicken Strang und bändigte diesen mit der Klammer. „So. Nicht, dass wir dann noch ein Haar in der Suppe haben."

Ilse runzelte die Stirn. „Finden wir nicht immer ein Haar in der Suppe?"

Marga kicherte. „Meistens." Sie stemmte die Hände in die Hüften und begutachtete schweigend Ilses Seitenansicht. Als diese die eingehende Musterung bemerkte, reichte sie der Freundin den Teller mit den fein geschnittenen Zwiebeln. „Ist was? Hab ich neue Falten bekommen oder warum schaust du mich so prüfend an?"

Marga rümpfte die Nase. „Du bist zu dünn. Mensch, Lady Ilse, du weißt doch, dass ab einem gewissen Alter ein Stück Torte das beste Anti-Aging-Mittel ist."

„Das musst du mir jetzt aber bitte erklären."

Marga, mit ihren zweiundsiebzig Jahren den Hauch jünger als sie selbst, seufzte lautstark. „Ilsehase, unserer Haut mangelt es ab einem gewissen Alter an Spannkraft, das kann man ausgleichen. Ein bisserl Fett und Zucker schadet da gar nichts. Ich bewundere dich für deine Disziplin, aber magst du dir nicht ab und an auch mal eine kleine Sünde gönnen? Ich hätte gerade so eine schöne Nusstorte im Angebot."

Tapfer schüttelte sie den Kopf. „Danke für das Angebot, aber danke nein. Zucker ist für meine Knochen nicht gut. Auch wenn ich zugebe, dass mir das Wasser im Mund zusammenläuft, wenn ich an deine Torten denke."

Marga, die gerade die klein geschnittenen Kartoffeln in den Topf kippte und mit Gemüsebrühe aufgoss, nickte nachsichtig. „Dachte ich mir fast schon, aber es hätte ja sein können." Während sie prüfend in den Topf blickte, fiel ihr wohl das zuvor geführte Gespräch wieder ein. „Um auf unseren Heinz zurückzukommen. Die Physiotherapeutin im Club hat mir erzählt, dass er den Doktor Pohl verklagt hat."

Das war Ilse neu. „Wieso das denn? Der Pohl ist so ein netter, ruhiger Mensch. Warum sollte man den denn verklagen? Der hat mir mein Knie mit den Hyaluronspritzen wieder richtig gut in Schuss gebracht."

Der Lauch wurde in dem Topf versenkt und kräftig untergerührt. Dann schaltete Marga die Flamme auf klein. „Das muss jetzt köcheln. Also, der Pohl hat angeblich bei Caroline gepfuscht. Sie hat sich am Ar…, entschuldige, am Hintern Fett absaugen lassen, das wiederum hat sie sich dann, wenn ich das richtig verstanden habe, in die Backen spritzen lassen, also in die im Gesicht, du verstehst? Danach wollte sie sich das Fett noch in die Lippen spritzen lassen. Das hat der Doktor Pohl verweigert, weil er damit keine Erfahrung hat. Dann hat sie aber eine dermaßen heftige Szene hingelegt, dass er sich bereit erklärt hat, ihr Hyaluron in die Lippen zu spritzen, da sich das wieder von selbst langsam abbauen würde. Das hat er wohl schon oft gemacht. Sie wiederum, da sie wie so oft den Kragen, beziehungsweise hier die Lippen, nicht voll bekommen konnte, hat ihn mehr oder weniger gezwungen, ihr die doppelte Menge von dem, was er ihr ursprünglich spritzen wollte, zu verabreichen. Du weißt ja, wie hysterisch die Gute werden kann. Dem Pohl war das letztendlich wohl zu blöd und er hat getan, was sie wollte. Tja, nun sieht die Beste angeblich aus wie Daisy Duck für Arme."

Ilse konnte nicht anders, sie musste lauthals lachen. „Ich weiß, man soll sich nicht über derart *Verunfallte* lustig machen, aber hier geht's nicht anders. Das ist so typisch für beide Felsners. Den eigenen Willen auf Biegen und Brechen durchsetzen und dann den anderen die Schuld geben. Also ernsthaft, wenn die den Doktor verklagen, ich sag sofort für ihn aus. Der ist ein seriöser und guter Arzt. Er hat immer Wert darauf gelegt, alles, was er tut, verständlich zu erklären, und wenn ich alte Kuh das verstanden habe, dann sollte Caroline auch verstehen, dass ein halbes Pfund Hyaluron in den Lippen durchaus etwas auftragen kann."

Marga, einen halben Kopf kleiner, aber dafür fast doppelt so breit wie Ilse, stellte sich auf die Zehenspitzen, um richtig in den Topf sehen zu können. „Vor allem kann das richtig übel für den Doktor ausgehen, so ein Ruf in der Schönheitschirurgie ist schnell ruiniert. Und ich muss dir zustimmen, das hätte er nicht verdient. Gibst du mir bitte mal die Sahne rüber?"

„Sahne?" Ilse runzelte anklagend die Stirn.

„Herrschaftszeiten, jetzt stell dich nicht so an. Fett ist Geschmacksträger. Wenn du willst, dass die Suppe nach was schmeckt, dann muss da Sahne dran zum Binden." Auffordernd streckte Marga ihr die Hand entgegen.

Lächelnd reichte Ilse ihr das Gewünschte. „Ich wollt dich bloß ein bisserl ärgern. Das mit der Sahne musst du mir als Österreicherin nicht erklären."

Sie beobachtete die Freundin aufmerksam dabei, wie diese der Kartoffel-Lauch-Suppe den letzten Schliff verlieh. Marga war, ebenso wie sie und Freundin Tilde, Witwe. Die Dachdeckerfirma Hans Menzings war eine wahre Goldgrube gewesen und der Spruch, Handwerk habe goldenen Boden, bewahrheitete sich hier voll und ganz. Marga war stets an Hans' Seite gewesen, Tag für Tag war das Vermögen gewachsen und in gleichem Maß die unerschütterliche Liebe der beiden. Marga war kompetent und zuverlässig, sie liebte es, zu kochen und zu backen, und mochte Hans ihr auch bei seinem tragischen Unfalltod ein Millionenvermögen hinterlassen haben, so hätte man das bei der immer freundlichen, hilfsbereiten Frau nie vermutet. Aber stille Wasser sind ja bekanntlich tief.

Nur Ilse, der Marga nach Franz-Josefs Tod eine unerschütterliche Stütze gewesen war, wusste von dem zehn Jahre jüngeren, stolzen Italiener, den Marga vor einem Jahr auf einer Reise in die Toskana kennengelernt hatte. Und sie gönnte der Freundin diese Liebe von ganzem Herzen.

„Fertig, liebste Lady, wenn du den Tisch deckst, dann können wir essen. Ich schneid noch das Baguette auf, das ist ganz frisch. Das ist auch vom Richard ... allerdings ganz ohne seine Eier.“

Marga blieb bis kurz vor Mitternacht und es war ein ausgesprochen kurzweiliger Abend gewesen. Sie verabredeten sich für den nächsten Tag zum „gemischten Doppel“ wobei das mit dem „gemischt“ etwas ambitioniert ausgedrückt war. Das Einzige, das hier *mischte*, war der gute Marcus, der stets der Vierte im Bunde war.

Als Ilse am folgenden Tag auf den Parkplatz der weitläufigen Clubanlage einbog, sah sie den Mercedes von Tilde und den Opel Crossland Margas schon dort stehen. Hoppla, sollte sie heute die Letzte sein? Das ging nun gar nicht. Eilig und ein klein wenig gewagt flitzte sie mit ihrem Schnucki in die Parklücke zwischen den Autos der Freundinnen. Dass sie ihr Cabriolet Schnucki getauft hatte, hatte zu Anfang für großes Gelächter gesorgt. Mittlerweile war Schnucki Familienmitglied und vollumfänglich in der Porsche-, Mercedes- und BMW-geschwängerten Umgebung anerkannt. Im Gegenteil, ab und an glaubte Ilse zu spüren, dass man sie heiß um Schnucki beneidete. Er war aber auch ein Hübscherchen mit seinen knallrosa Flanken und den silbernen Beschlägen.

Grinsend klopfte sie auf das Lenkrad. „Wir zwei sind schon ein ganz besonderes Duo, was, Schnucki?" Sie schnappte sich die Tennistasche vom Rücksitz und lief über die breite Freitreppe vor dem altehrwürdigen und perfekt renovierten Clubgebäude ins Innere des eindrucksvollen 30er-Jahre-Bauwerkes.

Die Rezeptionistin Marlene begrüßte sie freundlich wie immer. „Frau von Karburg, die beiden anderen Damen erwarten Sie bereits auf der Terrasse. Viel Spaß wünsche ich Ihnen, das Wetter passt wieder einmal perfekt."

Ilse winkte ihr huldvoll zu. „Danke, Marlene. Sie wissen doch, Engel und so."

Marlene schmunzelte. „Ja, ich weiß."

Um auf die große Terrasse des Clubs zu gelangen, musste sie durch zwei Glastüren, von denen eine offenstand, die zweite jedoch geschlossen war. Gerade streckte Ilse ihre Hand nach dem goldfarbigen Türgriff aus, als von der anderen Seite jemand im Laufschritt ankam und die Tür ungestüm aufriss.

Ilse kam ein klein wenig ins Schwanken. „Hoppala, Herr Doktor, was sind wir aber heute schwungvoll."

Doktor Pohl griff sofort nach ihrem Arm. Sein schuldbewusster Blick stimmte sie umgehend milde.

„O Gott, Frau von Karburg, bitte verzeihen Sie. Ich war ganz in Gedanken. Habe ich Ihnen weh getan?" Vorsichtig umfasste er Ilses Unterarm.

Die verneinte sofort. „Alles in Ordnung. Ich möchte nicht wissen, was das für Gedanken sind, wenn Sie sich so echauffieren müssen. Kann man Ihnen irgendwie helfen?"

Mit sichtlichem Bedauern schüttelte der Doktor den Kopf und schob sich seine randlose Nickelbrille zurecht. „Lieb gemeint, aber da muss ich jetzt selbst erst einmal alles auf die Reihe bekommen."

Ilse tätschelte freundlich seinen Arm. „Im Notfall, Sie wissen ja: Nicht verzagen, Ilse fragen. Bist dennoch du verzagt, hast du Ilse nicht gefragt."

Nun lachte Doktor Pohl. „Danke, liebe Frau von Karburg. Ich komme darauf zurück, versprochen. Aber jetzt muss ich los, da warten ein paar zufriedene Patienten und ich möchte, dass das so bleibt."

Aha, daher wehte der Wind. Ilse hatte den dezenten Hinweis sofort verstanden und verabschiedete sich ausnehmend freundlich von ihm. Mit sorgenvoll gerunzelter Stirn sah sie ihm hinterher, als er über die Treppe zum Parkplatz lief. Die Anschuldigungen gingen ihm offenbar nahe. Grübelnd machte sie sich auf den Weg zu den Freundinnen.

„Ihr hättet ihn sehen sollen. Ganz aufgewühlt war er. So kenne ich ihn gar nicht. Er ist sonst immer die Ruhe in Person, was auch immer der alte Motzkopf und seine Trulla ihm vorwerfen, trifft ihn wirklich sehr. Das ist eine Schande, echt wahr." Ärgerlich trank Ilse einen Schluck des köstlichen, kühlen Hugo, den der reizende Barkeeper Kamon mit leckerer frischer Minze und gutem, teurem Holundersirup mixte. „Da passiert noch was, das hab ich im Gefühl."

Tilde setzte ihre Coco-Chanel-Sonnenbrille ab und musterte sie fragend. „Wie meinst du das? Die werden sich, wenn der Felsner nicht doch noch einen Rückzieher macht, vor Gericht sehen, was soll sonst passieren?"

„Hm, was passieren könnte, ist, dass der Felsner mit seiner Sturheit die gepimpten Schlauchlippen seiner holden Angetrauten in die Öffentlichkeit zieht. Und ob er das wirklich will, da bin ich mir nicht so sicher." Marga sah das Ganze wieder einmal höchst rational.

Ilse konnte sich das Grinsen nicht verkneifen. „Gut gesprochen, meine Liebe. Könnte von mir sein." Ihr Blick fiel auf die Uhr an der Wand. „Mädels, sollten wir dann nicht einmal los? Oder ist Marcus noch gar nicht da?"

Tilde blickte sich suchend um. „Eigentlich schon, aber bis der von Clarissa loskommt, das könnte dauern. Der Mann ist einfach zu höflich für diese Welt."

„Egal, dann gehen wir auf den Platz und wärmen uns einfach einmal auf." Ilse stand auf, reckte sich etwas, wobei die linke Schulter verdächtig knackte. „Leute, ich kann euch sagen. Ich werd von Woche zu Woche knackiger." Seufzend schulterte sie ihre Tennistasche und wollte gerade auf die wenigen Stufen zugehen, die von der Terrasse hinab in die Anlage führten, als ein nicht eben glücklich aussehender Heinz Felsner die Szene betrat. Sein Blick fiel auf sie und sein Gesichtsausdruck veränderte sich erneut. Von unglücklich zu ärgerlich. Ilse rüstete sich und straffte die Schultern, dieses Mal ohne Knacken.

„Meine Damen, Frau von Karburg, wie ich sehe, bereiten Sie sich auf das wöchentliche Doppel vor." Er stockte und krempelte sich den rechten Ärmel seines hellblauen Designerhemdes nach oben.

Fast schien es Ilse, als suche er nach den richtigen Worten. Auf seiner Stirn zeigte sich eine steile Falte, die sich zunehmend zwischen seine Brauen grub. Fasziniert betrachtete Ilse, wie sich ein Schweißtropfen von der Stirn in Richtung Nasenwurzel bewegte.

„Ich sehe auch, dass offenbar eine von Ihnen die Ankündigung am Schwarzen Brett nicht gelesen hat. Ich bat darum, dass wir, der Geschichte dieses Clubs entsprechend, uns wieder in edles Weiß kleiden. Darf ich höflichst darauf hinweisen, dass dies die Zustimmung der meisten Clubmitglieder gefunden hat? Bitte, Frau von Karburg, mir ist bewusst, dass Sie, wie sage ich es nur, fröhliche Farben präferieren. Hier aber wäre ich sehr dankbar, wenn auch Sie sich die neue Regelung zu Herzen nähmen."

Ilse räusperte sich mit sittsam gesenktem Blick, ehe sie zu ihrer Antwort ansetzte. „Liebster Herr Felsner, durchaus habe ich von der Ankündigung der Verbannung bunter Farben Kenntnis genommen. Ebenso darf ich bestätigen, dass ich wirklich sehr gerne, wie Sie es so freundlich nannten, fröhliche Farben trage. Wissen Sie auch warum? Weil das Leben in so vielen Teilen grau genug ist, weil Farben guttun, weil Fröhlichkeit gefördert werden sollte. Positiv denken, fortschrittlich sein und nicht mit Anlauf zurück ins Mittelalter. Wofür hat denn ein Agassi gekämpft? Also ehrlich, mein dezentes Rosé ist ja nun wahrlich höchst zurückhaltend gewählt. Und wie Sie sehen, lag es mir ausnehmend am Herzen, Sie zu erfreuen, und so habe ich noch gestern dieses, so ganz nebenbei sauteure, Poloshirt erstanden. Da schauen Sie, gell? Alles nur, um Sie nicht zu verärgern. Als eines der langjährigsten Mitglieder dieses *Etablissements* möchte ich natürlich allen Anordnungen Folge leisten." Sie spähte neugierig an dem langsam immer blasser werdenden Clubchef vorbei und entdeckte Marcus, der, den Schläger geschickt jonglierend, zum Platz strebte. „Ich würd so gerne noch mit Ihnen plaudern, wirklich, aber ich sehe unseren Trainer und den wollen wir doch nicht warten lassen, nicht wahr. Ich bin dann mal weg." Lächelnd und winkend eilte Ilse hinter Marga her, die bereits vorausging.

Ihr war durchaus bewusst, dass hinter ihr ein heftig atmender und schlicht sprachloser Felsner zurückblieb.

Neben Marga angekommen hörte sie deren amüsiertes Glucksen.

„Dezentes Rosé? Echt jetzt? Ilsehase, das ist knallpink und dass unser Heinz gerade haarscharf an einem Herzinfarkt entlangschrammt, dürfte dir auch nicht entgangen sein, hab ich recht?"

Ilse lächelte nachsichtig. „Ich fördere lediglich seine Herztätigkeit, das muss ab und an ein bisserl gepushed werden, weißt du?" Sie betrat neben Marga den Platz und schloss die grüne Tür hinter sich. „Außerdem war der eh auf hundertachtzig, schon als er rauskam. Seit wann klebt unserem Heinzi das Hemd klatschnass am Körper? Das war nicht nur meine Wenigkeit, die ihn so aufregt, da stimmt was nicht!"

Die beiden Damen schlossen zu Tilde und Marcus auf und bereiteten sich auf das Match vor.

Ilse gelang es nur leider nicht, ihre Neugierde zu zügeln. Während sie die Seiten ihres Schlägers zurecht zog, wandte sie sich mit unschuldigem Blick an Marcus. „Eine Frage im Vertrauen, weil ich mir Sorgen mache. Ist unser Heinzi krank, hat er eine Schilddrüsenüberfunktion oder so etwas? Er ist ausnehmend leicht reizbar."

Marcus schüttelte lächelnd den Kopf. „Ich denke, es ist nichts mit irgendeiner seiner Drüsen. Da der Raum, in welchem ich nun mal arbeite, direkt neben seinem Büro liegt, bekomme ich auch viel mit. Gestern hat er sich mit Caroline gestritten, und zwar so laut, dass ich fast alles verstanden hab. Es ging um irgendwelche Spritzen und um seine Beziehung zu seinen Kindern. Ich konnte leider nicht alles verstehen, darum halt ich mich aus Spekulationen raus, das verstehen Sie sicher. Heute war der arme Doktor Pohl dann dran. Aber, bitte nicht böse sein, auch hier möchte ich nichts weiter dazu sagen, nur, dass das zu eskalieren scheint." Marcus zog eine traurige Grimasse. „Etwas, das mich traurig macht, denn ich kenne den Pohl seit Jahren und er ist ein richtig Guter. So, und jetzt wird gespielt!"

Ilse war zwar mit der vagen Aussage nicht ganz zufrieden, verstand aber auch, dass sich Marcus nicht in Spekulationen versteigen wollte. Schließlich war er auf die Stelle hier im Club angewiesen. So absolvierte sie an seiner Seite ein fulminantes Doppel und zumindest für eine Weile war die Welt wieder in Ordnung.

„Das hat Spaß gemacht, mit tut zwar der Arm weh, aber eine schöne Ibuprofentablette bringt das zügig wieder in Ordnung." Ilse massierte sich mit leicht schmerzvoller Miene ihre rechte Schulter.

Marga runzelte anklagend die Stirn. „Du solltest endlich einmal zum Röntgen gehen, die dauernden Tabletten machen deinen Magen kaputt."

Ilse zuckte die Schultern, was noch immer weh tat. „Mach ich, versprochen, aber jetzt hol ich mir eine Tablette bei unserer Marlene und wechsle das Shirt. Bis gleich."

Auf Marlenes besorgten Blick hin erläuterte sie auch ihr, dass sie sich baldmöglichst um ihre bröselnden Knochen kümmern würde, bedankte sich für die Tablette und strebte den Umkleideräumen entgegen, um rasch zu duschen und in ihr neues hübsches Glitzershirt samt weißer Hose zu schlüpfen. Sie hatte sich gerade das Shirt über den Kopf gezogen und wollte sich durch die Haare wuscheln, als sie vom Flur aufgeregte Stimmen vernahm.

„Du bist verrückt geworden, wirklich. Das ist Wahnsinn, was du vorhast. Bist du denn von allen guten Geistern verlassen? Hast du nichts dazu gelernt?" Die Stimme kam Ilse vage bekannt vor. Diejenige, die darauf antwortete hingegen, die kannte sie zur Genüge.

„Du hast ja keine Ahnung, was ich in den Jahren alles gelernt habe. Halt dich da raus, das geht nur mich etwas an und auch meine Entscheidungen muss ich vor niemandem rechtfertigen." Heinz Felsner zischte diese Worte regelrecht.

„Raushalten! Du bist dermaßen selbstherrlich. Du hast damals schon nie an die Konsequenzen gedacht. Muss ich dich daran erinnern, dass am Ende zwei Menschen gestorben sind, oder hast du das verdrängt?"

„Wie könnte ich? Und hör auf, mir das vorzuwerfen, das war nicht nur meine Schuld, verdammt nochmal!

Ich mache in diesem Moment sicher keinen Fehler. Im Gegenteil, ich versuche, etwas richtig zu machen."

„Richtig? Hast du dabei einmal an Severin gedacht?"

Felsner schnaubte so laut und ärgerlich auf, dass Ilse es durch die geschlossene Tür hören konnte. „Dieser geldgierige und unfähige Junge hat von Arbeit keine Ahnung und von Familie schon gar nicht. Nie ein Dank, nie der Versuch zu verstehen. Glaub mir, ich denke viel zu oft an ihn."

„Trotzdem machst du einen fatalen Fehler. Du solltest mir vertrauen. Das wird nach hinten losgehen, darauf könnte ich wetten."

„Im Wetten warst du schon damals eine Niete. Darf ich dich daran erinnern, wer deine Schulden bezahlt hat, um einen passablen Leumund zu garantieren? Also tu jetzt einfach, was ich sage, oder muss ich die alten Schuldscheine herauskramen und damit vor deiner Nase herumwedeln?" Felsner klang recht entschlossen.

Eine Weile hörte Ilse nichts mehr und dann kam die Antwort so leise, dass sie Mühe hatte zu verstehen. „Gut, ich tue es. Aber es wäre nicht nötig gewesen, die alten Wunden aufzureißen, das ist deiner nicht würdig."

„Ach, aber du darfst die uralten Geschichten aufkochen und versuchen, mich mit einer pseudomoralischen Einstellung zum Einlenken zu bewegen? Mann, du solltest mich besser kennen." Danach entfernten sich die Schritte beider Männer.

Herrschaftszeiten! Was kam denn noch alles? Ilse zog sich eiliger um als geplant und eilte strammen Schrittes auf die Terrasse, wo Marga und Tilde sie bereits samt dem für sie bestimmten frischen Fruchtcocktail erwarteten.

„Mädels, ich muss euch was erzählen. Das glaubt ihr nicht."

Tilde kratzte sich grübelnd an der hübschen Nase, nachdem Ilse geendet hatte. „Unser Heinz scheint eine turbulente Vergangenheit zu haben. Wenn in der Geschichte gar Tote vorkommen, dann ist das nichts, was man einfach so als normal abtun könnte. Aber wir dürfen uns kein Urteil erlauben, denn, seien wir ehrlich, viel wissen wir nicht."

Ilse nippte angespannt an ihrem Drink. „Vor allem würde mich interessieren, wie sein Sohn Severin da mit hineinpasst. Die haben doch kaum Kontakt, was mich allerdings nach seiner Äußerung über den Kerl nicht mehr wundert. Ich hab ihn immer als recht freundlich und nett empfunden."

Marga rümpfte die Nase. „Freundlich sein ist einfach. Aber wenn's stimmt und er arbeitsscheu ist? Wissen wir das denn?"

„Yessas, der Felsner hat da mehr Baustellen in seinem Leben, als wir gedacht haben. Stimmt schon, dass wir nur an der Oberfläche rumstochern, aber, dass da was darunter faul ist, das sollte uns allen klar sein, oder?" Ilse sah das total nüchtern.

Während die drei Damen noch darüber spekulierten, was sich hinter den mysteriösen Aussagen verbergen könnte, entdeckten sie am Hauptausgang Lucas Meric, Felsners Steuerberater, der ins Freie kam, stehen blieb, offenbar tief durchatmete, um sich dann eine Zigarette anzuzünden.

„Da schau her, der Lucas, sein Steuerfuzzi. Ich hab mir noch gedacht, dass ich die Stimme von irgendwoher kenne. Es geht also um Geld, denke ich wenigstens. Ob Heinz seinen Sohn enterben will? Das würd ins Bild passen, aber warum jetzt? Ob da was passiert ist?“

Tilde zuckte die Schultern. „Keine Ahnung und, ehrlich gesagt, ist es mir auch egal. So nahe stehen mir weder Heinz noch dessen Sprössling. Hat er nicht auch noch eine Tochter? Vielleicht ist die ja Papas Liebling und die Kinder kloppen sich um das nicht zu verachtende Erbe? Wobei ich es nicht so ganz verstehe, denn unser Clubchef ist ja noch nicht so alt, als dass er unbedingt seine Dinge regeln müsste. Sehr seltsam das alles, sehr sehr seltsam!“

Ein Fallstrick kommt

selten allein

„Mist, elendiglicher! Glump, vareggts!" Ilse war dezent angefressen. Der Wasserhahn in ihrem schicken Badezimmer spritzte in alle Richtungen, nur nicht dahin, wohin er sollte. Entschlossen griff sie sich die Rohrzange und ein altes Handtuch. „Dir werd ich helfen, das wäre doch gelacht."

Keine fünf Minuten später tat der Hahn genau das, was von ihm erwartet wurde, und Ilse war höchst zufrieden mit sich. „Geht doch! Handwerker, als ob ich das nötig hatte."

Ein Blick auf ihre Armbanduhr zeigte, dass sie sich besser beeilen sollte. Das wöchentliche Doppel stand erneut an und sie war nicht einmal annähernd fertig. Eilig packte sie ihre Tasche, zog sich um, denn klatschnass wollte sie dann doch nicht im Club auftauchen, und brühte sich noch schnell einen Espresso mit der coolen Kaffeemaschine, die ihr Neffe Phillip zum Geburtstag geschenkt hatte. Jedes Mal, wenn sie jetzt Kaffee trank, dachte sie an ihn. Ihr Lieblingsneffe, Sohn von Bruder Bernhard, jener Bernhard, der unbedingt meinte, nach Peru auswandern zu müssen, und von dem man nie wieder etwas gehört hatte, lag ihr am Herzen. In Ermangelung eigener Kinder liebte sie den waghalsigen Sonderermittler bei der Wiener Polizei wie den Sohn, den sie nie hatte. Es war dringend an der Zeit, ihn zu sehen.

Die kleine Tasse landete in der Spülmaschine und Ilse verließ eiligst ihr Haus. Pünktlichkeit war eine Tugend und sie hasste es, zu spät zu kommen.

„Liebe Frau von Karburg, ich muss schon sagen, ich bin stolz auf Sie.“ Marcus nickte zusätzlich zu diesen Worten, als ob er sie nochmals bekräftigen wollte. „Die Doppelstunde zum Training gestern haben Sie mit Bravour absolviert. Sie haben es geschafft, mich ordentlich herauszufordern. Respekt!“

Ilse strahlte vor lauter Freude. „Danke, das hab ich gebraucht. Nachdem derzeit in meinem Haus alle möglichen Installationen spinnen, klappt es wenigstens beim Tennis. Man wird ja so dankbar.“

Marcus schmunzelte, legte ihr eine Hand auf den Rücken und flüsterte: „Sie sind und bleiben ein sportliches Naturtalent. Das bleibt unter uns.“

„Ich bitte darum.“ Sie drehte sich suchend um und ihr Blick fiel auf einen der Kellner des Clubs, der soeben auf der sonnenbeschienenen Terrasse, die von einer champagnerfarbenen Markise beschattet wurde, zwei Damen ihren Lunch servierte. „Was ist eigentlich mit Anita und Beate los? Die reden kaum mehr mit uns. Habe ich irgendwas nicht mitbekommen?“

Marcus verneinte mit traurigem Blick. „Das ist etwas Internes, die Damen wollten, so wie Sie und Frau Berger, Einzelstunden am Vormittag. Allerdings an einem Mittwoch. Wie Sie wissen, geht das bei mir nicht. Der

Chef meinte, ich müsste meine Prioritäten neu über-
denken und die Stunden irgendwie einbauen."

„Aber das sind unsere Stunden und nachher ist deine
Physio dran, oder?"

„Eben, und jetzt sind die Damen verärgert, da – ich zi-
tiere – *hier offenbar mit zweierlei Maß gemessen
wird.*"

„Oh, mein Gott, jetzt auch noch Zickenalarm." Ilse
schüttelte sich. „Aber jetzt hol ich mir einen Saft und
dann kommen sicher auch Marga und Tilde, dann können wir unser Doppel spielen. Darauf freu ich mich
schon die ganze Woche."

Während sie langsam zum Clubhaus schlenderte, sah
sie aus dem Augenwinkel, wie sich die Pforte zum
Haupthaus öffnete und Lucas Meric herauseilte, zum
Parkplatz lief und kurz darauf schnellen Schrittes mit
einer Mappe unter dem Arm zurückkam. Da schien
noch immer etwas zu köcheln. Seltsam, aber das sollte
nicht ihr Problem sein.

Eine gute Viertelstunde später schlugen sie auf dem
Platz ein paar Bälle zum Aufwärmen. Tilde schwang
unternehmungslustig ihren Schläger. „Mädels, heute
bin ich richtig fit. Geht schon mal in Deckung."

Marcus warf Ilse einen verschwörerischen Blick zu,
die lächelte ihn fröhlich an. „Na dann, gehen wir halt in
Deckung."

Marga schlug als Erste auf und da sie mit Tilde mit der
Sonne spielte, schonten die beiden Marcus und Ilse
kein Bisschen. Gerade als Ilse nach einem langen Ball
hechtete und ihn auch erwischte, vernahm man, wie
auf dem Parkplatz ein Motor angelassen wurde und einen Sekundenbruchteil später knirschte der Kies der

Einfahrt unter einem viel zu schnell fahrenden Wagen. Mit quietschenden Reifen verließ das Fahrzeug, das sie vom Platz aus nicht zu sehen vermochten, das Gelände.

„Ja, sag einmal, muss sowas denn sein? Seit wann haben wir solche Rowdies bei uns im Club?" Marga war sichtlich empört.

Ilse schüttelte den Kopf. „Ich geb dir vollkommen recht, dabei kostet gutes Benehmen ja wirklich nicht extra."

Sie hing noch ihren Gedanken nach, als Tilde schwungvoll ausholte, den Ball zwar traf, ihn aber mit Effet über den hohen Zaun schlug und alle ihm staunend nachblickten.

„Respekt, wenn wir Baseball spielen würden, wäre das ein solider Home-Run." Marcus kratzte sich lachend am Kinn. „Und wer holt den jetzt zurück? Langsam gehen uns die Bälle aus. Meine Damen, was sind wir heute ambitioniert."

Ilse seufzte, sie sah es schon kommen, wer loslaufen würde. „Entspannt euch alle erst einmal, ich mach das schon." Sie schenkte Marcus ein bezauberndes Lächeln. „Ich bin ja hier die Jüngste."

Während sie hinter sich das amüsierte Lachen der anderen vernahm, machte sie sich auf den Weg. Es war nicht das erste Mal, dass sie auf dem Gelände unter Büsche krabbelte. Zwei Bälle hatte sie schon und verstaute sie in der Rocktasche, als sie unter zwei Laubbäumen und neben einem Haselnussstrauch etwas Gelbes hervorblitzen sah. „Ah, da ist ja noch einer." Zielstrebig ging sie auf den hellen Farbklecks zu. Unter den Bäumen war es, nachdem sie aus dem hellen Sonnenlicht in den Schatten trat, regelrecht dunkel und unter dem Busch sowieso.

„Ach, was soll schon passieren…" Sie hatte den Satz noch nicht zu Ende gedacht, als ihr rechter Fuß auf einen Widerstand traf, sie das Gleichgewicht verlor und strauchelte. Erschrocken streckte sie beide Arme nach vorn, um den Sturz aufzufangen, was ihr leidlich gelang. Sie landete auf weichem Boden und atmete erleichtert auf. „Puh, das ist gerade nochmal gut gegangen."

Inzwischen hatten sich ihre Augen an das Dämmerlicht gewöhnt und sie drehte sich leicht, um sich aufzurappeln. Dabei kam sie mit der Hand an etwas, das sich anfühlte wie Stoff. Komisch, das war ganz sicher kein Tennisball. Sie hob den Kopf und sah nach rechts …

Direkt in die weit aufgerissenen, toten Augen von Heinz Felsner.

„Ja, er ist wirklich tot. Sie lagen schon richtig." Marcus erhob sich vom Boden und klopfte sich Erde von den Knien.

Ilse nickte stoisch. „Klar lag ich richtig und zwar direkt neben ihm. Ich weiß, wann jemand tot ist, glaub mir."

Tilde presste sich die Hand vor den Mund und ließ ein leicht ersticktes Geräusch vernehmen. „Gütiger Himmel! Tot, wie kann das denn sein? Ich habe ihn vor dem Umkleiden noch gesehen. Er war zwar blass, aber lebendig. Ilse, wie kannst du das so gelassen wegstecken?"

„So *ganz* gelassen seh ich es auch nicht. Aber sowas passiert eben. Dumm halt, dass ausgerechnet ich über ihn stolpern musste."

Marga zuckte die Schultern. „Besser du als ich. Hätte ich in seine Augen sehen müssen, lägen hier jetzt zwei Tote, das sag ich euch."

Marcus hatte inzwischen sein Handy gezückt und telefonierte bereits mit dem Rettungsdienst und der Polizei.

Ilse rümpfte die Nase. „Rettung? Da ist nichts mehr zu retten, also im Ernst, tot ist tot, oder?"

„Schon, aber trotzdem brauchen wir einen Arzt, der den Tod feststellen muss. So ist das eben. Meine Damen, geht es oder soll ich Sie zur Terrasse begleiten, während ich im Club Bescheid gebe?"

Ilse wehrte dankend ab. „Alles in Ordnung, ich schätze, man wird uns befragen wollen, nicht wahr? Man fällt ja nun nicht jeden Tag beim Tennisspielen über eine Leiche."

Marcus nickte. „Korrekt. Ich bin sofort wieder bei Ihnen."

Tilde hingegen hakte sich bei Marcus unter. „Seid mir nicht böse, ich muss mich beruhigen. Ich glaube, ich brauch was Stärkeres als Mineralwasser. Man sieht sich auf der Terrasse."

Marga schloss sich den Beiden an und so blieb Ilse allein mit dem Toten zurück. Mochte ihr die Situation auch nicht so ganz geheuer sein, so blieb sie erstaunlich ruhig. Eingehend musterte sie das Antlitz des Clubchefs. Ja, gut, er war tot, da konnte er schlecht aussehen wie das blühende Leben, aber so weiß? Weißer als das von ihm so präferierte Weiß bei der Sportkleidung? Ilse gefiel das nicht. Neugierig umrundete sie ihn, was angesichts der Haselnusszweige nicht einfach war. Vielleicht gab es eine Tatwaffe? Oder sonst einen Hinweis, den sie finden konnte, ehe er vom Täter fortgeschafft wurde.

Sekunde! Wieso Täter? Vielleicht war Heinz ja eines natürlichen Todes gestorben? Ruhig und friedlich unter zwei Bäumen und einem Nussstrauch.

Unfug! Wie hätte sich das denn bitte zugetragen? Dann läge er wohl eher auf einem der Wege und nicht versteckt in der Nähe der Plätze.

So sehr sie auch suchte, es fand sich nichts Verdächtiges. Als sie die Sirenen eines Krankenwagens und direkt in der Folge die der Polizei vernahm, richtete sie sich stöhnend auf. Schade, sie musste zugeben, dass sie gern mit einer vernünftigen Theorie aufgewartet hätte. Nur leider war da so rein gar nichts.

„Sie haben den Toten gefunden?" Der Blick der Kommissarin ruhte fragend auf ihr.

Das Mädel sah in Ilses Augen zu jung aus, um einen Mordfall zu lösen. Dass es Mord war, dessen war sich Ilse sicher. Nach allem, was in den vergangenen Tagen passiert war, nach allem, was sie mitbekommen hatten, war es ein Ding der Unmöglichkeit, dass Heinz einfach mal so auf dem Clubgelände dahinschied.

Im Moment war nur wichtig, dass keine Beweise vernichtet wurden, das wusste sie von Phillip. Hoffentlich wusste die Kommissarin das auch.

„Ja, ich hab ihn gefunden. Ich bin quasi über ihn gestolpert."

Der Blick der jungen Frau war sehr ernst und geschäftsmäßig. „Darf ich fragen, warum Sie hier im Unterholz herumkriechen?"

Ilse konnte es sich nicht verkneifen. „Frau Kommissarin, das hier ist ein Tennisclub. Da sucht man ab und

an seine Bälle wieder zusammen, sonst wird's irgendwann teuer, Sie verstehen?"

Über das Gesicht der Kommissarin huschte zwar kurz
ein dunkler Schatten, aber sie blieb freundlich. „Wann
haben Sie Herrn Felsner das letzte Mal gesehen?" Als
ahnte sie, dass man bei Ilse mit Worten vorsichtig sein
musste, setzte sie hinzu: „... ich meine lebendig."

Ilse berichtete ihr von dem aufgeregten Heinz, den sie
am Vormittag zu Gesicht bekommen hatte, und setzte
gleich noch eine Schippe drauf. „Wir müssen auf die Beweise aufpassen. Damit wir da nichts kaputt machen.
Ich hab nichts angefasst."

Die Beamtin, die sich als Frau Bauer vorgestellt hatte,
schüttelte mit nachsichtiger Miene den Kopf. „Keine
vorschnellen Schlüsse bitte. Ich kann mir, wenn ich ihn
mir so ansehe, durchaus vorstellen, dass er an einem
Herzinfarkt gestorben ist." Sie wandte sich an den Mediziner, der den Toten auf die Seite gedreht hatte und
ihn eingehend untersuchte. „Oder können wir einen
Hinweis auf Gewaltanwendung finden?"

Der Mann verneinte. „Ich habe keine Anzeichen für
ein Gewaltverbrechen. Kein Blut, keine Hämatome und
nur eine leichte Schwellung am Hinterkopf, die von
dem Sturz herrühren dürfte, als er das Bewusstsein verloren hat. Mehr kann ich erst nach einer Obduktion sagen, aber bislang stimme ich Ihnen mit dem Herzinfarkt zu. Das erscheint eine logische Erklärung."

Logische Erklärung! Ilse war höchst ungehalten.
„Stellt euch vor, das Mädel glaubt wirklich, er wäre an
einem Infarkt gestorben. Ich glaub es nicht!"

Tilde setzte, mit noch immer leicht zitternder Hand,
ihr Glas auf dem Tisch ab. „Ilse, das ist aber durchaus

möglich. Er hatte in den letzten Tagen so viel Ärger am Hals, das kann schon einmal aufs Herz gehen. Vergiss bitte nicht, dass ich da nicht so ganz unbeschlagen bin. Mein Mann war immerhin Herzchirurg und zwar ein guter, wenn ich das anmerken darf."

„Schon, ja, aber wenn er merkt, dass es ihm nicht gut geht, dann rennt er nicht hinaus in die Anlage, sondern ruft einen Arzt oder legt sich auf die Couch in seinem Büro oder was auch immer. Aber er legt sich nicht unter die Bäume, Herrschaftszeiten, das ist vollkommen unlogisch. Ich hab ihn zwar nicht gemocht, aber er war nicht blöd. Und das wäre eine sehr dumme Aktion gewesen."

Marga nickte zustimmend. „Stimmt, dumm war Heinz wirklich nicht. Aber um die Kommunikation mit Frau Kommissarin Bauer etwas freundlicher zu gestalten, solltest du sie vielleicht nicht andauernd ‚das Mädel' nennen. Wenn sie den Ausdruck mal hört, dann war es das."

Ilse schnaubte ärgerlich auf, was annähernd wie ein genervtes Pony klang. „Ja, was ist sie denn sonst? Ich bin mir sicher, die ist zu jung für einen Mordfall." Sie hielt inne, da Kamon soeben aus der Küche zurückkam, wo die Polizei ihre Befragung durchführte. So unauffällig wie möglich winkte sie ihm zu.

Der junge Kellner kam sofort an ihren Tisch. „Bitte verzeihen Sie, meine Damen, hat niemand Sie bedient? Das tut mir sehr leid, was kann ich Ihnen denn Gutes tun?"

Wie immer genoss Ilse seufzend den sanften Singsang ihres Lieblingskellners. „Nein, nein, alles in Ordnung soweit." Sie blickte sich vorsichtig um, konnte aber die Beamtin nirgends sehen.

Nur auf dem Rasen standen noch immer Uniformierte und achteten wohl darauf, dass niemand näherkam, da der Bestatter nun den Leichnam des Clubchefs abtransportierte, nachdem er von allen Seiten fotografiert worden war.

Sie saßen an einem der letzten Tische auf der Terrasse mit freiem Blick auf das Geschehen. Ilse beugte sich zu Kamon und flüsterte ihm verschwörerisch zu. „Ich bin nur neugierig, ob es was Neues gibt. Weißt du, man fällt nicht jeden Tag über seinen toten Clubchef. Das schlaucht schon ziemlich."

Sofort wurde der Blick des Jungen weich und mitfühlend. „Es tut mir so leid. Geht es Ihnen denn gut? Soll ich den Arzt rufen?"

„Eben nicht, mein Junge, aber ich befürchte, dass unsere Frau Kommissarin da drin das etwas zu locker sieht. Sie geht, zumindest war das vorhin noch so, von einem Herzinfarkt aus."

Kamon hob elegant die rechte Augenbraue, was bei dem hübschen, schwarzhaarigen Halb-Thailänder sehr niedlich aussah. „Darf ich ehrlich sein, Frau von Karburg? Das glauben hier beinahe alle. Auch der Kollege der Frau Kommissarin. Wir haben uns in den letzten Tagen große Sorgen gemacht. Herr Felsner war nervös, unkonzentriert, er hat Dinge vergessen und er war auch ... wie war das Wort ... er wurde schnell wütend."

„Aufbrausend?", kam Ilse ihm zu Hilfe. „Ja, er war wirklich seltsam. Er hat auch seltsame Dinge getan.

Und er war genauso seltsam zu einigen Leuten, die er seit Ewigkeiten kannte."

Kamon druckste ein wenig herum, während er scheinbar angestrengt mit einem Trockentuch die Tischkante abwischte. „Sie meinen den netten Doktor? Ja, das haben wir alle hier mitbekommen. Er war sehr ärgerlich mit ihm."

Ilse nickte nachdenklich. „Ist mir nicht entgangen. Aber seit wann bekommt man von ein bisschen Aufregung einen tödlichen Herzinfarkt?"

„Es war ja nicht nur Doktor Pohl. Es waren, so wie es sich darstellt, mehrere Faktoren", mischte sich Tilde mit ruhiger Stimme ein. „Wenn alles zusammenkommt, dann kann das schon in einem Infarkt enden."

Kamon zog eine vielsagende Grimasse. „Es war auch Herr Meric. Erst gestern sagte er zu Frau Marlene, dass sie den Notar zum Teufel schicken soll. Das hat sie aber nicht getan, sie hat ihn heute zu ihm ins Büro gelassen, als er kam."

Sofort war Ilse in Habachtstellung. „Sekunde, der war bei ihm drin, heute? Dann hab ich richtig gesehen und ich hab auch richtig gesehen und gehört, wie er mit seinem dicken Schlitten vom Parkplatz gerast ist. Ich sag euch, der war stinkwütend. Und nachdem ich letztens das Gespräch der beiden – rein zufällig – mitgehört habe, denke ich, dass die Zwei über etwas Bestimmtes sehr geteilter Meinung waren. Nein … ehrlich, ich glaub einfach nicht an einen Herzinfarkt, basta."

Noch ehe sie sich weitere Gedanken machen konnte, kam die Kommissarin mit zwei Beamten und dem Trainer Marcus auf ihren Tisch zugesteuert. „Die Damen, wir haben fast alle hier im Club befragt. Ich werde in die Gerichtsmedizin fahren und nachfragen, ob es schon etwas Neues gibt. Ich würde Sie alle bitten, sich morgen am Vormittag hier im Clubhaus zur Verfügung zu halten. Es tut mir leid, dass ich Ihnen diese Umstände machen muss, aber es ist gewiss auch in Ihrem Interesse, dass dieser Todesfall rasch und problemlos aufgeklärt wird."

„Natürlich werden wir hier sein. So ein Mord muss schließlich mit der nötigen Sorgfalt behandelt werden." Ilse lächelte die junge Frau entwaffnend an.

Die blickte sie eine kleine Weile schweigend an, ehe sie zuerst seufzte, um dann zu antworten. „Gnädige Frau, wir haben noch immer keinerlei Indizien dafür gefunden, dass es sich um einen Mord handeln könnte. Auch die Aussagen der Angestellten deuten nicht darauf hin. Darum würde ich Sie herzlich bitten, bei allem Respekt, voreilige Spekulationen zu unterlassen." Ehe Ilse etwas darauf entgegnen konnte, verabschiedete sich Frau Bauer, drehte sich um und verschwand mit ihren beiden Begleitern in Richtung Parkplatz.

Mit großen Augen sah Ilse ihr hinterher. Sie bemerkte gerade noch so, dass sie vor lauter Erstaunen vergessen hatte, weiter zu atmen. So holte sie tief Luft und stieß diese mit leisem Pfeifen wieder aus.

Marga musterte sie mit Besorgnis im Blick. „Ilse, bist du in Ordnung?"

„Ich schon, aber ... bei allem Respekt ... das Mädel wohl nicht so ganz. Voreilige Spekulationen! Und das mir. Als würde ich bei irgendwas jemals spekulieren. Ich hör einfach auf mein Bauchgefühl." Ihr Blick fiel auf Kamon, der mittlerweile wieder hinter der Bar stand und gerade zwei Longdrinkgläser mit Champagner auffüllte. „Hier muss ich noch ein bisschen recherchieren. Mein Bauch sagt mir, dass ich richtig liege."

In Margas Stimme schwang ein sehr amüsierter Unterton mit, als sie antwortete. „Bist du sicher, dass dein Bauch dir nicht sagen will, dass du endlich wieder was Vernünftiges essen solltest? Wie wäre es mit einem anständigen Filetsteak mit Ofenkartoffel?" Ehe Ilse auch nur den Hauch einer Chance hatte zu reagieren, setzte Marga hinzu: „Und du wirst nicht wieder nur an einem Salatblatt nagen, das werde ich zu verhindern wissen."

Ilse konnte nicht anders. Sie betrachtete die sichtlich besorgte Freundin und lachte lauthals los. „Schon gut, schon gut! Ich hab schon lange kein ordentliches Steak mehr gegessen und Ofenkartoffel mit Käse überbacken klingt sehr gut."

Marga lehnte sich in ihrem Sessel zurück und lächelte sie entspannt an. „Siehst du, geht doch!"

Wer war Miss Marple?

Mochten die Ladies auch zuerst gedacht haben, sie könnten keinen Bissen hinunterbringen, so sahen sie sich zwei Stunden später, gut gesättigt, eines Besseren belehrt. Die Steaks waren köstlich gewesen und der Apfelstrudel mit Sahne als kleines Dessert hatte hervorragend gemundet.

Tilde tupfte sich die Lippen mit der blütenweißen Stoffserviette ab. „Soll ich euch etwas sagen? Ich hab wirklich ein bisschen ein schlechtes Gewissen. Da sitzen wir hier und essen und trinken und der gute Heinz liegt auf dem Seziertisch."

Marga legte, leicht die Nase rümpfend, ihre Serviette neben den ratzekahl leergegessenen Teller. „Danke, Tilde, deine Tischgespräche waren auch schon einmal einfühlsamer."

Die zuckte nur die Schultern. „Wenn's aber doch stimmt." Sie wandte sich in Richtung Parkplatz, da aus dessen Richtung aufgeregte Stimmen erklangen. „Wer macht denn hier so einen Radau?"

Ilse, die sich ebenfalls umgedreht hatte, spähte in die Richtung, aus der die Stimmen kamen. Kurz darauf erschienen Heinz' Sohn Severin und dessen Mutter Caroline. Die Beiden sahen weder nach links noch nach rechts, sondern liefen eilig auf das Hauptgebäude zu.

Severin öffnete seiner Mutter die Türe und schon waren beide verschwunden.

„Da schau her. Kaum ist der Herr Papa tot, schon lässt der Junior sich auch mal wieder sehen." Ilse schüttelte staunend den Kopf.

„Jetzt bist du ungerecht. Sicher wollen sie einige persönliche Dinge holen. Das kannst du Ihnen doch wohl kaum ankreiden." Marga war einfach zu gut für diese Welt.

„Quatsch. Die wollen Beweise vernichten. Ganz sicher. Von wegen persönlicher Dinge. Wenn, dann hat er persönliche Sachen daheim in seiner Villa im Safe."

„Ilse, so hör doch auf, überall ein Verbrechen zu wittern. Das ist ja fast schon manisch." Tilde klang regelrecht besorgt.

„Von wegen! Die dürfen außerdem gar nicht in sein Büro, das wurde polizeilich versiegelt, hat Marcus gesagt."

Dass sie in diesem Punkt richtiglag, bewiesen wenige Augenblicke später die wütende Stimme Carolines und die geduldige von Marlene.

„Ich werde ja wohl noch in das Büro meines verstorbenen Mannes dürfen, das ist eine Frechheit!"

„Gnädige Frau, was geschehen ist, bedauere ich sehr, aber ich habe eine klare Anweisung der Polizei. Das Büro darf erst wieder betreten werden, wenn die Untersuchungen abgeschlossen sind. Vorher darf ich Sie nicht hineinlassen, es tut mir wirklich leid."

„Das wird Ihnen noch viel mehr leidtun, wenn Sie hier hinausfliegen. Dafür sorge ich, darauf können Sie sich verlassen." Carolines Stimme überschlug sich beinahe, so wie sie es immer tat, wenn sie wütend wurde.

„Mama, Marlene macht nur ihren Job, so wie sie es immer getan hat“, versuchte Severin, seine Mutter zu beruhigen. „Sie kann nichts dafür. Bitte komm, wir fahren nach Hause.“

Obwohl Caroline ihrem Ärger weiterhin lauthals Luft machte und letztendlich schluchzend am Arm ihres Sohnes verschwand, blieb Marlene standhaft. Sichtlich bedrückt ging die Empfangsdame zurück in den Eingangsbereich.

„Na bravo, das war ja mal ein gelungener Auftritt.“ Ilse fasste offenbar die Meinung aller in Worte, denn einhelliges Nicken antwortete ihr. Sie trank einen großen Schluck ihres Cocktails und blickte dem Wagen von Caroline und Severin nachdenklich hinterher. Wenn sie Caroline etwas nicht abnahm, dann tiefe Trauer um ihren Mann. Warum? Wieder mal so ein „Bauchgefühl“.

***

„Chef! Telefon aus München. Deine Tante ... sagt sie zumindest.“

Phillip Vancura blickte unwillig in Richtung Eingang des Fitnessraumes. „Jetzt? Sag ihr, dass ich zurückrufe.“

Sein Kollege Andy schüttelte mit bedauernder Miene den Kopf. „Das hab ich schon versucht. Sie sagt, es sei sehr dringend, geht wohl um Mord.“

Phillip stieß prustend die Luft aus und stemmte sich von der Hantelbank hoch. „Herrschaftszeiten, was hat sie denn jetzt wieder ausgefressen. Sag ihr, ich komm gleich.“

Rasch wischte er sich mit seinem Handtuch den Schweiß vom Gesicht. Wofür ließ er sein Handy eigentlich am Schreibtisch, um hier drin wenigstens eine halbe Stunde seine Ruhe zu haben? Es konnte nur Tante Ilse sein, wer sonst aus der Familie würde wegen eines Mordes anrufen.

Ihm schwante Böses, als er den Anruf schließlich entgegennahm. „Vancura."

„Phillip, endlich, ich wart schon eine Ewigkeit. Im Ernst, Bub, da könnte man ja tot sein, ehe du ans Telefon gehst." Seine Tante klang angespannt. Seltsam.

„Tantchen, jetzt beruhig dich erst mal. Ich denke, es ist schon jemand tot? Zumindest sagte Andy vorhin etwas von Mord. Gibt's jetzt eine Leich oder nicht?" Er konnte es nicht verhindern, dass man den spöttischen Unterton heraushörte.

Tante Ilse bemerkte diesen Ton sehr wohl. „Vorsicht, mein Lieber, wenn du denkst, du musst dich über deine alte Tante lustig machen, dann könnt es sein, dass es demnächst zwei Leichen gibt. Jetzt hör zu und unterbrich mich nicht."

Phillip runzelte die Stirn, nachdem er schweigend zugehört hatte. „Der Felsner ist tot? Sauber, sag ich, bei euch geht's ja zu. Mord und Totschlag im Nobelclub. Bei dir ist Tennis ein recht gefährlicher Sport."

„Du musst kommen, Bub, unbedingt. Hier braucht's einen Profi!"

Er schüttelte lächelnd den Kopf. „Tante Ilse. Noch ist nicht einmal geklärt, ob es tatsächlich Mord war. Wenn ich das richtig verstanden habe, dann gehen die bayrischen Kollegen von einem Herzinfarkt aus. Sei mir bitte nicht böse, aber das ist Sache eurer Polizei, ich hab da nichts verloren. Außerdem ist das meine letzte Woche vor meinem Urlaub. Ich fahr das Trans-Alp-Rennen mit, schon vergessen?"

Das beredte Schweigen seiner Tante bewies ihm, dass dem tatsächlich so war. Darum hakte er nochmals nach. „Tanterl, hast du mich gehört? Ich sagte, dass ich da zum einen nichts verloren habe und zum anderen nächste Woche mit dem Rad über den Brenner fahr."

„Also ist mein Mordfall dem Herrn Sonderermittler nicht wichtig genug? Ich gönn dir deinen Urlaub, aber ich riech, dass hier was faul ist. Zum Donnerwetter nochmal, warum glaubt mir denn keiner?"

Er wusste, dass sein Tonfall liebevoll-nachsichtig war, als er ihr antwortete, etwas, das sie auf den Tod nicht ausstehen konnte. „Es tut mir sehr leid, Tante Ilse, aber ich kann und darf dir hier nicht helfen. Das liegt außerhalb meiner Kompetenzen, lass die Polizei bitte ermitteln, du wirst sehen, dass sich alles aufklärt, in Ordnung?" Da er nichts hörte, setzte er etwas nachdrücklicher hinzu: „Hast du mich verstanden? Bitte halt dich da raus."

Er hörte ein unwilliges Knurren und dann: „Schon gut, glaubt ihr doch alle, was ihr wollt. Ihr werdet schon sehen, was rauskommt."

Schmunzelnd antwortete er ihr. „Ja, Lieblingstante, das werden wir. Und du beruhig dich erst einmal, geh zur Massage oder zur Maniküre, lass dich verwöhnen und wir telefonieren ganz bald, gell? Ich hab dich lieb."

Es verwunderte ihn nicht, dass das *„Ich dich auch, Servas"* eher nach einer Drohung klang.

„Was war denn los?" Andy musterte ihn neugierig.

Seufzend fuhr sich Phillip mit allen zehn Fingern durch seine lange blonde Mähne. „Tante Ilse wittert einen Mordfall. Der Manager ihrer Tennisanlage wurde tot aufgefunden. Dummerweise war sie es, die ihn gefunden hat und jetzt mutiert meine Tante zu einer Art Miss Marple 2.0. Sie will nicht wahrhaben, dass die Polizei keine Anzeichen für ein Gewaltverbrechen gefunden hat."

„Herzinfarkt?"

Er nickte. „Du sagst es. Aber erklär das mal meiner übermotivierten Tante."

Andy grinste schelmisch. „Ach, geh, deine Tante Ilse ist eine coole Lady. Sie ist halt ein bisserl anders als andere ältere Damen."

Phillip hob amüsiert die rechte Augenbraue etwas an. „Ein bisserl? Mhm, ich könnte ja schwören, dass sie keine Ruhe gibt. Na ja, Hauptsache ich komm heil nach Italien."

***

„Maniküre, dem werd ich helfen, von wegen Maniküre." Grummelnd lehnte sich Ilse in ihrem gemütlichen Gartensessel zurück. Marga und Tilde, die sich bei ihr zum Abendessen, zuerst mit Lachsschnittchen und dann mit Strudel eingefunden hatten, grinsten lediglich.

„Der nimmt dich jedes Mal auf den Arm. Er meint das sehr liebevoll, das solltest du inzwischen wissen, meine Liebe." Tilde beugte sich vor und tätschelte ihre Hand.

„Liebevoll! Frecher Bengel. Ich hab ihm damals reden und laufen beigebracht und jetzt muss ich mir sowas anhören, weil's wahr ist." Immerhin konnte sie schon wieder darüber lachen.

Marga, die genussvoll an einem Stück des von Ilse ebenso gekonnt wie köstlich zubereiteten Quarkstrudels kaute, schluckte eilig. „Ehe ich es vergesse. Heute war Physiotag im Club. Ich war froh, dass der nicht abgesagt wurde, denn mein Rücken braucht den guten Klaus schon dringend. Und dann erzählt mir Klaus, dass ihm Heinz in letzter Zeit so leidgetan hätte. Die drohende Scheidung habe ihn sehr mitgenommen und arg belastet. Habt ihr etwas von einer angeblichen Scheidung gehört? Als ich bei Klaus nachhaken wollte, war der plötzlich sehr schweigsam, wahrscheinlich ist ihm bewusst geworden, dass er soeben eine Art Patientengeheimnis ausgeplaudert hat."

Ilse verneinte grübelnd. „Dass sie nicht ein Herz und eine Seele waren, das konnte ein Blinder sehen, aber Scheidung? Unser geradliniger Clubchef, der jeden Skandal, so gut er konnte, vermieden hat. Unwahrscheinlich, aber es würde auch ins Bild passen. In letzter Zeit stand plötzlich alles Kopf, also warum nicht auch eine Scheidung?"

Tilde nickte zustimmend. „Ja, er hatte auf einmal recht viele Baustellen in seinem Leben. Er hat es sich aber auch nie leicht gemacht, seien wir ehrlich. Das hab ich auch der Kommissarin gesagt. Übrigens, vergesst nicht, dass morgen am Vormittag noch einmal eine Ortsbegehung und eine letzte Befragung stattfinden wird."

Sofort wurde Ilse hellhörig. „Wieso letzte Befragung? In meinen Augen sind da jede Menge Fragen noch offen."

„Hm, tut mir leid, ich kann dir nur sagen, was ich weiß. Und das ist, dass die Kommissarin morgen noch einmal im Club ist und dass ihre Kollegen ein letztes Mal den Ort absuchen, an dem du über Heinz gefallen bist."

Ilse kippte Vanillesauce über ihr zweites Stück Strudel und musterte das Ergebnis nachdenklich. „Ich muss unbedingt nochmal mit dem Mädel reden."

Als sie am folgenden Tag etwas früher als avisiert im Club eintraf, entdeckte sie Manuela Bauer bereits auf dem Rasen. Eilig stieg Ilse aus und stapfte über die Wiese, ohne darauf zu achten, dass der Morgentau ihre hübschen pinkfarbigen Chucks benetzte. „Guten Morgen, Frau Kommissarin, na, haben Sie noch was gefunden?"

Die Beamtin hob den Kopf und brachte ein leidlich freundliches Lächeln zustande. „Bis auf einen Knopf und seine Fußspuren rein gar nichts. Keine Zeichen für einen Kampf, nichts."

Ilse runzelte die Stirn. „Vielleicht hat man ihn ja nur da abgelegt? Das würde erklären, warum wir in zuvor nicht auf den Wegen gesehen haben. Er muss irgendwie zwischen die Ahornbäume und unter den Haselnussstrauch gekommen sein. Er war ja nun kein alter Hund, der sich zum Sterben in die Natur zurückzieht, oder so."

Nun lächelte die Kommissarin richtig. „Ich befürchte, Sie verwechseln das mit den amerikanischen Ureinwohnern. Bei denen ziehen sich die Alten, wenn sie merken, dass der Tod kommt, zum Sterben in die Wälder oder die Steppe zurück. Bleiben wir realistisch, Herr Felsner war kein alter Cheyenne, nicht wahr?"

Ilse konnte gar nicht anders als zurückzugrinsen. „Nein, das war er nicht. Aber gerade darum ist es ja so komisch, oder?" Gerade noch rechtzeitig fiel ihr Punkt zwei auf ihrer geistigen Liste ein. „Haben Sie schon ein Ergebnis der Obduktion?"

Manuela Bauer musterte sie neugierig. „Sie stellen ja jede Menge Fragen, die auch von einem Kollegen kommen könnten. Waren Sie mal bei der Polizei?"

Ilse verneinte geschmeichelt. „Das nun nicht, aber mein Neffe ist Chefinspektor bei der KA Mord im 15. Wiener Bezirk. Außerdem ist er noch bei einer Sondereinheit, die zu Spezialeinsätzen herangezogen wird."

„Na, da ist aber jemand stolz auf den Neffen. So soll's sein. Aber um auf Ihre Frage zurückzukommen. Es gab, zumindest bis jetzt, noch keine Obduktion. Die Ehefrau hat über den Anwalt der Familie eine vorläufige Verfügung erwirkt, die es uns untersagt hat. Folglich liegt Herr Felsner derzeit, im wahrsten Sinne des Wortes, auf Eis."

„Die Ehefrau?", platzte es aus ihr heraus. „Was sollte die für einen Grund haben, die Ermittlungen zu stören?"

„Stören?" Die Kommissarin war sichtlich verwirrt. „Sie will, zumindest wurde uns das als Grund genannt, lediglich verhindern, dass ihr geliebter Mann von uns zerstückelt wird. Sie ließ mitteilen, dass es dafür keinen triftigen Grund gäbe."

„Geliebter Mann, dass ich nicht lache. Ich bitte Sie, Frau Kommissarin, Caroline liebt nur zwei Dinge: sich selber und ihr Porsche Cabriolet. Na ja, ein bisschen vielleicht noch unseren hübschen Trainer Marcus.

Aber das haben Sie nicht von mir. Den Heinz, den hat sie ganz sicher nicht geliebt, sein Geld vielleicht, aber ihn?"

Die Beamtin blickte Ilse nun sehr ernst ins Gesicht. „Da wissen Sie ja schon so einiges. Aber mir wurde von Herrn Impler bereits persönlich von seiner Liaison mit der Gattin des Verstorbenen berichtet. Er war sehr ehrlich, was ich zu schätzen weiß. Auf Gerüchte gebe ich eher weniger."

Ilse schluckte, das saß. „Als Gerücht würde ich es nicht bezeichnen, das weiß so gut wie jeder im Club. Dann wissen Sie sicher auch, dass sie sich gestritten haben wie die Kesselflicker?"

Manuela Bauer seufzte laut. „Auch das wurde mir bereits zugetragen, liebe Frau von Karburg. Sagen Sie mir bitte auch, was ich mit diesen Informationen tun soll? Soll ich Frau Felsner verhaften, weil sie und ihr Mann sich gestritten haben? Wäre das ein Mordmotiv, dann müsste ich wahrscheinlich den halben Club verhaften, oder?"

„Aha, Sie wissen also schon, dass Herr Felsner etwas streitbar war?" Ilse warf ihr einen herausfordernden Blick zu. Dem hielt die junge Kommissarin erstaunlich gut stand.

Sie setzte sogar zu einem Konter an. „Das wurde mir erzählt, ja. Allerdings fiel in diesem Zusammenhang relativ oft Ihr Name, liebe Frau von Karburg. Einige der Clubmitglieder wussten zu berichten, dass Sie sich des Öfteren mit Herrn Felsner in die Haare bekamen. Lassen Sie mich nachdenken, wie war das Wort, das mehrmals fiel? Ach ja, aufmüpfig und ab und an renitent. Kommt Ihnen das bekannt vor?"

Sie schluckte. „Ja, schon, aber weil ich mich mit ihm wegen seiner spießigen Art immer wieder angelegt habe, darum bring ich ganz sicher keinen um.“

Nun lächelte die Kommissarin wieder. „Das habe ich auch nicht gesagt. Im Gegenzug wäre ich Ihnen sehr dankbar, wenn Sie weitere Spekulationen zu einem Gewaltverbrechen unterlassen könnten. Es ist für niemanden hilfreich, wenn Sie hier im Dunkel herumstochern. Und nun muss ich wieder zu meinen Kollegen. Wir sehen uns in einer Stunde auf der Terrasse des Clubs.“ Sie nickte ihr freundlich zu und ging dann raschen Schrittes auf zwei Uniformierte zu. „Und, habt ihr noch etwas gefunden?“

Ilse sah noch die ratlosen Gesichter der beiden Männer und hörte die Worte: „Nichts, aber so rein gar nichts.“

Sie wusste nicht, ob sie sich ärgern sollte oder ob sie die Kommissarin verstand. Vielleicht hörte sie wirklich die Flöhe husten. Wer sollte Heinz denn das Lebenslicht ausgeblasen haben? Sein Notar und Steuerberater, der etwas von Toten erzählt hatte? Der arme Doktor Pohl, der für alles überhaupt nichts konnte und nur dank Carolines Schönheitswahn in das Visier des Clubchefs gerückt war? Oder gar Marcus, der seit Jahren Caroline beglückte und dem es aus diesem Grunde vergönnt war, oft mit deren sauteurem Porsche durch die Gegend zu düsen? Oder gar Caroline selbst? Wusste denn jemand, ob es nicht einen Ehevertrag gab, der beinhaltete, dass Caroline im Falle einer Scheidung leer ausgehen würde? Das könnte böse für sie enden. Heinz hatte nie mit seinem Vermögen geprahlt, aber die Villa am Starnberger See, das Segelboot in Südfrankreich, die beiden teuren Wagen, eine wahrscheinlich nicht gerade billige Moto Guzzi, die allerdings ein Geschenk für seinen Sohn Severin gewesen war. Und etwas, das Ilse nur rein zufällig zu Ohren gekommen war: eine Dachterrassenwohnung im Münchner Künstlerviertel Schwabing. Dazu die Wohnung, die er seiner Tochter während ihres Studiums gekauft hatte. Da kamen schon zwei, drei Milliönchen zusammen. Lohnte sich dafür ein Mord? War Caroline daher so darauf aus, dass er nicht obduziert wurde?

Fragen über Fragen und sie sollte die Füße stillhalten.

Ilse schlenderte in Richtung Clubhaus, den Blick auf ihre bunten Sportschuhe gesenkt. Als sie an einer Baumgruppe vorbeikam, hörte sie leise Stimmen. Sie erkannte die der Kommissarin und die ihres Kollegen, der schon am Tag des Mordes – oder vielleicht ja auch des Herzinfarktes – mit ihr die Anwesenden befragt hatte.

„Manuela, du musst zugeben, dass es undurchsichtig bleibt. Die Familie ist seltsam, der Steuerberater erklärt, man habe befürchten müssen, Felsner habe sich verrannt, und mit dem Arzt, diesem Pohl, hat er sich gestritten, dass die Fetzen geflogen sein müssen. Mag der auch jetzt relativieren, es gibt da einige offene Fragen."

Ilse hätte ihn küssen können. Jetzt musste die Kommissarin etwas unternehmen.

„Richard! Fall du mir bitte bei meinem ersten Mordfall nicht in den Rücken. Ich weiß, dass du mich nicht in der Abteilung haben wolltest. Aber ich habe so hart dafür gearbeitet, endlich in der Abteilung Mord zu landen. Mach mir das nicht kaputt. Bitte. Ich mische mich bei deinen Fällen auch nicht ein, oder?"

Sie vernahm ein ungehaltenes Schnauben. „Ich falle dir nicht in den Rücken, wenn ich bemerke, dass es offene Fragen gibt. Ist es denn falsch, wenn ich dich unterstützen will?"

„Das ist es nicht. Aber ich komme klar, verstehst du? Du warst der erste von wegen ‚Herzinfarkt'. Ich brauche keine Hinweise auf Dinge, die ich eventuell übersehen haben könnte. Ich habe alles im Kopf und im Protokoll. Ich brauche weder deine Hilfe noch die dieser Möchtegern-Miss-Marple. Die alte Dame ist lieb und nett, ganz sicher ist sie auch ziemlich clever. Aber kann sie denn nicht wie andere in dem Alter auch Kaffeekränzchen organisieren, Kuchen essen und Prosecco schlürfen? Echt wahr."

„Sie wollte nur helfen, ebenso wie ich. Vertrau mir, Manuela, ich will dich weder bevormunden noch kontrollieren, ich will nur dein Bestes."

Bei dem letzten Satz verzog Ilse schmerzvoll den Mund. Ein ganz schlechter Satz für einen Mann, richtig übel. Dein Bestes! Mit sowas schlug man kluge Frauen schnell in die Flucht. Dieser Richard schoss eindeutig übers Ziel hinaus.

Aber sie hatte genug gehört. Möchtegern-Miss-Marple. Da hatte die liebe Manuela den Mund etwas voll genommen. Ehe sie ihr Wissen und ihr kriminalistisches Können hier weiter vergeudete, musste eine Lösung her. Je länger sie darüber nachdachte, desto sicherer war sie sich. Heinz Felsner war keines natürlichen Todes gestorben, basta. Plötzlich hellte sich ihre Miene auf. Die Lösung lag schließlich auf der Hand. Die alte Freundschaft mit dem derzeit noch amtierenden Polizeipräsidenten hatte sie schon lange einmal wieder

auffrischen wollen. Zufrieden lächelnd beschleunigte
Ilse ihre Schritte.

Stille Wasser und der
Spürsinn einer Lady

„Mensch, Paul, wir haben uns eine Ewigkeit nicht gesehen. Danke, dass du Zeit für mich hast." Ilse umarmte Paul Gruber herzlich.

Er und ihr verstorbener Mann waren enge Freunde gewesen und diese Freundschaft hatte Paul auf Ilse ausgeweitet. Der Münchner Polizeipräsident war ein gestrenger, aber ebenso offener, herzlicher Mensch. Er war so wie sie alle älter geworden, wirkte allerdings noch immer fit und sportlich. Welch Wunder als passionierter Bergsteiger und Wanderer, der auch schon einmal in eiskalte Bergseen sprang. Sie wusste das, da sie einmal hinterhergehüpft war. Eine nicht ganz so gute Idee, aber danach war sie für Stunden hellwach gewesen.

„Für dich doch immer, liebe Ilse. Es klang am Telefon schon recht interessant und jetzt erzählst du mir bitte alles und lässt mich wissen, was ich für dich tun kann." Paul setzte sich in seinen Bürosessel, legte seine Arme auf die Lehnen und musterte sie erwartungsvoll.

Haarklein berichtete sie ihm jedes Detail des Falles, ließ nichts aus und endete mit den Worten: „Da steckt noch viel mehr dahinter. Das sagt mir mein Bauch. Ich will der Frau Kommissarin nichts Böses, wirklich nicht. Aber ich befürchte, dass das Mädel hier überfordert ist. Das ist ihr erster Mordfall und sie will unbedingt, dass es ein Herzinfarkt war. Worum ich dich bitte, das ist, dass du deine Spezialisten einschaltest und Heinz Felsner ein bisschen auf den Zahn fühlst, also wohl eher seiner Vergangenheit. Ich denke, dass sein Notar nicht umsonst etwas von Toten erwähnt hat. Sowas saugt man sich nicht aus den Fingern. Du hast da alle Möglichkeiten."

„Hm, ich bin zwiegespalten. Zum einen falle ich ungern einer unserer Beamtinnen in den Rücken, zum anderen aber hast du mit deinem seltsamen Bauchgefühl, seit wir uns kennen, noch nie falsch gelegen. Ich werde also einige Nachforschungen anstellen. Gib mir bitte ein paar Tage, denn schneller geht so etwas nicht."

Ilse atmete erleichtert auf. „Paul, ich danke dir. Das freut mich, sehr sogar. Ich verspreche, dass ich mich in der Zwischenzeit komplett zurückhalte. Das wird die Frau Kommissarin sicher sehr beruhigen."

Paul hüstelte kurz, um dann doch lauthals zu lachen. „Oh, meine Lady Ilse. Du bist mir so eine Marke. Ja, bitte halt die Füße still. Es reicht, wenn wir in seiner Vergangenheit herumgraben. Ich werde dir alles sofort erzählen, sollte sich etwas ergeben."

Als Ilse einige Minuten später das Präsidium verließ, ballten sich dunkle Wolken am Himmel über ihr zusammen. Sie beschleunigte ihre Schritte, denn noch war das Verdeck ihres Cabrios offen. Gerade rechtzeitig, als die ersten Tropfen auf den warmen Asphalt des Parkplatzes fielen, schloss sie das Verdeck und ließ sich erleichtert auf den Fahrersitz plumpsen. Für ein elegantes „Hineingleiten" fehlten ihr Zeit und Motivation.

Binnen weniger Augenblicke entlud sich die Gewitterfront in voller Wucht über die Münchner Innenstadt. Der Regen fiel so stark, dass Ilse beschloss, noch eine Weile auf dem Parkplatz zu verharren. Es machte wenig Sinn loszufahren, solange man kaum etwas erkennen konnte. Gewitter machten sie immer nachdenklich, warum das so war, hatte sie nie herausgefunden. Auch heute betrachtete sie die Regentropfen an ihrer Autoscheibe, die, wo sie zusammentrafen, kräftige Rinnsale bildeten, die sich wie Wasserschlangen über die Frontscheibe schlängelten. Ilse lehnte sich zurück und begutachtete in Gedanken versunken das Naturschauspiel.

War das, was sie hier tat, richtig? War es richtig, andere infrage zu stellen, ihnen gar zu unterstellen, ein Leben zu beenden? Carolines Gesicht tauchte vor ihr auf. Es stimmte schon, sie mochte die einstige Beautyqueen nicht. Nicht, weil sie sich so viel auf ihre vergängliche Schönheit einbildete, sondern weil sie anderen das Gefühl gab, minderwertig zu sein. Oft genug war sie in den „Genuss" von Carolines Launen gekommen. Gut, nicht Ilse persönlich, das wagte „Mrs Ich-bin-besser-als-du" dann doch nicht. Aber wie sie das Personal behandelte, wie oft sie die liebenswerte, geduldige und kompetente Marlene vor anderen abgekanzelt hatte. Ganz zu schweigen von ihren Scharmützeln mit den bemitleidenswerten Kellnern. Trotz alledem kamen Zweifel in Ilse hoch. Franz-Josefs freundliches Gesicht mit den sanften, braunen Augen tauchte vor ihr auf. Wie hätte sie sich gefühlt, wenn er nach seinem

Tod von den Gerichtsmedizinern in seine Einzelteile zerlegt worden wäre? Kein schöner Gedanke. Andererseits hatte sie Franz-Josef innig geliebt, hier unterschieden sich die beiden Fälle schon einmal grundlegend. Trotzdem. Hatte sie das Recht, Carolines Beweggründe zu hinterfragen?

Es war keine Bosheit oder gar Geltungssucht, es war der einfache Wunsch, dass die Gerechtigkeit siegen würde. Ihr war Ehrlichkeit wichtig und sie konnte es in den Knochen spüren, dass Caroline nicht ehrlich war. Nur, wer war überhaupt noch ehrlich? Sie wusste sehr wohl, dass Lügen allgegenwärtig und durchaus gesellschaftsfähig geworden waren. Ein Umstand, der ihr überhaupt nicht gefiel. Wer sagte ihr denn, dass Doktor Pohl nicht doch, um seinen Ruf zu schützen, zu einem speziellen Medikament gegriffen hatte? Woher wollte sie wissen, dass sich Meric in die Riege der Verdächtigen einfügte? Viele Fragen, die ihr durch den Kopf schwirrten.

Über ihr klärte sich langsam der Himmel. Der Regen wurde leichter und auch Ilses Gedanken begannen, sich aufzuhellen. Gewiss, sie hatte Heinz nicht gemocht, aber wenn er umgebracht worden war, und davon ging sie, auf ihren Bauch vertrauend, aus, dann musste der Täter oder eben die Täterin gefunden werden. Ilse sah es als ein Zeichen des Universums an, dass ausgerechnet sie über seine Leiche gestolpert war. So, als hätte Heinz es darauf angelegt, dass sie ihn fände. Zwar waberten noch immer die Schatten eines Zweifels durch ihre Gedanken, aber langsam kehrte ihre alte Überzeugung zurück. Sie konnte nicht mehr zurück, diesen Fall würde sie lösen. Auf Teufel komm raus!

Am Ufer des Lago Maggiore sitzend gönnte sich Ilse einen sehr wohlschmeckenden Aperol Spritz. Dass am Nebentisch George Clooney saß und ihr verschwörerisch zuzwinkerte, gestaltete das Szenario noch um einiges attraktiver ... In Schwabing gibt's a Kneipn, de muas ganz wos Bsonders sei ... Sekunde, das Kultlied der Spider Murphy Gang passte so gar nicht ins italienische Ambiente. Verdammt! Das war ja ihr Handy. Sukzessive wurde aus dem Lago Maggiore ihr Swimmingpool in Grünwald und aus dem hübschen George der liebenswerte Gärtner Achmed mit seiner beginnenden Glatze und seinem ansehnlichen Bauchansatz. „Lady, Ihr Telefon. Sie haben aber fest geschlafen." Mit einem Schmunzeln streckte er ihr das Mobiltelefon entgegen.

Seufzend und noch immer nicht ganz wach rappelte sie sich auf ihrer Poolliege hoch und griff danach. „Darauf können Sie wetten, Achmed. Und ich hab so schön geträumt, ich hab gedacht, Sie sind George Clooney."

Achmed grinste und fuhr sich mit der Hand über den glänzenden Schädel. „Schön wär's, aber das wird nichts mehr, der Zug ist abgefahren." Er zeigte auf ihr Handy. „Wollen Sie nicht drangehen?"

Als Ilse sah, wer es da so nachdrücklich klingeln ließ, hatte sie es plötzlich sehr eilig.

Eine gute Stunde später fand sich auf ihrer Terrasse hoher Besuch ein. Paul Gruber samt einem sehr ernst dreinblickenden Mann, der sich als Stefan Markwart vorstellte und Leiter der Sondereinheit für Mord und auch Bandenkriminalität war. Ilse wurde flau im Magen, aber sie hielt sich tapfer und servierte den Herren einen Espresso und kühles Mineralwasser.

„Ihr werdet mir verzeihen, aber ich glaube, es ist normal, dass ich besorgt bin, oder?“

Paul nickte, seine Miene wirkte mindestens ebenso besorgt, wie sie sich fühlte. „Ja, meine Liebe. Wieder einmal hat dein Bauchgefühl dich nicht getrogen.“ Er hielt inne und sah sich suchend um. „Du bist aber schon allein hier, oder?“

Na prima, nun war sie noch nervöser. „Ja, Achmed ist vor zehn Minuten nach Hause gegangen. Und jetzt bitte rede, sonst platze ich vor Anspannung.“

Stefan Markwart stellte seine Espressotasche zurück auf den Tisch und zog sich den Kragen seiner schwarzen Lederjacke zurecht, unter der Ilse ganz deutlich ein Pistolenholster entdeckte. „Vielleicht fange ich lieber an. Also, wir haben lange überlegt, wo wir anfangen, und haben dann zuerst mit Herrn Felsners Lebenslauf begonnen. Und dieser Lebenslauf war in den letzten Jahren untadelig. Nicht einmal einen Strafzettel hat er sich eingehandelt. Heinz Felsner war das Musterbeispiel eines unbescholtenen Bürgers. Wir haben ihn in drei Abteilungen durchs Raster laufen lassen. Drogen, Betrug und Mord. Nichts! Aber sowas von gar nichts. Dann kam Paul auf die Idee, bei uns, also Bandenkriminalität nachzugraben. Es hat auch hier gedauert, aber dann haben wir letzte Nacht einen Volltreffer gelandet. Sie haben eine gute Nase, liebe Frau von Karburg. Sie sollten erwägen, als Sonderermittler oder Beraterin zu uns zu kommen.“

Sie musste wohl oder übel lachen. „Das meinen Sie nicht ernst, oder?“

Markwart verzog den Mund und zuckte die Schultern. „Ganz ehrlich? Es wäre für uns sicher ein Gewinn.

Die Tatsache, dass Sie so hartnäckig daran festgehalten haben, dass etwas mit dem natürlichen Tod von Heinz Felsner nicht stimmen kann, zeigt mir, dass Sie ein gutes Gespür für außergewöhnliche Situationen haben. Ohne Sie wäre das untergegangen."

Ilse stieß heftig die Luft aus, die sie vor lauter Anspannung angehalten hatte. „Wenn Sie mir bitte noch erklären, was untergegangen wäre, wär ich Ihnen sehr dankbar."

Paul tätschelte beruhigend ihre Hand. „Geduld, meine Lady, Geduld."

Sie rümpfte die Nase. „Weil das ja mein zweiter Vorname ist, oder?"

Lachend lehnte sich Paul Gruber zurück und musterte sie geradezu liebevoll. „Na, dann wollen wir dich nicht länger auf die Folter spannen. Du, liebe Ilse, hast da einen schweren Jungen aufgespürt. Und zwar so richtig schwer! Über das, was wir dir heute erzählen, musst du Stillschweigen bewahren."

In der nächsten halben Stunde erfuhr Ilse Dinge, die sie, wenn sie genau nachdachte, gar nicht hatte wissen wollen.

Heinz Felsner hieß gar nicht Heinz Felsner oder irgendwie schon. Fakt war, dass Heinz vor vielen Jahren in ein Zeugenschutzprogramm aufgenommen worden war. Nachdem er einige Jahre als Geldwäscher und Geldeintreiber in einem hervorragend organisierten Drogenhändler-Ring in Zagreb tätig gewesen war, kam einer der Dealer, bei dem er kassieren sollte, bei einem Schusswechsel zu Tode. Heinz, oder vielmehr Ferdinand Slobovic, wie sein richtiger Name lautete, wurde gefasst, nachdem er anscheinend von den Bossen als

Sündenbock auserkoren worden war. Da Ferdinand selbst eine viel zu kleine Nummer und Interpol schon seit Jahren hinter dem ganzen Ring her war, bot man ihm einen Deal an. Er sagte als Kronzeuge gegen den ganzen Drogenring aus, dafür würde man ihn in die USA ausfliegen, wo er in einem vergleichsweise angenehmen Gefängnis achtzehn Monate verbüßen sollte, danach würde Ferdinand Slobovic leider im Gefängnis an einem zu spät erkannten Aneurysma sterben.

Slobovic nahm den Deal an, sagte gegen seine ehemaligen Kumpane aus und wurde in die USA gebracht. Eineinhalb Jahre später erreichte die Nachricht über Ferdinands ebenso bedauerlichen wie plötzlichen Tod dessen Familie. Sogar eine Grabstätte existierte und die trauernden Eltern ebenso wie Slobovics Schwester erhielten ein Foto dieses Grabes samt Kreuz sowie ein Päckchen mit seinen persönlichen Dingen.

Ferdinand Slobovic war tot.

Nur eine Woche später reiste der Geschäftsmann Heinz Felsner, nach mehreren Jahren in Amerika, wo er als Geschäftsführer eines erfolgreichen Fitness-Clubs gearbeitet hatte, nach Wien. Hier trat er auf ausdrückliche Empfehlung der Firmengruppe, zu welcher jener Club gehörte, eine Stelle als Manager in einem Hotel in der Wiener Innenstadt an. Sein Lebenslauf war lückenlos, seine Zeugnisse exzellent. Bei einem Winterurlaub in Ischgl verliebte er sich in die schöne Caroline, suchte und fand eine Stelle in München. Ein Jahr später fand eine elegante Hochzeit statt. Der Rest war Geschichte.

Ilse fehlten kurzzeitig die Worte. Ein Umstand, der bei ihr etwas heißen wollte. Sie goss sich frisches Mineralwasser in ihr Glas und trank hastig einige Schlucke. Erst dann atmete sie ein paar Mal tief ein und aus.

Paul betrachtete sie mit eindeutiger Sorge. „Ilse, meine Liebe, ist alles in Ordnung mit dir?" Sie stellte ihr Glas ab und nickte. „Langsam geht es wieder, aber auf so etwas war ich, ehrlich gesagt, nicht gefasst. Dass der Felsner solch eine Geschichte zu bieten hatte, darauf wär ich nicht im Traum gekommen."

Markwart lächelte. „Man erlebt die unglaublichsten Sachen, vertrauen Sie mir, da gibt es noch ganz andere Dinge."

Ilse zog eine schmerzliche Grimasse. „Danke, die hier reicht mir vollauf. Glauben Sie, dass der Heinz tatsächlich mit seiner Vergangenheit abgeschlossen hat?"

Es war Paul, der ihr antwortete. „Da sind wir uns sicher. Er hätte lebensmüde sein müssen, um auch nur einen einzigen Schritt in sein einstiges Leben zu gehen. Nach seiner Aussage wurden sämtliche Bosse verurteilt. Er war schon damals sehr genau und präzise. Du musst dir vorstellen, er hatte exakt Buch geführt und zwar über jeden einzelnen Auftrag. Mit Namen, Ort und Zeit, alles punktgenau aufgelistet – so eine Art Lebensversicherung wahrscheinlich oder einfach seine ureigene Macke. Aber egal, letztendlich konnte mit seiner Aussage die ganze Bande hochgenommen werden, samt Hintermännern und Dealern. Seine Familie in Zagreb bekam sicherheitshalber ein neues Heim an der Küste und die Eltern über ein ganzes Jahr Polizeischutz. Danach glätteten sich wohl die Wogen. Nein, von dem

Augenblick an, als er als Heinz Felsner wieder auftauchte, hat er ein geradezu mustergültiges Leben geführt. Erst letzte Woche erstattete er Anzeige wegen
ärztlichen Pfusches. Ein gewisser Doktor Pohl hat wohl
eine Schönheitsoperation verpfuscht."

„Hat er nicht!" Ilses Antwort kam so schnell und so
heftig, dass Paul und auch Markwart erstaunt die Augen aufrissen.

„Hoppla, ist dieser Arzt ein Bekannter von dir?" Paul
schob sich seine randlose Brille zurecht und musterte
sie neugierig.

Ilse seufzte laut und genervt. „Lange Geschichte. Kurz
gesagt, musste Felsner die Anzeige wahrscheinlich erstatten, weil seine Frau sonst komplett hysterisch geworden wäre." In knappen, ausdrucksstarken Worten
schilderte Ilse das Lippendilemma der jetzigen Witwe
Felsner. „Und nur weil sie den Kragen oder wohl hier
eher die Lippen wieder nicht voll bekommen konnte,
musste sich der arme Doktor vollkommen zu Unrecht
beschimpfen lassen."

Markwart schien Zweifel zu hegen. „Sind Sie sich sicher, dass das nicht eskaliert ist und der Doktor den
Herzinfarkt, sagen wir, etwas beschleunigt hat?"

„Auf gar keinen Fall. Ich weiß nicht, warum ich mir
so absolut sicher bin, aber ich kenne Herrn Doktor Pohl
schon so lange. Er ist ein freundlicher, hilfsbereiter und
warmherziger Mensch. Glauben Sie mir, wenn ich sage,
dass das einer von denen ist, die den hippokratischen
Eid noch ernst nehmen. Der erhält die Gesundheit, ich
kann mir im runden Leben nicht vorstellen, dass der jemanden umbringt. Und schon gar nicht wegen eines
Schlauchlippen-Waterloos."

„Ilse!" Paul hielt sich den Bauch, so sehr musste er lachen.

Ilse grinste ihn breit an. „Ist doch wahr. Da siehst du, wie schnell man in Verdacht gerät. Phillip sagt das auch immer. Es geht verflixt schnell."

Paul beruhigte sich langsam wieder. „Richtig. Sag einmal, wie geht es deinem Neffen eigentlich? Ist der noch bei der KA Mord in Wien-Hütteldorf?"

Voller Stolz nickte sie. „Ja, und nicht nur das. Er ist auch noch bei einer Sondereinheit für Drogendelikte und Terrorbekämpfung und er ..." Sie hielt inne und konnte ein zufriedenes Lächeln nicht unterdrücken. Sie räusperte sich, ehe sie fortfuhr. „Nur mal so als Frage. Das ist nun doch ein größerer Fall mit vielen offenen Fragen geworden. Außerdem war der Felsner offensichtlich längere Zeit in Wien. Und wenn ich nicht ganz falsch liege, dann gehen wir derzeit von einem Mordfall aus, nicht wahr?"

„Ja ... und was versuchst du uns zu sagen?" Das *Ja* hatte Paul ziemlich in die Länge gezogen.

„Ich versuche zu erklären, dass da wahrscheinlich kein banaler Herzinfarkt dahintersteckt, sondern was Größeres. Ich mag die Frau Bauer, ehrlich – und schaut mich jetzt nicht so ungläubig an ich mag sie wirklich. Aber könnte das nicht eine Ecke zu groß für sie sein? Vielleicht sogar zu gefährlich? Ich denk ja nur laut, aber was wäre so falsch daran, wenn man ... Amtshilfe aus Österreich anfordern würde."

„Wie lange genau hast du deinen Lieblingsneffen nicht mehr gesehen?"

„Das hat jetzt aber gar nichts mit der Sache zu tun. Mir geht es nur um die allgemeine Sicherheit und dass dieser Fall schnellstmöglich und ohne großes Aufsehen aufgeklärt wird." Immerhin versuchte sie, eine Mischung aus Empörung und Unschuld auszustrahlen. Ob es gelang, konnte sie nicht sagen. Paul legte die Stirn in tiefe Falten und auch Markwart fuhr sich mit der Hand über das kantige Kinn.

„Na?" Himmel, konnte sie sich nicht einmal gedulden? Sie lächelte entschuldigend.

Paul warf seinem Begleiter einen fragenden Blick zu.

Der hob lediglich die Schultern. „Schaden kann es nichts, im Gegenteil. Ich nehme an, dass hier die ganze Zeit die Rede von Phillip Vancura war und der ist nun ja wahrlich eine Bereicherung für jedes Ermittlerteam.

Ilse platzte beinahe vor Stolz und hatte ihre liebe Mühe, es sich nicht anmerken zu lassen. „Sie meinen, es macht Sinn, ihn dazu zu holen?"

Markwart nickte nachdrücklich. „Dem Kerl eilt sein Ruf voraus. Den kennt bei uns ein jeder."

„Dann werde ich mich morgen doch sofort ans Telefon setzen und bei meinem lieben Kollegen in Wien anrufen. Ilse, ich hoffe, das ist auch in deinem Sinne, oder willst du ihn nicht sehen?" Pauls Blick beinhaltete eine gehörige Portion Ironie.

Lächelnd antwortete sie ihm. „Ich komm wohl kaum mehr drum herum, oder?"

Familiäre Bande ... und eine
Portion Geduld

„Phillip, kommst du bitte in mein Büro?"

„Sicher, bin schon unterwegs". Erstaunt legte er den Hörer zurück auf die Gabel. Die antiquierten Telefone auf ihren Schreibtischen mochte er lieber als das moderne System über den Computer. Das hatte noch was Martialisches.

Was konnte so wichtig sein, dass ihn sein oberster Chef um diese Uhrzeit zu sich holte? Während er über die Treppen noch in den obersten Stock lief, ließ er die Schlagzeilen des heutigen Morgens Revue passieren. Nope, da war nichts dabei gewesen, was in sein Aufgabengebiet passte. Er grüßte die gestreng dreinblickende Sekretärin, die, als er sie freundlich anlächelte, gar nicht anders konnte, als sein Lächeln zu erwidern.

„Ich soll zum Chef, kann ich rein?"

„Natürlich, Herr Vancura, er erwartet Sie schon, gehen Sie ruhig rein."

Er zwinkerte ihr fröhlich zu, was zur Folge hatte, dass sich ihre Wangen mit dezenter Röte überzogen.

Phillip öffnete die schwere dunkle Holztür und spähte hinein.

„Rein mit dir, schnell! Du wirst gebraucht!" Sein Chef, mit dem ihn eine langjährige Sportlerfreundschaft verband, winkte ihn zu sich.

„Ich? Hab ich was verpasst?"

„Wohl nicht, aber es gibt da eine Sache, bei der wir dabei sein sollten. Setz dich, ich erzähle es dir."

Als Andreas fertig war, platzte es spontan aus ihm heraus. „Tante Ilse!"

„Was?"

Er verschränkte die Arme hinter seinem Kopf, was bewirkte, dass seine wohldefinierten Muskeln hervortraten und Andreas ihn dezent neidisch betrachtete.

„Du sollst hier nicht herumposen, sondern mir erklären, was du damit meinst."

„Meine liebe Tante war es, die auf dem Gelände über den Toten gestolpert ist. Sie war von Anfang an der Meinung, dass der Fall für die bayrische Kollegin zu groß sein könnte."

Andreas schmunzelte. „Dumm, dass sie nun auch noch recht behält, was? Im Ernst, der Felsner war in seiner Jungend ein harter Hund. Mag er sich seit seinem fingierten Tod mustergültig verhalten haben, muss das für sein Umfeld noch lange nicht zutreffen. Es ist zwar so gut wie unmöglich, aber stell dir vor, es hat ihn doch einer von damals erkannt. Seit die Grenzen offen sind, kann alles passieren, du weißt das. Zugegeben, es ist die Chance von eins zu einer Million, aber sie besteht. Wäre dem so, dann haben wir ein Problem. Okay, nicht wir, aber seine Familie. Solche Subjekte schrecken nicht davor zurück, sich an den Nachkommen schadlos zu halten, das muss ich dir nicht erklären."

Seufzend stimmte Phillip ihm zu. „Nein, musst du nicht. Ist es in Ordnung, wenn ich mich über den alten Fall nochmal schlau mache und dann morgen losfahre?"

Andreas nickte mit ernster Miene. „Natürlich. Dann sag ich meinem Kollegen in München, dass du dich morgen auf den Weg machst." Sein glucksendes Lachen, sorgte für eine tiefe Furche auf Phillips Stirn.

„Was ist bitte so komisch daran?"

„Nichts. Aber vergiss nicht, Tante Ilse Bescheid zu sagen, dass sie dein Zimmer fertig machen kann."

Er stemmte sich aus dem Ledersessel vor Andreas' Schreibtisch hoch. „Das Tanterl wird überrascht sein, aber sowas von."

***

„Ilse, du bist so schweigsam. Ist dir nicht gut?" Marga musterte sie mit deutlicher Besorgnis im Blick.

„Nein, alles gut. Ich hab nur schlecht geschlafen. Es tut mir leid, dass ich euch gestern Abend versetzt hab. Du weißt, dass mir unser Donnerstagabend sonst heilig ist. Ich habe mich aber tatsächlich über Pauls Besuch gefreut. Ich wollt ihn nicht rauswerfen." Tunlichst verschwieg sie den beiden Freundinnen die Anwesenheit seines Kollegen, ganz zu schweigen von den aufwühlenden Neuigkeiten, die sie erfahren hatte.

Marga schmunzelte. „Der Herr Präsident. Ilsehase, du treibst dich in elitären Kreisen herum. Aber ich gönn es dir." Sie schwieg und verzog die vollen Lippen so wie immer, wenn sie angestrengt nachdachte. „Allerdings hast du etwas verpasst. Wie wir gestern Abend so auf der Terrasse das übliche Buffet genossen haben, kamen Caroline, Severin und Anett an. Severin bat um unsere Aufmerksamkeit, erklärte uns allen, dass er ab sofort die Pflichten seines Vaters übernehmen würde und wir uns gerne mit allen Fragen an ihn wenden könnten. Er hat uns gebeten, etwas Geduld mit ihm zu haben, er würde sich, so schnell er könnte, einarbeiten. Danach haben wir mitbekommen, dass Caroline wieder versucht hat, in das noch immer versiegelte Büro ihres dahingeschiedenen Mannes zu gelangen. Marlene, die eigentlich längst hatte heimgehen wollen, musste die Kommissarin anrufen, um mit ihr fertig zu werden."

Sofort wurde Ilse hellhörig. Das waren interessante Neuigkeiten. Warum war Caroline so unglaublich wild darauf, in das Büro zu kommen? Was wusste sie oder was vermutete sie da drinnen? Das konnte nicht mit rechten Dingen zugehen, denn sie hatte sich früher einen feuchten Kehricht um die Geschäfte des Tennisclubs geschert.

„Mädels, ich weiß, das ist gewagt, aber ich befürchte, wir müssen irgendwie in das Büro."

„Bist du denn jetzt verrückt geworden?" Tilde war ein Freund der klaren Worte.

„Nein, aber denkt bitte einmal nach. Wann war Caroline denn der Club wichtig? Es sei denn, sie konnte bei einer Veranstaltung glänzen. Und heut ist sie plötzlich ganz wild darauf, in Heinz' Büro zu gelangen?"

Marga schluckte den Bissen, an dem sie gekaut hatte, griff nach ihrem Glas und trank einen großen Schluck Weißweinschorle. „Richtig, vielleicht sind ja die Lippendesaster-Abrechnungen von Doktor Pohl im Büro.

Könnte sein, dass es ihr nur peinlich ist und sie die verschwinden lassen will?"

Ilse schüttelte ungehalten den Kopf. „Ach, geh mir weg! Ehrlich, das kann jeder sehen, der nicht mit Blindheit geschlagen ist. Sie könnte derzeit die Werbemelodie der Schlauchbootfirma vom Starnberger See pfeifen! Ach, halt, mit den Lippen kann sie ja nimmer pfeifen." Sie kicherte.

„Ilse, nun sei nicht gar so zynisch. Schlimm genug, dass sie derzeit so rumlaufen muss. Aber ich hab mir sagen lassen, dass sich das mit der Zeit abbaut." Tilde musterte sie mit dezent strafendem Blick.

Sie stöhnte, gerade so laut, dass es niemandem auffiel. „Ja, was kann ich denn dafür, wenn sie so eine Steilvorlage abliefert? Aber zurück zum Kernpunkt. Das Büro. Ich meine das todernst, dass ich da hinein möchte. Bei der ersten Durchsuchung müssen sie was übersehen haben. Oder sie haben geglaubt, es wäre unwichtig. Glaubt mir, da drin ist etwas, das für den Fall wichtig ist und ich will's finden."

„Bei dir ist Hopfen und Malz verloren, liebe Freundin. Aber irgendwo höre ich in mir eine sehr leise Stimme, die sagt, du könntest recht behalten. Nur werden wir das nicht ohne Rückendeckung machen, nur dass das klar ist. Wenn, dann weihen wir Kamon ein. Der ist der Verschwiegenste hier im Bunde. Ihm vertraue ich, ohne nachzudenken. Bei den anderen Jungs wäre ich mir nicht so sicher. Sie könnten fürchten, dass Caroline sie an die Luft setzt, sollte jemals was herauskommen." Marga wirkte nachdenklich.

Tilde war eindeutig verwirrt. „Ach, und warum sollte Kamon nicht befürchten, hinausgeworfen zu werden?"

„Weil er binnen weniger Wochen zu einem festen Bestandteil hier geworden ist. Weil er junge Mädchen anzieht, die den Club deutlich verjüngen, weil er kompetent und fähig ist ... und weil er so herrlich unschuldig dreinschauen kann." Marga lächelte vielsagend.

„So so so, vor allem dein letztes Argument entbehrt ein wenig der Substanz, du bist dir dessen bewusst, nicht wahr?"

Marga zuckte die Schultern. „Ja und? Stimmen tut es trotzdem, oder etwa nicht?"

Hier konnten Tilde und auch sie selbst nur noch zustimmend nicken.

„Na dann, morgen Vormittag ist hier so gut wie nichts los, da das Charity-Turnier mit Sepp Maier im Golfclub stattfindet. Ich könnte schwören, dass auch Caroline und Severin sich da sehen lassen werden."

Tilde musterte sie fragend. „Ilse, seit wann willst du nicht zu einer Veranstaltung mit dem von dir so verehrten Torwart?"

Ilse lächelte spitzbübisch. „Seit ich das starke Bedürfnis habe, einen Mord aufzuklären!"

***

Kurz vor Rosenheim wurde der Verkehr dichter als zuvor. Phillip warf einen Blick auf die Umgebung. Natürlich, eine Baustelle. Wohin man derzeit auch blickte, überall wurde auf den Straßen gebaut. So etwas soll passieren, wenn man das Straßennetz über viel zu viele Jahre verrotten lässt. Er wechselte mit seinem alten, umgebauten Range Rover die Spur und ordnete sich ganz rechts ein. So eilig hatte er es heute nicht.

Phillip war sich noch nicht sicher. Sollte er ärgerlich auf seine Tante sein oder sollte er sie für ihren Spürsinn bewundern? Nachdem er sich eingehend mit den alten, tief im Archiv vergrabenen Akten beschäftigt hatte, tendierte er zur Bewunderung. Er konnte aber nicht verhindern, dass sich in diese Bewunderung eine große Portion Sorge schlich. Tante Ilse war ein geradliniger und durch und durch furchtloser Mensch. Ihre Aufrichtigkeit und ihr bedingungsloses Engagement für die Wahrheit hatten sie schon früher in Schwierigkeiten gebracht. Es war jedoch ein Unterschied, ob man wegen spontaner ehrlicher Äußerungen in das ein oder andere Fettnäpfchen trat, oder ob man in ein Wespennest stach.

Die Geschichte von Ferdinand Slobovic war in keiner Weise zu seinem Amüsement geeignet. Der Kerl war blutjung gewesen, als er seine fragwürdige Karriere in dem Drogenring startete. Mochte man ihm zugutehalten, dass er seine Eltern und die greise Großmutter mit dem Geld unterstützte, so war Phillip dennoch von einer kriminellen Grundeinstellung bei ihm überzeugt. Seine Akte war lang und er war definitiv nicht als Anwärter für die Heilsarmee geeignet. In seinem Umfeld sollte man achtsam sein und Vorsicht walten lassen.

„Herrschaftszeiten, soll ich euch beim Tragen helfen, oder was?" Ärgerlich setzte er den Blinker und wechselte auf die Mittelspur. Mochten im Baustellenbereich auch nur 80 km/h erlaubt sein, so musste man nicht mit knapp 50 dahinschleichen. Dass seine Benzinanzeige nach solch einer Aktion zügig absank, trug er mit Fassung. Dass der riesige Geländewagen schluckte wie ein Weltmeister, das musste er akzeptieren. Aber er liebte das Gefährt und außerdem brauchte er ihn. Sein Gestell für das Surfboard konnte ebenso schnell und leicht befestigt werden wie sein hochwertiges Mountainbike. Nebenbei war die einstige Ladefläche zur Liegewiese umgebaut, darum konnte er problemlos in dem Gefährt übernachten und sparte sich so auf seinen Abenteuertouren manch teures Hotel. Apropos teures Hotel. Grinsend warf er einen Blick in den Rückspiegel und scherte vor dem tranigen Audi-Fahrer wieder ein. Exfrau Martina war da immer anderer Meinung gewesen. Sie hatte nie verstanden, warum er es hasste, in Luxushotels abzusteigen und Gourmetmenüs zu verzehren. Bratkartoffeln mit Zwiebeln und Tomatensalat in einer gemütlichen Berghütte, nachdem man zuvor fünf Stunden mit dem Mountainbike da hoch geradelt war, das mochte er. Oder Camping in seinem ebenfalls umgebauten LKW, der jetzt einem Afrikaforscher gehörte, der damit quer durch den afrikanischen Kontinent reiste. Solange er den Lastwagen, den er wahrlich mit allen Schikanen ausgebaut hatte, unter anderem mit Solarpanelen und Brauchwassertank, selbst genutzt hatte, war es für ihn Erholung pur gewesen. An einem See- oder Flussufer zu halten und mit einer Tasse Kaffee in der Hand den Sonnenuntergang zu genießen und nur das Plätschern des Wassers zu hören. Das wiederum hatte Martina gehasst. Eigentlich konnte er Lügen, Unwahrheit immer erkennen. Bei Martina hatte er versagt. Sie war so bildhübsch, so klug und so eloquent gewesen. Ja, okay, das war sie immer noch. Was sie sicher nicht gewesen war, das war eine Liebhaberin der unberührten Natur. Hier war es ihr raffiniert gelungen, ihm die Outdoorqueen vorzugaukeln. Sie wollte ihn damals auf Teufel komm raus für sich gewinnen. Das war ihr gelungen, er war ihr in jeder Beziehung auf den Leim gegangen. Er mochte es nicht, sich persönliches Versagen einzugestehen – hier hatte er keine andere Wahl. Genoss er es zu Beginn noch, sich mit der bildschönen Frau zu zeigen, so bemerkte er zunehmend ihre mangelnde Begeisterung für seine Hobbies. Wenn er von einem großartigen Urlaub redete, erschienen in ihrer Vorstellung teure Hotels, edle Restaurants, Sonnenuntergänge am Meer mit einem eisgekühlten Cocktail in der Hand. Er hingegen sah sich mit dem Camper an einer steinigen Atlantikküste mit Blick in den Sternenhimmel und einem wärmenden Lagerfeuer neben sich. Zwei Welten, von denen Martina gehofft hatte, er könnte in die ihre kommen. Versucht hatte er es, mehrmals. Aber die High Society, die ihm, dem erfolgreichen Sonderermittler, regelrecht huldigte, war einfach nicht seine Welt. Ab und an in einem schönen, weichen Hotelbett, ja, kein Thema. Aber vier Wochen fünf Sterne auf Mauritius mit einem Hummerabend jeden Freitag und französischem Champagner als Refill? Och, nein. Martinas Tränen zu sehen, als er das erste Mal von Trennung sprach, hatte weh getan. Es war nicht so, dass er sie nicht liebte. Aber sie war nicht ehrlich gewesen. Sie hatte etwas vorgegeben, das nicht der Wahrheit entsprach, und so etwas zu verdauen, das fiel ihm schwer. Ganze zwei Mal war sie mit ihm gekommen. Einmal in die Provence, wo sie in der Morgendämmerung die wilden Pferde bestaunten und einmal an einen wunderschönen, wilden Strand in der Toskana. Aber während er in Frankreich die herrlichen Pferde sah, sah Martina nur Mücken, Spinnen und schlammiges Wasser.

Vor acht Monaten hatten sie die Scheidungspapiere unterzeichnet, seit sechs Monaten lebte er nun in seiner durchaus geräumigen Genossenschafts-Wohnung im Bezirk Hütteldorf und schaute sich – wenn er tatsächlich mal Lust darauf hatte -, die Spiele von Rapid Wien an. Eher selten ... denn für Höchstleistungen war er selbst zuständig. Sein letzter Triumph, das 500-Kilometer-Rennen „Upper Austria" in vierundzwanzig Stunden.

Dass er nun von einer Autobahn-Baustelle zur nächsten schlich, anstatt in Richtung Berge unterwegs zu sein, grämte ihn sehr. Die Anforderung von Amtshilfe konnte er jedoch schwerlich ablehnen. Er hätte es wissen müssen, dass Tante Ilse ihren Willen bekommen würde – wie auch immer. Immerhin entdeckte er das Ende der Baustelle ebenso wie das Hinweisschild zum Tegernsee. Da es noch früh am Tag war, ging es auf seiner Seite jetzt zügig voran, auf der Autobahn Richtung Tegernsee staute es sich schon wieder. Er konnte die Tegernseer gut verstehen, dass sie die Münchner Wochenendurlauber inzwischen verfluchten. Das sollte aber nicht sein Problem sein. Sein Problem hieß Tante Ilse und der Tennisclub. Dorthin würde er fahren, ehe er ins Präsidium fuhr. Er machte sich gern vorab selbst ein Bild. Mit vorsichtigem Blick auf die Tankanzeige gab Phillip wieder Gas.

Schmerzhafte Erkenntnisse

„Kamon, wenn wir da drin sind, tu uns bitte den Gefallen und sieh zu, dass wir nicht gestört werden. Marlene hat heute frei, also sollte es nicht allzu schwer sein." Ilse nickte ihm verschwörerisch zu.

„Meine Damen, Sie wissen, dass Sie das nicht dürfen? Vielleicht ist es sogar gefährlich." Die ruhige, sanfte Stimme des Kellners wies eindeutig einen nervösen Unterton auf.

Ilse tätschelte beruhigend seine Hand. „Keine Angst, wir haben das im Griff und wenn uns jemand erwischt, was nicht geschehen wird, dann verweigern wir alle die Aussage."

„Etwas Besseres fällt dir nicht ein? Aussage verweigern! Weil das in diesem Fall so viel weiterhelfen würde, oder?" Marga war eindeutig nicht überzeugt.

„Fällt dir was Sinnvolleres ein?" Ilse zog fragend eine Braue nach oben.

„Ja, lass uns den Unsinn abblasen und einen Beauty-Smoothie trinken. Der arme Kamon würde sich sicher auch darüber freuen."

Kamons heftiges Nicken unterstrich Margas Worte nachdrücklich.

Ilse schnaubte ungehalten. „Also, wirklich. Ihr wart schon einmal abenteuerlustiger. Ich breche nirgends ein, ich informiere mich nur."

„Du brichst ein!" Die drei Worte kamen zeitgleich von Tilde und Marga, von Kamon erfolgte ein mittlerweile leicht verzweifelt wirkendes Nicken.

„Ihr seid solche Spießer. Wenn am Montag Phillip kommt, dann will ich Fahndungserfolge vorweisen können." Nein, das ließ sie sich nicht mehr ausreden.

Der sichtlich beunruhigte Kamon, den die Drei gänzlich in die Pläne hatten einweihen müssen, betrachtete Ilse unglücklich. „Frau von Karbach, ich habe Angst um Sie, große Angst. Bei uns in Thailand muss man für so etwas ins Gefängnis. Nicht gut, gar nicht gut!"

Tilde runzelte die Stirn. „Ich könnte mir vorstellen, dass man das hierzulande auch muss. Aber, wer weiß, vielleicht wäre das unserer ambitionierten CSI-Agentin ja eine Lehre."

„Jetzt kriegt euch wieder ein. So schlimm wird es nicht werden. Darf ich bitten, jetzt in die Gänge zu kommen? Das Golfturnier dauert nur bis um Zwei. Wenn Caroline und Severin nachher hierherkommen, dann könnte es wirklich eng werden. Dazu darf es nicht kommen. Also bitte. Kamon, du hast die Eingangstür im Blick, meine Handynummer hast du für den Fall eines Falles. Marga, du bist am Empfang und Tilde, du tust vor der Tür so, als würdest du dir deine Schuhe zubinden."

Tilde warf ihr einen giftigen Blick zu. „Mit meinem Rheuma eine halbe Stunde lang in der Hocke. Sonst geht's dir gut?"

„So lange brauch ich nicht. Ich bin effektiv, versprochen."

Gesagt, getan, schon entfernte sie mit spitzen Fingern das rot-weiße Plastikband der Polizei und löste vorsichtig, um es später wieder ankleben zu können, das Siegel. Dass dieses unter ihren Fingernägeln etwas litt, konnte sie nicht verhindern, aber das würde niemandem auffallen. Ein letzter fragender Blick zurück zeigte ihr eine leise schimpfende Tilde, die mit schmerzerfüllter Miene in die Hocke ging und die Schnürsenkel ihrer Tennisschuhe löste. Sehr gut!

In Heinz Felsners Büro sah es, von den langsam verrottenden Blumen abgesehen, aus wie immer. Nein, nicht ganz. Man sah das weiße Pulver, das die Polizei nutzte, um Fingerabdrücke sichtbar zu machen. Es war fast überall, außerdem standen an seinem großen Aktenschrank zwei Türen offen. Heinz hatte nie Türen offengelassen.

Wie sie nun da stand und ihren Blick über das verwaiste Büro gleiten ließ, wurde ihr endgültig bewusst, dass das hier kein Spiel war. Heinz würde nie wieder hinter seinem wuchtigen Schreibtisch sitzen. Er würde nie wieder die großen Fenster öffnen, um draußen nach dem Rechten zu sehen. Nie. Das war ein verflixt endgültiges Wort.

So gut sie konnte, schluckte Ilse ihre seltsamen Gedanken hinunter und ging entschlossen auf den Aktenschrank zu. Sie streifte sich die mitgebrachten Einmalhandschuhe über und betrachtete die sauber in Reih und Glied aufgestellten Ordner. Sie waren alle mit Jahreszahlen beschriftet. Heinz war immer ordentlich gewesen. Immer? Ilse dachte angestrengt nach und kam zu dem Schluss, dass etwas, das nicht für die Öffentlichkeit bestimmt war, wohl kaum in einem nicht verschließbaren Aktenschrank lagern würde. Daher wandte sie sich dem Schreibtisch zu und umrundete ihn langsam. Hier hatte er noch vor einer Woche gesessen und sich mit Doktor Pohl gestritten. Auch mit Meric hatte er sich gefetzt und das lautstark und, wie sie inzwischen wusste, nicht nur einmal. Behutsam zog sie an der rechten Schublade. Zuerst ging sie nicht auf, erst, als sie ein wenig daran ruckelte, ließ sie sich öffnen. Ein Brieföffner, eine Holzbox mit edlen Zigarren, ein gerahmtes Foto ... Nanu, wieso legte man sich ein Bild in den Schreibtisch und stellte es nicht darauf? Neugierig griff sie danach. Sie kannte die Personen auf dem Foto. Anett und Severin als Kinder, als eindeutig glückliche Kinder, die mit frechem Grinsen in einem kleinen Planschbecken standen. Severin hielt eine Wasserpistole in der Hand und Anett eine kleine Puppe. Ein hübsches, natürliches Foto, eines, das man sich gern auf den Schreibtisch stellen würde. Warum lag es also in der Schublade?

Sie förderte noch mehr zutage. Briefe aus Amerika, von einem John Carpenter. Die Briefe waren allesamt mehr als drei Jahre alt. Einige waren viel älter. Erstaunt fand sie heraus, dass dieser Carpenter ein Rechtsanwalt war. Wahrscheinlich einer jener Menschen, die ihn hatten verschwinden lassen, die ihm dabei geholfen hatten, in sein neues Leben zu finden. Ilses Erstaunen wuchs noch, als sie in der hintersten Ecke der Schublade einige Überweisungen fand. Immer die gleiche Summe und immer in US-Dollar. Die Schecks waren auf eben jenen John Carpenter ausgestellt. Sollte

Heinz auf diese Weise seine Dankbarkeit bewiesen haben oder war es ein Teil des mit ihm abgeschlossenen Deals? Fünfhundert Dollar und das Monat für Monat. Wie lange, das wusste sie natürlich nicht. Die jüngste Überweisung war knapp ein Jahr her, danach fand sich nichts mehr. Ob die Kommissarin das auch gesehen hatte? Anzunehmen, denn schließlich waren auch an der Schublade diese Spuren der Fingerabdrücke. Komisch, sehr komisch. Sie packte Briefe und Überweisungen wieder ordentlich zusammen und legte sie so zurück, wie sie sie vorgefunden hatte. Sachte drückte sie die Überweisungen etwas weiter nach hinten und als sie die Hand zurückzog, glitten ihre Finger über eine Erhöhung am Boden der Schublade, es fühlte sich an wie eine Halbkugel mit etwa zwei Zentimeter Durchmesser. Sie strich erneut darüber, dieses Mal mit etwas mehr Druck. Was war das?

Sie hatte den Satz kaum zu Ende gedacht, als es unter der Schublade klackte. Hoppla, was war jetzt los? Sie versuchte, die Lade etwas weiter herauszuziehen, was misslang. Etwas hakte. Allerdings war das zuvor nicht gewesen, sie hatte sich leicht herausziehen lassen. Interessiert bückte sie sich und fasste unter den Schreibtisch. Vielleicht hatte sich etwas verzogen? Ihre tastenden Hände fanden eine rechteckige Platte links neben den Schubladen, an der äußeren Holzverkleidung, die sich leicht anheben, aber nicht herausziehen ließ. Ilses Neugier war geweckt. Sie ging in die Knie und krabbelte unter den Schreibtisch. Es war etwas düsterer hier unten, aber nicht allzu dunkel. Sie kniff die Augen zusammen und dann sah sie es: ein hölzernes Kistchen, etwas größer als ein DIN-A4-Blatt. Vorsichtig betastete sie das Konstrukt und als sie begann, zaghaft daran zu ruckeln, ploppte es plötzlich auf und klappte nach außen. Ein brauner Briefumschlag fiel heraus, ein großer Umschlag. Ihre Hände wurden feucht vor lauter Aufregung. Himmel war das spannend. Sie setzte sich direkt an Ort und Stelle auf den Boden und öffnete vorsichtig das Kuvert.

Wieder Briefe. Wieso hatte Heinz so viele Briefe geschrieben, warum keine Mails? Sie gab sich die Antwort selbst. Das Internet war nicht sicher. Verschlossene, unauffällige Briefe hingegen sehr wohl. Sie hielt den ersten so, dass sie einigermaßen lesen konnte, was dort stand.

„... mein Wunsch nach einer Änderung meines Testaments sollte auch für dich bindend sein. Nach unserem letzten Gespräch solltest du meine Beweggründe verstanden haben. Es geht hier nicht um eine vorschnelle Entscheidung. Es geht um meine Einstellung und den Willen, etwas Richtiges zu tun. Mir ist bewusst, dass du mit meiner Entscheidung haderst. Sei dir dessen bewusst, dass ich immer – sofern man es zugelassen hat – zu einmal von mir gefällten Entscheidungen stehe. Für dich werden keine negativen Folgen entstehen. Außerdem darf ich dich gerne noch einmal daran erinnern, dass ich dein Auftraggeber bin und nicht meine Familie. Darum nochmals meine klare Anweisung, meinen Wünschen nachzukommen ...“

„Will ich wissen, was du da unten tust?“

Aua! Ilse war so erschrocken hochgefahren, dass ihr Kopf unliebsame Bekanntschaft mit der Unterseite der Schreibtischplatte gemacht hatte. Die Stimme kannte sie und im Moment klang sie so dermaßen ärgerlich, dass ihr ausnahmsweise flau im Magen wurde. Fieberhaft überlegte sie, ob und, wenn ja, wie sie aus der Nummer wieder herauskommen könnte.

„Tante Ilse! Du kommst jetzt auf der Stelle da unten raus, hörst du mich?"

Ihr „Ich mach ja schon" klang so kläglich, wie sie sich fühlte.

„Das will ich dir geraten haben."

Herrjemine, die Stimme wollte einfach nicht freundlicher werden. Sie krabbelte auf allen Vieren unter dem Schreibtisch hervor und blinzelte zaghaft nach oben. Da stand er. Groß, breitschultrig, langhaarig, mit verschränkten Armen und sehr ärgerlich gerunzelter Stirn. Phillip.

„Bub, was machst du denn schon hier? Ich hab erst am Montag mit dir gerechnet. Jetzt ist dein Zimmer noch gar nicht fertig."

Phillip reichte ihr die Rechte und half ihr hoch, wobei er noch immer sehr ernst dreinschaute. „*Frau von Karbach*, glaubst du ernsthaft, dass mich in diesem Moment ein nicht fertiges Gästezimmer interessiert? Du hast dich gleich mehrfach strafbar gemacht. Du hast eine polizeiliche Absperrung ignoriert, du hast ein Polizeisiegel zerstört und du bist an einem möglichen Tatort. Sag mal, warum glaubst du denn, dass hier versiegelt wurde? Damit der Club der Detektivinnen hier drinnen herumwühlt, oder was? Hast du mir denn nie zugehört, wenn ich dir was erzählt habe?"

Kleinlaut schüttelte sie den Kopf. „Zugehört ja, eigentlich schon, aber da ging es nie um Polizeisiegel und so was."

„Ging es sehr wohl und komm mir jetzt ja nicht mit beginnender Demenz, dann vergesse ich nämlich was und zwar, dass du ein Heidenglück hast, dass ich dich so liebhabe." Er griff nach ihren Schultern und zog sie an sich. „Tu sowas nie wieder, hörst du? Nie wieder!"

Nur wenige Minuten später saßen sie, Tilde und Marga etwas eingeschüchtert an ihrem Tisch auf der Clubterrasse. Kamon warf ihr einen entschuldigenden Blick zu und zuckte mit einer hilflos wirkenden Geste die Schultern. Dem aufmerksamen Phillip entging auch diese Kleinigkeit nicht.

„Eine Meisterleistung, meine Damen, den armen Kerl mit in eure kriminellen Machenschaften einzubinden. Dank seinem Arbeitsvertrag hat er zwar eine Aufenthaltserlaubnis, aber das kann man schnell ändern."

„Bub, du wirst ihn wohl nicht hinhängen? Das tust du nicht … oder?" Jetzt war sie ernsthaft besorgt. Das Letzte, das sie wollte, war, Kamon zu schaden. Der Junge war so fleißig, so strebsam und so liebenswürdig.

Phillip musterte sie alle der Reihe nach mit ernster Miene, dann hellten sich seine Züge auf.

„Natürlich nicht. Er kann nichts dafür. Aber ihr solltet euch schon an die eigene Nase fassen. So etwas tut man nicht. Das mag in unrealistischen Tatort-Filmchen angehen, aber bitte nicht in der Realität. Abgesehen davon bin ich mir sicher, dass diese Idee auf deinem Mist gewachsen ist, Lieblingstante, oder irre ich mich?" Sein Blick durchbohrte sie regelrecht.

Ihr blieb keine Wahl. „Ja, schon, ich gebe es ja zu. Aber ich hatte Angst, dass was übersehen wird."

Phillips Blick wurde noch etwas intensiver. „Übersehen? Tante, wovon redest du, bitte? Die Münchner Kollegen haben da drin alles auf den Kopf gestellt ... denke ich zumindest."

Das war ihr Moment, auf den sie hin gefiebert hatte, seit Phillip sie unter Heinz' Schreibtisch erwischt hatte. Sie zog den Umschlag mit triumphierender Miene hervor, den sie geschickt hinter ihrem Rücken versteckt gehalten hatte. „Das hier beispielsweise. Das haben die Herrschaften von der Polizei nämlich nicht gefunden. Der Umschlag war in einem Geheimfach am Schreibtisch. Da, schau es dir an." Stolz streckte sie Phillip das Kuvert entgegen.

Der schüttelte lediglich den Kopf. „Tante, Fingerabdrücke?"

Sie zuckte die Schultern. „Keine Ahnung, wie ihr das handhabt, aber ich habe Handschuhe getragen. Außerdem sind da, wenn ich logisch denke, nur die Abdrücke von Heinz drauf. Hat ja keiner gefunden, bis heute."

Phillip lächelte endlich wieder und zog sich die eigenen Handschuhe über. „Deine Logik lässt sich schwer wegargumentieren, gib schon her."

Während er las, ließ sie ihn keine Sekunde aus den Augen. „Na, was sagst du?"

Ihr Neffe ließ den Brief sinken und verzog den Mund. „Schwer zu sagen. Er wollte unbedingt sein Testament geändert haben. Was mich ärgert, ist, dass nichts darauf hindeutet, warum er das wollte. War da noch mehr in dem Umschlag? Das Testament beispielsweise?"

Ilse verneinte bedauernd. „Da drin nicht. Aber ich glaub, das alte ist drin. Zumindest habe ich das ansatzweise am Datum gesehen, als ich rüde in meiner Nachforschung unterbrochen wurde. Das da drin, von dem ich denke, es könnte das Testament sein, ist aus dem Jahr 1999. Das ist ewig her, davon kann wohl kaum die Rede sein. Das dürfte das Dokument sein, das er geändert haben wollte.“

Phillip nickte zustimmend. „Wahrscheinlich. Sieht zumindest so aus.“ Seine Uhr am Handgelenk piepte und er warf einen raschen Blick darauf. „Muss das jetzt sein?“

Ilse verstand nicht so ganz. „Redest du immer mit deiner Uhr?“

„Tanterl, das ist ein Multifunktionsgerät. Das zeigt mir meine E-Mails, meine WhatsApp-Nachrichten und meine Schrittzahl beziehungsweise meine mit dem Rad gefahrenen Kilometer an.“

„Ui, das alles kann deine Uhr? Nicht schlecht.“ Sie war nachhaltig beeindruckt.

„Ja, das alles kann meine Uhr. Sekunde bitte, ich muss schnell telefonieren.“ Phillip stand auf und ging in Richtung Rasen, während er sein Handy ans Ohr hielt.

„Glaubst du, er ist böse mit uns?“ Tilde klang kleinlaut.

„Nein, er war schon ärgerlich, aber das legt sich wieder. Er ist etwas angefressen, weil er in München rumhängen muss, anstatt mit seinem Radl über die Alpen zu strampeln. Du weißt doch, der Bub ist ein bisschen irre.“

„Dann ist es gut. Ich mag deinen Neffen. Ich möchte nicht, dass er denkt, wir sind senile alte Schachteln, die sich in alles einmischen." Tilde trank einen Schluck Mineralwasser und warf Phillip einen langen Blick hinterher. „Verflixt, er ist schon ein arg Fescher. Da möchte man nochmal dreißig Jahre jünger sein."

Ilse sah das lockerer. „Wo ist das Problem? Hol dir einen, der mindestens zwanzig Jahr jünger ist als du, und du wirst sehen, das wirkt besser als jede Anti-Aging-Pille." Sie kicherte und hielt sich die Hand vor den Mund. „Und auch viel besser als Hyaluron. Es bläht nicht so auf."

Marga hob den Blick und musterte Ilse eingehend. „Du bist ab und an ein dermaßen bissiges Weib, aber das weißt du, oder?"

Ilse setzte ihren unschuldigsten Blick auf. „Ich habe keine Ahnung, wovon du sprichst, meine Liebe."

Fragen über Fragen

Phillip hatte sich seine Jeansjacke ausgezogen und saß nun in seinem grünen Longsleeve mit hochgeschobenen Ärmeln an dem blank gewienerten Tisch im Besprechungszimmer des Polizeipräsidiums in der Münchner Ettstraße. Das ehrwürdige Gebäude beeindruckte sogar ihn stets aufs Neue. Ebenso beeindruckte ihn Paul Gruber oder vielmehr nötigte der erfahrene Präsident ihm immer wieder Respekt ab. Heute saß Paul ihm im weißen Hemd mit Krawatte gegenüber neben seinem Kollegen Stefan Markwart, einem ruhigen, freundlichen Mann in schwarzer Lederjacke, vom dem Phillip ahnte, dass er genau wusste, was er tat. Er strahlte einfach Kompetenz aus. Ein Rätsel hingegen war ein großer, schlaksiger Kerl mit Namen Richard Franzen, der laut eigener Aussage bis vor kurzem die rechte Hand Markwarts gewesen war und jetzt im Betrugsdezernat stellvertretender Leiter war. Die Art und Weise, wie dieser Manuela Bauer, die einzige Frau im Bunde, behandelte, wollte Phillip nicht gefallen. Wenn er beobachtete, wie er sie ansah, wie er mit ihr sprach, befiel ihn das Gefühl, Franzen glaube, ein Kind vor sich zu haben. Aber es stand ihm nicht zu, sich dazu zu äußern. Zumindest war dem jetzt noch so. Ob er sich lange würde zurückhalten können, das wusste Phillip noch nicht.

Er lehnte sich zurück und fuhr sich mit beiden Händen durch seine langen, frisch gewaschenen Haare. Der Blick von Manuela Bauer, den die ihm dabei zuwarf, entging ihm keineswegs. Allerdings auch der sichtlich angesäuerte Blick dieses Franzen nicht. Er hätte zu gern gewusst, was hier los war. Im Moment aber ging Paul noch auf die alten Unterlagen und den Fall „Ferdinand Slobovic" ein und darum hielt er die Klappe und hörte geduldig zu. Nachdem Paul geendet hatte, nickte Phillip zustimmend.

„Ich gehe vollkommen mit Ihnen konform. Der Mann war kein straftechnisches Leichtgewicht. Ja, er war noch jung, als er da hineingeschliddert ist, aber das will nichts heißen. Noch etwas müssen wir unbedingt im Auge behalten. Dieser Milan, der damals dem jungen Ferdinand den Auftrag erteilt hat, bei der Drogenübergabe den Mann zu eliminieren, falls der nicht seine Restschuld bezahlte, der war jetzt über dreißig Jahre im Knast. Vor einem Monat kam er frei. Das ist ein Punkt, der für uns essenziell sein kann. Dreißig Jahre sind eine verdammt lange Zeit in einem kroatischen Gefängnis. Ich habe mich nach ihm erkundigt und angeblich war er ein mustergültiger Gefangener. Dagegen spricht, dass gleich zwei seiner Zellengenossen, mit denen er laut Aussage der Gefängnisleitung nicht gut zurande kam, frühzeitig das Zeitliche segneten. Angeblich hatte Milan nie etwas damit zu tun. Wie gesagt: angeblich!" Phillip hielt kurz inne, eine Chance, die Franzen sofort ergriff, um ihm zu antworten.

„Herr Vancura, glauben Sie ernsthaft, dass nach so langer Zeit im Gefängnis, sich jemand die Mühe macht, alles auf den Kopf zu stellen, um herauszufinden, ob der einstige Mitganove noch lebt? Ich halte das für weit hergeholt. Auch finde ich das ganze Gewese um Felsner tatsächlich übertrieben. Bei unseren Vernehmungen stellte sich heraus, dass er in der letzten Zeit viele persönliche Probleme hatte, dass er überanstrengt und überarbeitet war. Das sagte uns auch seine Witwe. Bitte verstehen Sie mich alle hier nicht falsch, aber die Theorie mit dem Herzinfarkt wird sich erhärten, ich habe das absolut im Gefühl.“

Es war Markwart, der sich nach vorn beugte, die Ellbogen auf der Tischplatte aufstützte, sein Kinn bedächtig auf die vor sich gefalteten Hände legte und Franzen ernst musterte. „Kollege, Ihr Gefühl in allen Ehren, aber wie wir bereits des Öfteren besprochen haben, bin ich ein Freund von Fakten und der Auswertung dieser Fakten. Ich danke Ihnen für Ihren zusätzlichen Einsatz bei diesem Fall, frage mich aber schon, warum Sie sich so sehr damit beschäftigen. Frau Bauer wurde von mir ausgewählt und das aus gutem Grund. Ich habe die Kollegin lange beobachtet und bin sehr zufrieden mit ihrer Arbeit. Was ich immer erleben konnte, das war ein gutes Gespür, sobald sie eigenständig arbeiten und entscheiden konnte. Darum ist Frau Bauer auch seit einigen Wochen meine Partnerin. Ich vertraue ihr und ihrem Spürsinn. Bitte, ich möchte nicht, dass sich jemand angegriffen fühlt, aber ich werde das Gefühl nicht los, dass Sie großes Interesse an diesem Fall zeigen und das, obwohl er nicht mehr in Ihr Aufgabengebiet fällt. Gleichzeitig verunsichern Sie mir meine Partnerin.

Verstehen Sie mich nicht falsch, Franzen, aber ich würde es sehr begrüßen, wenn Sie Frau Bauer diesen Fall allein würden lösen lassen."

Autsch! Phillip konnte sehen, wie Franzen zuerst blass unter dem dichten, dunkelroten Haarschopf wurde und sich seine Gesichtsfarbe in der Folge zunehmend seiner Haarfarbe anglich. Wo war er denn hier hineingeraten? Ein Seitenblick auf Manuela Bauer bewies ihm, dass er richtig dachte. Sie war ebenfalls blass geworden und saß wie ein kleines Schulmädchen schweigend auf ihrem Stuhl. Sie war eine hübsche Frau, das war ihm sofort aufgefallen, er war ja schließlich nicht blind. Und der Spürsinn des Sonderermittlers sagte ihm, dass sie sich in Gegenwart Franzens unwohl fühlte. Sie hatte, wahrscheinlich einer Gewohnheit folgend, während der Ansage Franzens ihre langen, fast schwarzen Haare mit einem Haarband zu einem strengen Pferdeschwanz gebunden. Dadurch konnte er ihr Gesicht umso besser erkennen. Große dunkelbraune Augen, hohe Wangenknochen, so, als habe es irgendwann einmal ein indigenes Familienmitglied gegeben. Ein ausnehmend schön geformter Mund, sanft gebräunte Haut und unverschämt lange Wimpern. Leider waren die vollen Lippen in diesem Augenblick ärgerlich zusammengekniffen. Da sie einen ärmellosen, dunkelbraunen Rollkragenpullover trug, kam er nicht umhin, ihre muskulösen Arme zu bestaunen. Wenn diese Frau nicht regelmäßig trainierte, fraß er einen Besen. Kurz, sie entsprach – leider – vollkommen seinem Beuteschema. Allerdings waren Frauen in seiner Zukunftsplanung gerade nicht vorgesehen. Er kaute noch kräftig am Scheitern seiner Ehe mit Martina. Viel mehr schürte das Scharmützel um Richard Franzen seine Neugierde.

Vorerst musste er aber die Fakten abklären. „Was wir nicht außer Acht lassen dürfen, das ist das Dokument, das meine Tante, zugegeben auf etwas unorthodoxe Art und Weise, gefunden hat. Es scheint, als habe Felsner nicht nur sein Testament ändern wollen, der Plan traf offenbar auf vollkommenes Unverständnis. Daher wäre gut zu wissen, inwiefern er es geändert haben wollte und wer unterm Strich der Leidtragende gewesen wäre. Wir wissen alle, Geld macht selten glücklich."

Paul nickte. „Stimmt, ich gebe Ihnen vollkommen recht. Ebenso bin ich in Sorge wegen der alten Geschichte. Auch Rache ist ein altbekanntes Mordmotiv. Hier gilt meine Sorge auch den Hinterbliebenen. Es wäre nicht das erste Mal, dass sich jemand aus einem solchen Milieu an den noch lebenden Familienangehörigen schadlos hält."

Ehe Phillip antworten konnte, fiepte seine Armbanduhr. Er schaute nach dem Absender und stieß einen unwilligen Laut aus. „Meine Damen und Herren, ich muss um eine kurze Unterbrechung bitten. Wir haben in Wien seit einigen Wochen einen Undercover-Einsatz. Ausgerechnet jetzt spitzt sich das gerade dramatisch zu. Ich müsste dringend telefonieren."

Sofort erhob sich Paul Gruber. „Gar kein Problem, Herr Vancura. Bitte gehen Sie nach nebenan in mein Büro, wenn Sie möchten. Dort sind Sie ungestört. Wir lassen uns einstweilen frischen Kaffee und kalte Getränke kommen, damit wir nicht verdursten." Der Polizeipräsident machte eine einladende Handbewegung und Phillip beeilte sich, nach nebenan zu kommen.

Er zog die Tür ins Schloss, stellte jedoch fest, dass man noch immer die Stimmen aus dem Nebenraum hören konnte. Das war ihm zu gewagt. Rasch öffnete er die Tür zum Gang, sah nach links und rechts und entschied sich – Klischee lässt grüßen – für die Herrentoilette.

Tatsächlich gelang es ihm, ungestört das Telefonat zu führen und seine Anweisungen für das Sondereinsatzkommando zu geben. Beruhigt steckte er das Mobiltelefon in seine Hosentasche wusch sich, einer Gewohnheit folgend, die Hände und verließ geräuschlos die Toilette.

„Das muss aufhören! Ich bin kein Kindergartenkind, dem du das Leben erklären musst."

„Langsam wirst du unverschämt. Ist dir nicht bewusst, dass ich das für dich mache? Es ist nicht so, als dass ich nicht meine eigene Stelle hätte, verdammt nochmal. Aber ich habe das Gefühl, dir unter die Arme greifen zu müssen."

„Unter die Arme greifen?" Manuela Bauers Stimme klang sehr kalt und sehr distanziert. „Sag einmal spinnst du? Was ist denn los? Du hast doch immer gesagt, dass ich hervorragend in dem bin, was ich tue. Jetzt auf einmal stellst du mich als dummes, unfähiges Blödchen hin, das nicht bis drei zählen kann. Mein erster Mordfall und du verunsicherst mich fortwährend. Nicht nur das, du redest mir meine Gedanken aus und ziehst meine Vermutungen ins Lächerliche."

„Das ist nicht wahr." Franzens Stimme wurde schneidender. „Ich will dir helfen. Schließlich bin ich der mit der langen Erfahrung. Muss ich dich erinnern, über wen du in die KA Mord hineingekommen bist?"

Phillip vernahm ein wütendes Schnauben. Das kannte er von Tante Ilse, wenn sie richtig sauer wurde.

„Wie bitte? Willst du mir jetzt aufs Butterbrot schmieren, dass ich es dir und deiner Güte zu verdanken habe, dass ich zu Stefans Partnerin aufgestiegen bin? Bist du wütend? Wütend auf mich, weil ich da bin, wo du gerne wärst, oder vielmehr hättest bleiben wollen? Wenn er mir den Job zutraut, warum kann mein Verlobter das nicht auch?"

Oha! Der Verlobte. Hübsch war sie ja, aber über ihren Geschmack bei Männern ließ sich eindeutig streiten.

„Weil dieser Verlobte sich Sorgen macht. Der Job ist gefährlich und du bist eine Frau. Ich …" Weiter kam er nicht.

„Ach, ich bin eine Frau? Sag bloß. Und das bedeutet, dass ich unfähig für eine Stelle im Morddezernat bin? Für eine Stelle, für die mich der Leiter des Dezernats persönlich ausgewählt hat? Richard, spinnst du jetzt komplett? Diese Anwandlungen hast du erst, seit du zum Dezernat Betrug gewechselt hast." Sie schwieg kurzfristig, um dann mit sehr ruhiger Stimme fortzufahren. „Ich wollte es eigentlich nie erwähnen, aber du lässt mir keine Wahl. Ich hörte in der Kantine das Gerücht, dass du und Stefan euch gestritten habt, weil es eine brenzlige Situation gab und du unüberlegt entschieden hast. Ich hab nichts darauf gegeben, ich weiß, wie schnell Gerede sich verbreitet. Aber jetzt muss ich fragen: Ist da was dran?"

„Das ist eine Unterstellung, eine unverschämte Unterstellung! Dass du als meine zukünftige Frau so etwas nur in Erwägung ziehst, macht mich fassungslos. Fall mir nur in den Rücken, das kannst du offenbar." Franzen klang ungemein zornig.

„Richard, ein einfaches, ruhiges Nein wäre mir Antwort genug gewesen. Du weißt, Angriff ist eine miese Verteidigungsstrategie." Manuelas Antwort nötigte Phillip eine ganze Portion Respekt ab.

„Und du weißt hoffentlich, dass das keine Art ist, mit dem zu sprechen, der dich dahin gebracht hat, wo du heute bist."

Das wäre der Augenblick gewesen, in welchem Phillip, wäre er an Manuelas Stelle gewesen, ihm eine gescheuert hätte und zwar kräftig. Was für ein arrogantes Arschloch!

Manuela jedoch blieb ruhig. „Ich sage nichts, zu dem ich nicht auch stehen könnte. Dazu kommt in meinen Augen auch, dass du dich verdächtig für diesen Fall interessierst. Vom ersten Augenblick an, als du wusstest, dass ich den Tod Felsners untersuche, wolltest du dabei sein. Und wenn ich es mir überlege: Warst nicht du es, der immer wieder den Tod durch Herzversagen angesprochen und so ins Spiel gebracht hat? Nicht nur das, es war deine Bemerkung von wegen den Ball flach halten, der die Witwe davon überzeugt hat, die Obduktion zu verbieten. Unter anderem wegen deiner Einmischung an diesem Tag liegt Felsner jetzt auf Eis und wir kämpfen mit dieser einstweiligen Verfügung. Widersprich mir, wenn du kannst."

Wenn das nicht eine interessante Wendung war. Phillip hasste Gerüchte und Gerede hinter dem Rücken anderer sowieso. Dies hier aber fühlte sich anders an. Seltsam, irgendwie ... verdächtig.

„Du hast lediglich den Blick für das Wesentliche verloren, sei gefälligst so professionell, wie man es erwarten dürfte. Vielleicht kann dir dieses Polizeikalender-Model da drin ja weiterhelfen." Franzens ungehalten gezischte Antwort bestätigte ihn in seinem Verdacht.

Er vernahm ein leises Kichern. „Ach, frisst dich da eben der Neid auf den österreichischen Kollegen auf?"

„Wie käme ich dazu? Das, was der leistet, kann ich schon längst."

Phillip biss sich grinsend auf die Unterlippe. So ein Volldepp. Leider hörte er, wie sich eilige, feste Schritte entfernten, und er ahnte, dass für Franzen diese Unterhaltung vorbei war. Er wartete in seiner Deckung noch ab, bis auch die leiseren Schritte von Manuela nicht mehr zu hören waren, erst dann machte auch er sich zurück auf den Weg in den Besprechungsraum.

Zwei Stunden später, auf dem Rückweg zur Villa seiner Tante, ließ er sich alles nochmals durch den Kopf gehen. Sie waren übereingekommen, gegen die einstweilige Verfügung vorzugehen, da eventuell Beweise vernichtet werden könnten. Es war ihm ebenfalls gelungen, dass Manuela ab morgen mit ihm zusammen den Fall untersuchen sollte und nicht mehr mit Franzen, der höflich daran erinnert wurde, wo er arbeiten würde. Seit er Zeuge des Gespräches geworden war, wurde er das Gefühl nicht los, dass mit Franzen etwas nicht stimmen könnte. Es gab da einige Ungereimtheiten. Warum wollte er beispielsweise eine Obduktion verhindern, indem er die Witwe in ihrer Überreaktion bestärkte?

Noch immer grübelnd öffnete er per Fernbedienung das schmiedeeiserne Tor zum Anwesen seiner Tante.

Langsam, um den schön geharkten Kiesweg nicht zu zerstören, fuhr er mit seinem Geländewagen auf das Gebäude zu. Sie und Franz-Josef hatten sich wirklich ein schmuckes Zuhause geschaffen. Sehr nobel und verflixt edel, jedoch immer mit Stil. Franz- Josef war der schlichtere Typ gewesen, aber natürlich hatte sich Ilse durchgesetzt. Darum stand hier nun ein riesiger Bungalow mit Südstaatenflair. Das kam von der rund um das Gebäude führenden Veranda, zu der man drei Stufen hochsteigen musste und auf der zahllose Blumenampeln mit bunten, gut riechenden Blumen prangten. Dazu eine romantische Hollywoodschaukel, daneben zwei hölzerne Schaukelstühle und ein Tisch, den Ilse auf einem Flohmarkt ergattert hatte: weißes Holz, verschnörkelt und eine Tischplatte mit rosa Steinchen ausgelegt. Kitschig und doch einzigartig schön. Sie hatte es einfach drauf. Hinter dem Haus ging es über einen gepflegten Rasen einen sanften Hügel hinauf, an dessen Ende ein gemauerter Pavillon samt Sitzgarnitur und Rosenbogen zur Teestunde einluden. Allerdings gab es wesentlich öfter einen Aperol Spritz als Tee. So war Tante Ilse eben.

Er sprang aus dem Wagen, stieg die Stufen hoch und schickte sich an, um das Haus herumzugehen. Als er den Hügel erblickte, eindeutig frisch gemäht, er roch noch den würzigen Duft der Gräser und Kräuter, musste er lächeln. Er sah sich selbst, wie er im Kamikazestil mit seinem Rodelschlitten den Hügel heruntersauste, um unten unliebsame Bekanntschaft mit den harten Rhododenronbüschen zu machen. Instinktiv rieb er sich über die Stirn. Die Beule seinerzeit war nicht von schlechten Eltern gewesen. Onkel Franz-Josef wollte ihm das Rodeln daraufhin schon verbieten, aus Sorge um seine Knochen. Es war Tante Ilse, die seelenruhig zum Telefon griff, bei einem ihr bekannten Landwirt anrief und keine Stunde später zerriss das laute Röhren eines Traktors die noble Grünwalder Idylle. Seine Tante hatte kurzerhand mehrere Strohballen geordert, die in Reih und Glied aufgestellt eine wesentlich sanftere Bremshilfe darstellten als die harten, riesigen Büsche. Problemlösung à la Tante Ilse.

Wo steckte die Gute eigentlich?

„Tante Ilse? Bist du da?" Behutsam schob er die Glastür der Terrasse auf. „Nicht erschrecken, ich bin's."

„Erschrecken? Ich? Ach, Bub, wenn hier einer erschrecken würde, dann jeder Einbrecher, der mich so sieht."

Seine Tante stand in der gigantischen Küche an ihrem marmornen Küchenblock und richtete offenbar gerade die Zutaten für ein anscheinend recht umfangreiches Abendessen her. Sie hatte sich in Piratenmanier ein knallrotes Tuch um den Kopf geknotet, unter dem die hellblonden Strähnen hervorlugten. Dazu trug sie eine schwarze Wickelhose und einen hellgrünen Kimono.

Er musste wohl oder übel grinsen. „Gewagte Kombi, Tanterl, ziemlich gewagt."

„Werd mir nicht unverschämt, hier sieht mich keiner. Dusch dich und mach es dir gemütlich, ich koch uns was Schönes."

Sein Blick fiel auf die große, eindeutig frisch gemähte Rasenfläche. „Gehe ich recht in der Annahme, dass du heute den kompletten Rasen gemäht, die Ränder geschnitten und die Blumen gepflegt hast?"

Die Tante, ein riesiges Küchenmesser in der Rechten, was den Pirateneindruck unterstrich, nickte. „War auch dringend wieder notwendig, warum?"

„Weil ich jetzt zwar dusche und mich anständig anziehe, du aber alles wieder in den Kühlschrank stellst, dich auch hübsch machst und dann lade ich dich zum Essen ein."

„Geh, Phillip, gib dein gutes Geld nicht für sowas aus. Ich wollt dich unbedingt hierhaben und darum werde ich dich auch versorgen."

Er machte einen Schritt auf sie zu und schloss sie liebevoll in die Arme. „Keine Diskussion, du Dickschädel. Du warst schon fleißig genug. Andere hängen da eine Woche dran."

„Ich bin ja nicht *Andere*", nuschelte Ilse an seiner breiten Brust.

„Ich weiß und darum machst du dich jetzt fertig und ich entführ meine schöne Tante nach Schwabing. Gibt es den guten Italiener in der Hohenzollern Straße noch?"

„*Gianni's*, klar gibt es den noch. Hast du gerade schöne Tante gesagt?" Ilse strahlte ihn an.

Lächelnd drückte er ihr ein Bussi auf die Stirn. „Hab ich und jetzt schleich dich und schmeiß dich in deine Lieblingsfarben."

Eine halbe Stunde später trat er, in ein schwarzes Hemd und eine schwarze Jeans gekleidet, auf die Veranda. Sogar zu fast neuen, schwarzen Chucks hatte er sich durchringen können. Das Hemd trug er nur für seine Tante, wusste er doch, wie sehr sie auf gepflegte Männer in schönen Hemden abfuhr. Ilse kam fast gleichzeitig aus dem Haus, sperrte sorgfältig ab und drehte sich zu ihm um.

„Nimmst mich so mit?" Sie drehte sich langsam und mit der ihr eigenen Eleganz.

Er musste schmunzeln. Eine ausgewaschene, wahrscheinlich sakrisch teure Röhrenjeans, ein weißes Blüschen mit Stehkragen, eine rosa Jeansjacke und rosa Chucks mit Glitzerapplikationen. Dazu ihre schönen Strassohrringe und ein geradezu unverschämt fröhliches Lächeln. Die blondierten kurzen Haare waren zu einer modischen Igelfrisur verwuschelt.

„Ach, Lieblingstante, du bist ein Naturwunder. Du bist die jüngste, hübscheste und verrückteste Beinahe-Achtzig-Jährige, die ich kenne."

„Fünfundsiebzig c, wenn ich bitten darf. Trotzdem, vielen Dank für die Blumen, hin und wieder solche Komplimente und man fühlt sich um ein paar Jährchen jünger."

Er hielt ihr die Tür zu seinem Wagen auf und registrierte den zweifelnden Blick der Tante.

„Was? Vorurteile in Sachen Geländewagen, oder was?"

„Schmarrn! Wer ist denn mit dem Jeep durch Deutschland, Italien, Frankreich und Spanien gefahren? Wer hat dir denn deinen ersten Rover geschenkt? Ich und Vorurteile. Ich bin mir lediglich nicht sicher, ob ich alte Amsel da noch reinkomm."

Lachend reichte er ihr seine Hand. „Alte Amsel, dass ich nicht lache. Los, hüpf rein, mein Rehlein."

„Phillip! Was für eine Überraschung, welch seltener Gast. Lass dich umarmen." Gianni, Inhaber und anbetungswürdiger Koch des gleichnamigen Lokals, freute sich sichtlich.

Er war eigentlich kein Freund von überschwänglichen Begrüßungen, bei Gianni jedoch war er gewillt, eine Ausnahme zu machen. Man sah dem Römer an, dass er seine eigene Küche gern genoss. Koch und Gastronom mit Leib und Seele und ein herzensguter, aufrichtiger Mensch. Als vor einigen Jahren ein paar überambitionierte Mafiosi versuchten, einen „Schutzgeldring" zu etablieren, hatte Gianni sich zur Wehr gesetzt. Er vertraute sich Phillip an und gemeinsam bereiteten sie dem Spuk ein Ende. Dass der Kopf des Unternehmens dabei unliebsame Bekanntschaft mit Phillips Fäusten machen durfte, freute Gianni noch heute. Phillip hingegen hatte seinen Ruf als perfekte Wahl für Spezialeinsätze gefestigt. Eine Win-Win-Situation, quasi.

„Ihr habt nicht reserviert? Macht nichts, ihr kommt an den Familientisch." Gianni freute sich wirklich.

Die Speisekarte lehnte Phillip ab. „Was empfiehlst du uns? Ich möchte meine Tante gerne verwöhnen, du verstehst? Ich verlasse mich da lieber vollkommen auf dich."

Giannis Strahlen freute ihn und bewies ihm, dass es richtig war, dem Chef zu vertrauen.

Schon bald gab es zuerst ein winziges Appetithäppchen aus hauchdünn geschnittenem Parmaschinken, Parmesanspänen und getrockneten, sizilianischen Tomaten. Ein Gedicht!

Während sie auf den ersten Gang warteten, fiel Phillip der heutige Nachmittag und die interessanten Gespräche wieder ein.

„Ilse, du warst bei allen Vernehmungen an den ersten beiden Tagen dabei, nicht wahr?"

„Ja, ich glaub schon."

„Was heißt denn ich *glaub*, bitte?"

„Na eben, dass ich mir nicht sicher bin. Dieser Kommissar ist überall herumgelaufen und hat sich die Leute schon auch einmal in das Büro vom Heinz geholt, obwohl es geheißen hat, dass da keiner reindarf."

Phillip hatte Mühe, den Worten seiner Tante zu folgen. „Einen Moment, du sprichst von Kommissarin Bauer, nicht wahr? Sie hat die Ermittlungen geleitet, oder vielmehr leitet sie."

Gianni höchstpersönlich kam mit einem köstlich duftenden Teller mit italienischem Grillgemüse an den Tisch. Phillip roch sofort das exzellente Olivenöl, das frische Basilikum, den herben Thymian und den frisch gehackten Rosmarin. Dazu wurde frisch gebackenes Ciabatta aus Dinkelmehl serviert. Phillip lud Ilse und sich je eine ansehnliche Portion des herrlichen Gemüses auf die Vorspeisenteller. Dann jedoch siegte seine Neugierde.

„Nochmal, Tante, bitte erinnere dich, es ist wichtig. Was hast du beobachtet, also im Allgemeinen. Erzähl einfach einmal, was du gesehen hast und woran du dich gut erinnern kannst."

Seine Tante schob sich ein Stück gegrillter Aubergine in den Mund und nickte beinahe schon grimmig. „Na schön, aber ich muss das alles erst wieder ordentlich auf die Reihe bekommen. Ich will ja keinen Schmarrn erzählen."

Lächelnd wartete er ab und ließ ihr die Zeit, die sie benötigte.

„Also, nachdem ich den Heinz gefunden habe, musste ich dortbleiben, weil Marga und Tilde beinahe einen Infarkt erlitten haben und Marcus sie zurück zum Clubhaus brachte. Ich war allein mit dem Dahingegangenen und weil mir langweilig war, hab ich alles so ein bisserl abgesucht, ob ich was Interessantes finde. Es hat aber nicht lange gedauert, dann kamen zuerst der Krankenwagen, dann die Polizei, dann noch ein Feuerwehrauto. Die haben alles abgesperrt und mich aus der Absperrung rausgescheucht. Dann kamen Frau Bauer und der andere Kommissar auch schon auf mich zu. Der Kerl hat ihr auf den Rücken geklopft und gemeint, er würde schon mal im Clubhaus das Terrain sichern." Ilse schüttelte sichtlich unangenehm berührt den Kopf. „Das Terrain sichern, als wenn da irgendwo ein Terrorkommando lauern würde und nicht lauter Rentner, die den Nachmittag angeblich mit erquickendem Tennissport und in Wirklichkeit mit Clubsandwich und Prosecco auf der Terrasse verbringen. Echt wahr. Die Geschichten mit der Kommissarin hab ich dir schon erzählt. Danach musste ich mit einem Beamten auch zu den anderen zurück. Wahrscheinlich, damit ich nichts anfasse, oder so." Sie hielt inne, eine butterzarte Zucchiniblüte verschwand in ihrem Mund, wurde mit etwas Rosé hinuntergespült und mit einem genießerischen Seufzer quittiert. „Das ist wieder so hervorragend. Aber ich schweife ab. Auf der Terrasse waren alle in heller Aufregung. Niemand durfte das Gelände verlassen und ganz ernst dreinschauende Polizisten standen überall herum. Frau Bauer war aber noch am Auffinde-Ort der Leiche, daran erinnere ich mich gut. In der Zwischenzeit hat der Kommissar die Verhöre durchgeführt und das ganz schön zackig und unfreundlich. Ich weiß noch genau, dass er den Meric zu sich hineingeholt hat und die Tür zugemacht. Mit Caroline hat er auch geredet, aber ganz leise und auf dem Flur. Ich hab trotzdem verstanden, dass es um die Obduktion ging. Und um irgendwas von wegen Steuer und Konten, die eingefroren werden könnten. Da hab ich mich vielleicht verhört.“

Phillip schüttelte den Kopf. „Nein, das denke ich nicht. Ich befürchte, du hast schon richtig gehört. Wenn der Verdacht auf ein Gewaltverbrechen vorliegt, dann werden schon einmal alle Konten des Opfers *eingefroren*, also so, dass eben niemand mehr an das Geld rankommt. Bitte versuch, dich genau zu erinnern. War das mit Caroline vor oder nachdem dieser Kommissar mit Meric geredet hat?“

Ilse legte die Stirn in grüblerische Falten. „Das war nachher, da bin ich mir sicher. Der Meric ist zuvor sauer aus dem Büro von Heinz gekommen und lief direkt an die Bar. Kamon hat ihm ein alkoholfreies Erdinger Weizen serviert, das weiß ich noch. Ich find die Werbung so schön.“

Phillip wurde hellhörig. „Lass uns das vor dem nächsten Gang bitte klarstellen: Der Kollege von Frau Bauer hat, während sie noch auf dem Gelände war, bereits den Meric und Frau Felsner verhört?“

„Äh, stopp.“ Ilse machte eine abwehrende Bewegung. „Verhört hat er vielleicht den Meric. Bei Caroline war das eher so ein Plaudern ... Ich sag's ja ungern, aber fast wie unter alten Bekannten. Ich hab auch nicht alles verstanden, nur das Wort Obduktion, Konto, Steuer und das mit dem Einfrieren. Danach ist er wieder zurück in das Büro vom Heinz. Er und die anderen haben das durchsucht."

Das wurde immer verworrener. „Tante Ilse, du erzählst mir gerade, dass der Kollege von Frau Bauer mit der Spusi das Büro durchsucht hat? Als sie selbst noch gar nicht in der Nähe war?"

Nun schien Ilse verwirrt. „Nein, er war da nicht mit seinem Gspusi drin, sondern mit anderen Beamten und mit Leuten, die so komische weiße Handschuhe getragen haben."

Das war zu viel für ihn. Zum Glück hatte er den letzten Bissen vorhin schon hinuntergeschluckt, sonst hätte das hier übel enden können. Er lachte, bis ihm die Tränen über die Wangen rannen. „Oh, Tante Ilse, du bist so bezaubernd, echt."

Sie grinste. „Ich weiß, aber warum genau, wenn ich fragen darf?"

„Ich habe nicht von einem Gspusi geredet, sondern von der *Spusi*, der Spurensicherung, Miss Marple. Das solltest du in Anbetracht deiner detektivischen Anwandlungen aber eigentlich wissen."

Ilses Augen wurden ganz groß. „Ach so, da hab ich mich sauber verhört. Andererseits, das mit dem Gspusi könnte gar nicht so falsch sein. Der war schon arg freundlich zu unserer Schmachtlippe."

Phillip schüttelte missbilligend den Kopf. „Tante, das ist deiner nicht würdig. Aber was mich wirklich interessiert, das ist der Umstand, dass Franzen, also dieser

Richard, ohne Manuela das Büro durchsucht hat. Ich kann es dir nicht sagen warum, aber ich trau ihm nicht. Ich habe heute ein Gespräch mitangehört, also, ohne es zu wollen, das mich nachdenklich hat werden lassen. Irgendwas stimmt da nicht. Ich wüsste zu gerne, was das ist. Du kennst mein Bauchgefühl?“

Seine Tante musterte ihn nachdenklich. „Ja, das kenne ich allerdings und es hat dich noch nie getrogen.“

Er spießte mit seiner Gabel ein Stück Artischocke auf. „Das beunruhigt mich ja so.“

Nach dem Essen bummelten sie noch eine Weile durch Schwabing. Früher als Teenager und auch später in seinen Urlauben war er oft bei Ilse, sie war ihm mehr Mutter gewesen als die eigene. Er erkannte kaum etwas wieder. Viele der alten Clubs gab es nicht mehr. Teure Nobelrestaurants reihten sich in den einst bunten Seitenstraßen aneinander. Die Teeläden, die kleinen Cafés, die Kneipen … verschwunden, gewichen einem Kommerz, den er nicht besonders mochte.

Als könnte Ilse seine Gedanken lesen, drückte sie seinen Arm fester. „So ein bisserl wie in Wien auch. Aber ihr habt wenigstens noch die Kaffeehäuser, oder?“

Phillip schwieg eine Weile. „Nicht mehr so wie früher. Entweder sauteuer oder voller Touristen. Ich weiß ja, dass die Devisen bringen, aber mir wird's ab und an zu viel. Auch die Kriminalität ist gestiegen. In einigen Vierteln brauchst du am Abend nicht mehr allein vor die Tür. Ich fühl mich ab und an so hilflos. Aber wie hat schon Onkel Franz-Josef gesagt: Bua, du wirst die Welt nicht im Alleingang retten können.“

Ilse hatte den Abend in vollen Zügen genossen. Mit ihrem feschen Neffen auszugehen, machte ihr immer Freude und dann noch zu *Gianni's*. Allein machte es keinen Spaß und Tilde mochte am Abend nicht mehr in die Stadt fahren. Langsam mutierte die Freundin zur Spaßbremse. Nur in Lokalen in und um Grünwald oder irgendwo auf dem Land zu essen, war ja recht nett, aber das Flair eines guten Italieners in der Münchner Innenstadt konnte sich noch immer sehen lassen und das konnte man schon genießen. Umso dankbarer war sie ihrem Neffen für den schönen Abend. Jetzt, unter der warmen Dusche stehend, grübelte sie über das Gespräch bei Tisch nach. Sie musste aufpassen, dass sich ihre alten Informationen und das, was sie gesehen und gehört hatte, nicht aus Versehen in ihrem Kopf mit den Geschehnissen nach Heinz' Tod verbrüderten. Phillip war da streng und das mit Recht. Also ging sie noch einmal akribisch alles durch, was heute besprochen worden war. Zu ihrer Erleichterung fand sie nichts, was sie nicht hätte beschwören können. Das war gut. Wenn sie ihren Neffen schon hierher beordern ließ, dann durfte sie keine Fehler machen. Sie stellte das Wasser ab und griff nach ihrem Handtuch. Nachdem sie sich eine satte Portion ihrer Lieblings-Bodylotion gegönnt hatte, zog sie einen kuschligen Hausanzug an und warf sich im Spiegel eine Kusshand zu.

Während sie das Bad verließ, waberte ein Erinnerungsfetzen durch ihren Kopf. Verflixt, sie hatte da vom Flur des Clubs aus, nachdem sie endlich, nach mehrmaligen Nachfragen bei den Beamten, auf die Toilette durfte, etwas aus dem Augenwinkel gesehen. Was zum Donnerwetter war das denn gewesen?

Sie zermarterte sich das Hirn, aber es wollte ihr nicht einfallen. Erst als sie sich eine Tasse Kräutertee gekocht hatte und, die Tasse vorsichtig vor sich her balancierend, ins Wohnzimmer ging, fiel es ihr ein.

Als dieser Kommissar, dieser Franzen, aus dem Büro gekommen war, um mit Caroline zu reden, hatte etwas aus seiner Jackentasche geschaut. Mit einem Mal war die Erinnerung wieder so frisch wie im ersten Augenblick. Das, was sie in seiner Tasche gesehen hatte, waren genau solche Überweisungsbelege gewesen, wie sie sie in Heinz' Schreibtisch gesehen hatte. Belege von Überweisungen an John Carpenter. Was hatten die denn in der Tasche des Kommissars verloren?

Klare Kante

Noch zeigte sich die Sonne nur durch einen rosa Schein über den Feldern und in weiter Ferne über den Bergen. Wenn man die Berge so gut sehen konnte, dann war das Kopfweh-Wetter. Phillip seufzte, das gäbe dann wohl wieder eine Menge übellauniger Menschen hier in München und Umgebung. Die Münchner und ihr Föhn. Angeblich gab es den in Wien auch. Der einzige Föhn, den er jemals zu spüren bekam, das war der, mit dem er sich im Winter die Haare trocknete.

An der nächsten Kreuzung hielt er an, orientierte sich und bog dann in Richtung Taufkirchen ab. Sein Anruf bei Manuela Bauer war eindeutig unter der Rubrik „unerwünscht" einzuordnen gewesen. Es schien ihm, als fühle sie sich von ihm bedroht. Anders konnte er ihr Verhalten nicht deuten. Die ganze Sache war schwer. Undurchsichtig war sie so ganz nebenbei auch noch. Er vertraute den bayrischen Kollegen, keine Frage, trotzdem hatte er ein paar Namen zu Andreas nach Wien weitergeleitet. Sicher ist sicher. Irgendetwas war nicht koscher an dem Ganzen.

Phillip ließ das Seitenfenster herunterfahren und genoss die frische, klare Waldluft. Er hatte diese Gegend schon als Kind geliebt. Onkel Franz-Josef hatte das gewusst. Noch heute war Phillip sich sicher, dass nur deshalb eines Morgens das robuste, schöne Fahrrad vor seiner Tür gestanden hatte. Es war perfekt gewesen für Touren durch den Wald, bis hinab zur reißenden Isar, an deren Ufer entlang und dann über Wolfratshausen wieder zurück. Tante Ilse war zwar immer in Sorge, dass er sich – was auch immer – brechen könnte, aber bis auf ein paar Schrammen, ein offenes Knie und ein paar Abschürfungen am Kinn war nie etwas Schlimmes passiert. Die Natur, die Ruhe, das Rauschen der Isar und das Flüstern der Wälder waren schon immer seine bevorzugten Melodien gewesen. Seine Kumpels strömten am Wochenende in die Diskos und auf Partys, ihn zog das nicht an. Um nicht als der totale Eremit dazustehen, ging er auf viele Party mit. Eingeladen wurde er zwar immer, aber irgendwelche Sauforgien waren einfach nicht sein Leben. Ohne es darauf anzulegen, war er auf solchen Festen immer von hübschen Mädchen umringt. Er argwöhnte ab und an, es sei nur, weil er der Einzige war, der nüchtern blieb und mit dem man vernünftig reden konnte. Bis er endlich verstand, dass es den Mädels gar nicht so sehr ums Reden ging, sondern um ganz etwas anderes.

Sein alter Schulfreund Wolfgang hatte ihn dann einmal kopfschüttelnd zur Seite genommen und ihm die Sachlage erklärt. „Sog amoi, bist echt so deppadt oder duast nur a so?" Wolfgang saß ihm gegenüber auf dem Sofa in dessen Zimmer und musterte ihn fragend.

„Zamreissn, Oida, warum soi i deppat sei, bitte?" Er fand die Frage ganz schön unverschämt.

„Weilst entweder blind bist oda hoid deppat. Suachs da aus, ehrlich. So bled konn ma doch ned sei." Wolfgang war schon immer ein Freund von klaren Worten gewesen.

„Spinnst etza? I woas ned amoi von wos du redst."

Nun lachte der langjährige Freund. „I sogs doch, du bist a bissl deppad. Sunst dadsd des wissen. Du vasteht echt nix, oda? Moanst, dass die Mädels di wega da intallektuelln Konversation umlagern, oda weils an Vortrog üba d'Gschwindikeit vonara Pistoinkugl hearn woin? Ja, Kruzefix, vastehst du gor nix? Du host ja jetz ned grod a Gsicht wia a eighaude Wiatshausdür, host scho amoi in Spiagl gschaugt?"

Langsam, ganz langsam hatte es ihm damals gedämmert, was der treue alte Freund ihm verständlich machen wollte.

Der hatte sicherheitshalber noch nachgelegt. „Wennst etza ned boid amoi in'd Gäng kummst, dann beisst da no amoi a Wendltreppn in Oasch, wenn die Scheenan olle weg san." *

(*Bei dem vorangegangenen Abschnitt raten wir den geneigten Lesern, die interaktive Kommunikation mit den alpenländischen Nachbarn zu suchen. Die Autorin ist sich dessen gewiss, dass die freundlichen Österreicher hier sehr gern erklärend einspringen.)

Noch heute hatte er ein breites Grinsen im Gesicht, wenn er an das „Aufklärungsgespräch" mit Wolfgang zurückdachte. In der Folge war er aufmerksamer und, siehe da, es stimmte. Wenn er sich noch ein wenig „cool" kleidete, dann war das durchaus das James-Bond/Brad-Pitt–Feeling. Er wählte seine Freundinnen mit viel Bedacht und auf so gut wie alle Beziehungen blickte er mit einem lächelnden Auge zurück. Respekt und Ehrlichkeit. Darauf legte er Wert in einer Beziehung. Tja, und dann war da Martina ... So viel zur Ehrlichkeit. Er hatte sich Hals über Kopf schwer verliebt und wahrscheinlich wollte er einfach alles glauben, was sie erzählte. Er wollte glauben, dass ihr Nächte unter dem Sternenzelt wichtiger waren als Dinnerpartys.

Die Ampel vor ihm schaltete auf Rot und er musste anhalten. Erst nach einer Weile bemerkte er die hübsche Blondine in dem schneidigen BMW-Cabrio neben seinem Rover. Er erwiderte zwar ihr Lächeln, aber das war es auch. Inzwischen war er vorsichtig geworden, verflixt vorsichtig. Kaputte Herzen heilen auch bei einem angeblich „harten" Kerl nicht so leicht. Aber das ging nur ihn selbst etwas an. Die Ampel schaltete auf Grün und er warf einen entschuldigen Blick nach links, ehe er zügig abbog.

Derzeit gab es Wichtigeres, nämlich diesen verworrenen Fall. Wenn er schon einmal hier war, statt in den Alpen, dann wollte er auch herausfinden, was hinter all dem steckte. Insbesondere „Kollege" Franzen war in sein Visier geraten. Zum einen, weil man so nicht mit der Frau sprach, die man angeblich liebte, zum anderen, weil er sich selbst widersprach. Solche Fauxpas-Situationen kannte er ansonsten nur aus dem Verhörraum. Sich herausreden, war nur angesagt, wenn es galt, etwas zu verbergen. Schon gestern, als er unfreiwillig das Gespräch mit angehört hatte, war es ihm seltsam erschienen. Nach den Berichten von Tante Ilse schrie alles in ihm „Vorsicht". Er musste mit Manuela darüber reden, dringend. Manuela ...

„Verdammt, Vancura, reiß dich zusammen, bleib professionell." Er schlug ärgerlich auf das Lenkrad. Er und sein blöder Beschützerinstinkt, den musste er ausschalten und zwar sofort!

Als er auf den Parkplatz des Squash- und Tennisclubs einbog und seinen Wagen parkte, sah er sie sofort. Was er aber ebenso sah, das war … Franzen. Langsam stieg Wut in ihm auf, ein mieses Zeichen. Was wollte der Kerl denn schon wieder hier? Er sollte in sein Betrugsdezernat abtauchen und endgültig dort verbleiben. Sofern sich Phillip richtig erinnerte, gab es derzeit keinerlei Hinweise auf ein Betrugsdelikt, das mit dem Fall zusammenhängen würde. Schließlich war er seit geraumer Zeit nicht mehr im Morddezernat und somit für rein gar nichts zuständig. Er musste auf Nummer sicher gehen und herausfinden, ob seine Nase ihn hier trog oder eben nicht.

Er machte den beiden ein Zeichen und deutete entschuldigend auf sein Handy. Die Zwei konnten nicht wissen, ob es geklingelt hatte oder nicht. Er rief Paul Gruber auf dessen Privatnummer an. Hier durfte es etwas freundschaftlicher sein.

„Paul, ich bin es, Phillip. Bitte beantworte mir eine, zumindest für mich, sehr wichtige Frage. Gibt es einen triftigen Grund, warum ich mit Richard Franzen arbeiten muss?"

Paul verneinte diese Frage und fragte wiederum ihn, wie er auf diese Annahme käme.

„Na ja, gestern war er bei der Besprechung dabei. Gleich am ersten Tag war er bei den Verhören, eigentlich bei den gesamten Ermittlungen vor Ort. Ich kann nicht einordnen, was Franzen mit dem Fall zu tun hat."

„Soweit ich weiß, hat Frau Bauer ihn wohl gebeten, dabei zu sein. Sie waren einmal Kollegen im Morddezernat, aber das weißt du, oder?“

Pauls Antwort erstaunte ihn. Phillip grummelte etwas, ehe er sich entschloss, sich klar zu äußern. „Paul, ich weiß auch, dass die beiden verlobt sind. Darum hat, so dachte ich jedenfalls in meinem jugendlichen Leichtsinn, der Wechsel von Franzen in ein anderes Dezernat stattgefunden. Du weißt schon: Keine Paare in derselben Abteilung.“

Paul räusperte sich einen Tick zu umständlich. „Das zwar auch und das mag auch der offizielle Grund für Stefan gewesen sein, mit dem er Franzen den Wechsel nahegelegt hat. Unter uns darf ich aber, um bei der Wahrheit zu bleiben, die du eh herausbekommen würdest, so wie ich dich kenne, sagen, dass Stefan unbedingt Manuela und nicht Franzen als Partner haben wollte. Er sagte einmal, dass er mit Franzen einfach nicht warm würde und mit ihm als Partner an der Seite nicht selten ein komisches Gefühl hätte. Du weißt, dass das nicht sein darf. So etwas kann einem der unseren sein Leben kosten. Und in dieser Abteilung ganz besonders.“

„Verstehe. Das bedeutet, dass es keine üblen Konsequenzen, weder für Frau Bauer noch für meine Person hat, wenn ich ab sofort diesen Kollegen aus dem Fall hinauskomplimentiere? Sehe ich das richtig?“

„Das ist korrekt. Darf ich mir die Frage erlauben, was dahintersteckt? Du hast immer triftige Gründe für solch eine Einstellung.“ Paul kannte ihn einfach schon zu lange.

„Erkläre ich dir sobald wie möglich, versprochen. Jetzt muss ich meine Diplomatie auspacken und gewinnbringend einsetzen."

„Was?"

„Später, einen schönen Tag, Paul!" Grinsend beendete er das Telefonat.

Phillip stieg aus dem Wagen, klappte sich, einer lieben Gewohnheit folgend, den Kragen seiner braunen Lederjacke nach oben und ging auf die beiden wartenden Menschen zu. Manuela musterte ihn mit einem unergründlichen Blick, beide Hände in den Taschen ihres dunkelblauen Blazers versenkt. Franzen wirkte unsicher, sein Blick war nicht fest und fokussiert, sondern irrte zwischen Phillips Gesicht und seinem Brustkorb hin und her.

„Guten Morgen zusammen, ich hoffe das ist kein zu früher Zeitpunkt. Ich dachte mir, je zügiger, desto besser."

Obwohl Manuela Bauer den Mund öffnete, war es Richard Franzen, der antwortete. „Das ist schon richtig, aber ein kleiner Hinweis, worum es gehen soll, wäre hilfreich gewesen."

Das genügte!

Phillip schöpfte tief Atem. Er wusste, dass sich ein dezent ironisches Lächeln auf seinem Gesicht breitmachte, aber er sah keinen vernünftigen Grund, das zu unterbinden. „Tut mir echt leid, habe ich Sie verunsichert? Das lag nicht in meiner Absicht. Allerdings bin ich erstaunt über die Massenansammlung am heutigen Morgen."

„Wie darf ich das verstehen?" Ah, die Frau Kollegin hatte ihre Sprache wiedergefunden.

Nun, bei meinem, zugegeben sehr frühen, Anruf hatte ich mit keiner Silbe erwähnt, dass bei diesem Treffen außer Ihnen und mir noch jemand anwesend sein sollte. Mag es auch früh gewesen sein, so weiß ich eigentlich immer recht gut, was ich sage."

Er sah, wie sie sich auf die Lippen biss. Es war offensichtlich, dass sie nach den richtigen Worten suchte.

„Ich schätze, dieser unverblümte Hinweis bezieht sich auf meine Person. Darum darf ich Ihnen, Herr Kollege, gleich den Wind aus den Segeln nehmen. Mögen Sie in Wien eine große Nummer sein, so haben Sie hier lediglich beratende Funktion. Ich hingegen war von Anfang an in den Fall involviert und bin darum umfassend informiert. Frau Bauer bat mich explizit um meine Unterstützung. Darum werden Sie mich wohl oder übel akzeptieren müssen."

Galle, die so ganz langsam und unangenehm seine Speiseröhre hochkroch, hasste er wie die Pest. Aber genau das passierte, wenn er richtig wütend wurde. Und das war er jetzt und wie! Milde lächelnd wandte er sich an Franzen, dessen Adamsapfel verdächtig heftig zuckte.

„Zu Ihrem freundlichen Hinweis, von wegen beratender Funktion, möchte ich nur nebenbei erwähnen, dass der Polizeipräsident persönlich um Amtshilfe gebeten hat. Hier geht es nicht um beratende Funktion, sondern darum, dass der Tote in einem Zeugenschutzprogramm integriert war, das ihn eine ganze Weile auch nach Wien geführt hatte. Daher gibt es seit letzter Nacht auch neue Erkenntnisse, die von den Kollegen der Sondereinheit, bei der ich bin, herausgefunden wurden. Ab sofort sind Sie, Herr Franzen, es, der sich wieder in seine Abteilung begeben wird und ab dieser Minute seine Finger vom Fall Felsner lassen wird. Habe ich mich deutlich ausgedrückt?"

Franzens Gesicht war inzwischen kreidebleich geworden. „Glauben Sie, wir sind hier in einem amerikanischen Krimi und Sie sind Leiter des CIA? Sind Sie größenwahnsinnig geworden? Sie haben mir und Frau Bauer hier rein gar nichts zu befehlen."

Er grinste den aufgebrachten Mann freundlich an. „Frau Bauer habe ich gar nichts befohlen, im Gegenteil, ich werde sie, sobald Sie sich entfernt haben, umgehend in die neue Sachlage einweihen. Muss ich mir in irgendeiner Form Sorgen machen? Haben Sie etwa ein persönliches Interesse an diesem Fall? Im Ernst, genau dieser Verdacht beschleicht mich langsam." Er hielt inne und musterte Franzen sehr genau."

„Was unterstellen Sie mir hier eigentlich? Das ist eine Unverschämtheit. Manuela, bist du bitte so freundlich und sagst diesem Herrn hier, wie die Dinge liegen?" Auffordernd sah Franzen der Frau in die Augen.

Ihre Stimme war leise, aber fester, als Phillip es erwartet hatte. „Richard, es tut mir leid, aber Herr Vancura ist hier durchaus im Recht. Unser Präsident hat ihn angefordert und er ist gekommen. Felsner war nicht der, für den ihn alle gehalten haben und es gibt mehr und mehr Ungereimtheiten in dem Fall. Mein Chef hat mir gestern dringend nahegelegt, enger mit Herrn Vancura zu arbeiten. Ob ich das möchte oder nicht und was du darüber denkst, tut hier nichts zur Sache. Wir haben uns an Anweisungen zu halten und irgendwelche persönlichen Befindlichkeiten sind ganz sicher fehl am Platz."

„Da werde ich wohl ein ernstes Wort mit Markwart sprechen müssen ...“

„Das wirst du gefälligst unterlassen. Hör auf, mich wie ein dummes kleines Mädchen zu behandeln.“ Ihre Stimme war lauter und schneidender geworden. „Ich werde mich exakt an die Anweisungen halten und mit Herrn Vancura zusammenarbeiten, akzeptier das bitte. Das ist, mag dir das auch nicht gefallen, immer noch mein Fall.“

Das schien gesessen zu haben, denn Franzen wurde zwar noch blasser, schwieg jedoch. Zumindest eine Weile. „Gut, ich habe verstanden. Ich übernehme keine Verantwortung für etwaige Fehlentscheidungen. Ich hoffe, ihr wisst, was ihr tut.“

„So gut wie immer.“ Phillip steckte die Hände in die Taschen seiner Jacke und musterte sein erbostes Gegenüber herausfordernd.

„Das wird ein Nachspiel haben, das garantiere ich.“ Zornig und ohne ein weiteres Wort rannte Richard Franzen zu einem nur wenige Schritte entfernt geparkten Audi, stieg ein, ließ den Motor aufheulten und raste vom Parkplatz.

„Vorbildliches Verhalten für einen Polizisten.“ Ärgerlich blickte Phillip ihm hinterher.

„Er war nicht immer so. Ich weiß ehrlich nicht, was in ihn gefahren ist.“ Manuela scharrte mit der Spitze ihres Sneakers sichtlich verwirrt in den Kieselsteinen auf dem Weg herum.

Es tat ihm leid, dass er sie in diese Lage gebracht hatte, aber sie war es gewesen, die ihm keine andere Wahl gelassen hatte.

„Es tut mir leid, dass es so laufen muss, aber er hat in diesem Fall tatsächlich nichts mehr verloren. Wollen wir reingehen? Hier gibt's richtig guten Kaffee und auch das Frühstück kann sich sehen lassen." Er zeigte einladend auf den Eingang zum Clubhaus. Just in diesem Augenblick fuhr ein dunkler Mercedes auf den Parkplatz und parkte auf einem der Mitarbeiterparkplätze. Der große, durchtrainierte dunkelhaarige Kerl, der ausstieg, musterte ihn zuerst ungläubig, dann eindeutig erfreut.

„Das glaub ich nicht. Phillip, Mann, mein Alter, was machst du denn im Land der Bayern? Ich dachte schon, ich sei zu früh aufgestanden und hätte eine Erscheinung." Der Mann trat auf ihn zu und umarmte ihn herzlich.

Eine Umarmung, die er gern erwiderte. Ralf Ostermann war der Sohn der Besitzer der Anlage und, seit sie sich vor zig Jahren in einem Waldstück nahe Ilses Haus gegenseitig in die Räder gefahren waren, hatte sich eine schöne und gegenseitig geschätzte Freundschaft entwickelt. Ralf war damals mit zu Ilse gehumpelt und die hatte sie beide kurzerhand mit Jod, Pflaster und Wundspray versorgt, viel hilfreicher fanden sie jedoch ihre Schokoladentorte, die es im Anschluss zum Trost gab. In den verbleibenden Tagen der Ferien, die er wieder einmal in Bayern verbrachte, hatten sie gewagte Radtouren unternommen oder sich im Club von Ralfs Eltern die Squashbälle um die Ohren gedroschen. Ab und an vermisste er die Abende bei Ostermanns.

„Sei unbesorgt, du hast keine Wahnvorstellungen. Ich unterstütze die bayrischen Kollegen ein bisschen und heute wollte ich das gern mit eurem Bauernfrühstück kombinieren. Gibt's doch noch, oder?" Phillip drehte sich etwas zur Seite, um den Blick auf Manuela freizugeben. „Darf ich bekannt machen? Das ist Frau Kommissarin Bauer, Ralf Ostermann, ein sehr alter Freund von mir."

Ralf grinste. „So alt ja nun auch wieder nicht. Freut mich, Frau Kommissarin. Und um deine Frage zu beantworten, ja, das Frühstück gibt es noch. Aber es heißt jetzt Farmerfrühstück, mein Vater glaubte wahrscheinlich, er müsste internationaler werden."

„Yessas, die Münchner wieder. Ihr spinnt's schon ein bisserl, oder? Aber egal. Lass uns reingehen, ich hab langsam Hunger."

Ein kurzer Blick auf Manuela zeigte ihm, dass sie sich sichtlich entspannte. Ralf war ein freundlicher, sympathischer Mensch, der so gut wie überall gut ankam. Sie schien sich nach dem unerfreulichen Start an diesem Morgen wieder gefangen zu haben. Ralf begleitete sie in das helle, gemütlich im modernen bayrischen Stil eingerichtete Lokal.

„Phillip, ein Farmerfrühstück also? Mit Bratkartoffeln, Zwiebeln, Tomaten und Ei. Statt Speck geräucherten Lachs, hab ich das richtig in Erinnerung?"

Phillip grinste. „Perfekt! Respekt vor deinem Hirn."

Ralf tippte sich mit schelmischem Blick an die Schläfe. „Danke, das funktioniert zumindest noch fehlerfrei." Er wandte sich an Manuela, die gerade in eine der einladenden Eckbänke rutschte und sich gleichzeitig ihre Jacke abstreifte. „Was darf's denn für Sie sein, Frau Kommissarin? Möchten Sie die Karte haben? Wir haben auch vegetarisch und vegan, wenn Sie das lieber mögen. Und verschiedene Kaffee..."

Manuela hob die Hand und unterbrach so seinen Redefluss. „Danke, danke, das ist sehr nett. Aber, wenn es geht, dann hätte ich auch gerne das Farmerfrühstück. Allerdings mit Bacon statt mit Lachs. Dazu einen einfachen Milchkaffee, bitte." Sie schenkte Ralf ein strahlendes Lächeln.

Der schien hocherfreut. „Bravo! So mag ich das. Schnelle Entscheidung, gute Entscheidung. Kein ‚ich hätte gerne eine teilentrahmte Soja-Latte mit Bio-Kurkuma und ein veganes Rührei ohne Öl mit Tofuschinken'. Ich mag Sie, Frau Kommissarin, echt."

Es war das erste Mal, dass er Manuela Bauer so herzlich lachen sah. Ihr Gesicht veränderte sich komplett. Aus der stets angespannt und irgendwie gestresst wirkenden Beamtin schälte sich vor seinen Augen eine fröhliche, bildhübsche Frau, deren strahlendes Lachen den Tag um einiges heller machte. Sie schüttelte den Kopf. „Nein, kein Tofuschinken und auch kein Birkenrindenersatzzucker zum Kaffee."

Ralf drehte sich, bereits auf dem Weg in die Küche, noch einmal zu ihm um. „Wenn du immer so nette Kolleginnen im Schlepptau hast, kannst du gerne wieder öfter hier aufschlagen."

„Da bin ich im Ranking gleich nochmal aufgestiegen, danke." Er setzte sich ihr gegenüber auf einen der bequemen Holzstühle, auf dem ein dickes hellrotes Kissen seinem Hintern, der sich vom letzten Radrennen noch immer nicht ganz erholt zu haben schien, ein gemütliches Sitzerlebnis versprach. „Sind Sie mir noch böse? Ich meine wegen der Aktion vorhin?"

Sie stützte die Ellbogen auf den Tisch und zog das Leinendeckchen vor sich zurecht. „Nein, warum sollte ich?

Es war eine dumme Aktion. Ich hätte ihm von Anfang an sagen sollen, dass er raus ist. Nur war das eben nicht so leicht."

„Arbeiten Sie schon lange mit ihm zusammen?" Auf ihre Antwort war er neugierig.

„Wie man es nimmt. Wir haben uns kennengelernt, als ich noch ein kleines Licht bei der Sitte war. Richard war damals ganz anders, das müssen Sie mir glauben. Unverkrampft und mit einem herrlich trockenen Humor." Sie stockte, ehe sie fortfuhr. „Wir sind seit zwei Jahren verlobt. Damals war Richard schon im Morddezernat. Er war der Partner und Stellvertreter von Stefan Markwart und alles sah danach aus, dass Richard irgendwann im Dezernat ganz nach oben kommen würde." Wieder hielt Manuela inne und betrachtete eingehend das Leinendeckchen vor sich. „Was damals passiert ist, das weiß ich bis heute nicht genau. Wegen was Richard sich so sehr mit Stefan in die Haare bekommen hat, keine Ahnung. Er erzählte mir nur, dass es eine Meinungsverschiedenheit beim Lösungsansatz zu einem wichtigen Fall gegeben hätte. Stefan sei ihm beim Verhör eines Tatverdächtigen in den Rücken gefallen. Von dem Tag an hat Richard sich verändert. Zuerst ist es mir kaum aufgefallen. Er war ruhiger, in sich gekehrt, hat alles Mögliche hinterfragt, vor allem, wenn es um Stefan ging. Es war beinahe zu erwarten, dass die Wege der Beiden sich trennen würden. Dass Stefan mir das Angebot machte, zu ihm zu kommen, und das mit der Aussicht, Richards ehemalige Position zu bekommen, war für mich eine Überraschung. Immer, wenn Richard mir von Stefan erzählte, dann klang es, als sei er ein unverbesserlicher Macho, der es

Frauen sehr schwer machen würde und mit dem man als Frau wohl kaum arbeiten könnte. Ich hatte regelrecht Angst davor, eine Entscheidung zu treffen."

Phillip nickte. „Verständlich. Was hat Sie umgestimmt?"

Manuela kniff die Lippen zu einem schmalen Strich zusammen, was bei ihren vollen Lippen wahrscheinlich gar nicht so einfach war. „Ein Gespräch mit Stefan, der mir erklärt hat, dass er meine Arbeit kennen- und schätzen gelernt hat, dass er mich schon eine Weile beobachtet und sich über eine vertrauensvolle Zusammenarbeit freuen würde. Keine Spur von Machogehabe oder dumme Sprüche. Im Gegenteil, freundlich, professionell und motivierend. Ich war perplex. Nun bin ich seit einem Jahr bei Stefan und ich fühle mich wirklich wohl. Ich arbeite sehr gerne mit ihm."

„So muss es sein. Gegenseitiges Vertrauen ist unerlässlich. Darum müssen wir dringend reden."

Das Gespräch musste allerdings warten, da eine sehr nette Bedienung mit ihrem Kaffee an den Tisch kam und mit den Worten „Frühstück kommt sofort" servierte.

Manuela zog ihre große Tasse näher, kippte Zucker hinein und rührte um. Erst nachdem sie den ersten Schluck getrunken hatte, sah sie ihn wieder an. „Sowas in der Richtung habe ich befürchtet."

Er lächelte. „Dass Sie mit mir reden müssen?"

Sie schüttelte lächelnd den Kopf. „Ach wo, das ist gar nicht so schlimm, wie ich dachte. Sie sind überhaupt kein arroganter Möchtegern-Skilehrer mit überbordendem Ego."

Er schluckte nach diesen Worten erst einmal, dann musterte er sie durch leicht zusammengekniffene Augenlider. „Darf ich raten, von wem der Spruch kam?"

Manuela trank noch einen Schluck des duftenden Kaffees und grinste ihn an. „Probieren Sie es, Sie haben drei Versuche."

Ehe er was auch immer versuchen konnte, schleppte Ralf höchstpersönlich zwei Riesenteller mit sehr appetitlich aussehenden Speisen an ihren Tisch. „Lasst es euch schmecken, es wurde mit Liebe gemacht."

Erstaunt zog Phillip seinen Teller näher zu sich und schnupperte. „Seit wann schwingst du den Kochlöffel?"

Ralf zuckte fröhlich die Schultern. „Seit ich entdeckt habe, dass mir Kochen Spaß macht, und seit meine Knie nicht mehr mit dem täglichen Trainer-Job einverstanden sind."

Phillip verstand sofort. „Oha, Abnutzung?"

„Frag nicht, ich hätte auf meinen Orthopäden hören sollen. Aber es passt noch einigermaßen und, wie gesagt, nachdem einer der Köche aufgehört hat, habe ich mich zuerst notgedrungen und dann mit zunehmender Begeisterung in die Küche gestellt. Lasst mich wissen, wie es euch schmeckt. Aber jetzt esst bitte in Ruhe euer Frühstück."

„Sie kennen sich schon etwas länger, oder?"

Phillip seufzte. „Jahrzehnte! Wir haben ganz schön viel Mist gemeinsam gebaut, aber wichtig ist zu überleben und das haben wir."

„Sehr witzig." Manuela schien nicht überzeugt.

„Irgendwie schon." Phillip stach in eines seiner zwei Spiegeleier, die über den Bratkartoffeln lagen, und stippte das warme Eigelb genussvoll mit den knusprigen Kartoffeln auf. „Vor allem, wenn er jetzt so gutes Essen hinbekommt. Das freut mich wirklich. Solche Entwicklung, also Rückschläge annehmen, vernünftig verarbeiten und etwas Neues daraus wachsen lassen, das ist es, was ich aufrichtig bewundere.“

Manuela schwieg, häufte sich Bratkartoffeln auf ihre Gabel, dekorierte sie mit einem Stück Bacon und schob sich das Kunstwerk in den Mund. „Wenn ich darüber nachdenke, dann ist das eine der intelligentesten Feststellungen, die ich seit langem gehört habe. Respekt.“

„Freut mich. Auch für uns, denn sein Frühstück ist besser als das, welches ich in guter Erinnerung hatte.“

Sie sprachen über Essen, Verwandtschaft, Freunde und über Vertrauen, das nötig war, um mit dem notwendigen Rückhalt zu arbeiten. Hier schien es Phillip angeraten einzuhaken. Irgendwo musste er ja anfangen.

„Ich habe es bereits erwähnt. Meine Leute in Wien haben einige Dinge herausgefunden, die ich, aus guten Gründen, nur mit Ihnen und Stefan Markwart besprechen will. Es tut mir sehr leid, aber mein Misstrauen gegenüber einigen Zeitgenossen scheint sich immer wieder zu bestätigen. Sekunde, ich muss überlegen, wo ich anfangen soll, so einfach ist das nämlich gar nicht.“ Phillip trank seinen inzwischen lauwarmen Kaffee aus und überlegte sehr genau. „Die Geschichte von Ferdinand oder wohl eher Heinz kennen Sie. Was mein Kollege in Wien herausgefunden hat, und er ist einfach ein Trüffelschwein in Sachen Kriminalität, das ist, dass nicht alle aus seinem damaligen Umfeld fort sind. Lukas Meric hieß irgendwann einmal Alexej Meric und hat für eines der ersten und so ganz nebenbei fiesesten Inkassounternehmen in Jugoslawien gearbeitet. Wollen Sie raten, wer einer der besten Kunden war?"

„Ich ahne es, dieser Milan, der Felsner zu dem Mord anstiftete."

„Bravo, Sie enttäuschen mich nicht. Meric sagte damals auch gegen die Gang aus, allerdings wesentlich oberflächlicher als Felsner. Meric war tatsächlich ein exzellenter Buchhalter, der sich im Steuerfach hervorragend auskannte. Er war für Milan wertvoll. Als er und seine Schläger es ablehnten, einige zahlungsunwillige, aufmüpfige ,Kunden' zu eliminieren, da diese nicht nur ,Kunden' in Sachen Kokain und andere Aufputschdrogen, sondern auch ganz normale Kunden von Merics anderem Job, nämlich einer höchstseriösen Steuerkanzlei waren, kam damals Felsner ins Spiel. Er war noch jünger, noch geldgieriger als Meric und er ließ sich zu dem Mord überreden. Heute, mit einem etwas entspannteren Blick auf das damalige Geschehen, glaube ich, dass unser guter Heinz schon auch Angst vor Milan hatte, ganz zu schweigen davor, was mit seiner Familie passieren könnte, wenn er sich weigern würde. Anyway, ich wollte auf etwas ganz anderes hinaus. Ferdinand-Heinz sagte aus, wurde verurteilt, verschwand in Amerika und starb da in einem Gefängnis. Soweit so gut oder wohl eher so schlecht. Heinz Felsner erblickt das Licht der Neuen Welt, entscheidet sich eines schönen Tages für Wien, weil das Angebot äußerst lukrativ ist, und zieht nach Österreich. Und jetzt kommt's: sein ansehnliches Einkommen verwaltet nach gar nicht allzu langer Zeit ... na, wer wohl?"

Manuela stieß einen verblüfften Laut aus. „Meric! Der ist auch heute noch sein Vertrauter, sein Steuerberater. Wie kann das sein? Geht eigentlich gar nicht, wenn der Mann offiziell tot und begraben war."

Phillip zog eine verärgerte Grimasse. „Sie glauben ja gar nicht, was alles geht. Es kommt noch dicker. Fertig für ein paar Überraschungen?"

Sie nickte, wenn auch zögerlich. „Ich bin mir nicht sicher, ob ich das alles hören will, aber meine Möglichkeiten sind begrenzt, sehe ich das richtig?"

Er hob bedauernd die Achseln. „Richtig. Wie gesagt, Andreas ist ein Trüffelschwein, es gibt nichts, was er nicht herausfindet. Kaum haben wir den alten Fall aufgerollt, hat er alles, was er fand, durch die Suchprogramme laufen lassen. Alles! So fand er auch Meric. Dass aus Alexej-Lukas ein Lukas wurde, ist nun nicht gerade die optimale Verschleierungstaktik, aber egal. Er scheint sich sehr sicher zu fühlen. Kann er wahrscheinlich auch. Einerseits, weil er damals sehr schwammig in seinen Aussagen blieb und er nur eine Bewährungsstrafe bekam. Die Frist ist längst vorüber und die ‚alten Freunde' werden ihm wohl kaum mehr etwas antun wollen. Trotzdem ist Meric für uns von großem Interesse. Dazu gehört auch, dass er jeden Freitag an einer sehr illustren Skatrunde teilnimmt. Der ‚Herrenclub' ist begehrt, darin sind Fußballtrainer, Manager von Top-Stars, aber auch Vorstände von Banken und Versicherungen, ein hoher Beamter im Ministerium für Wirtschaft und Finanzen und seit kurzer Zeit ein Neuling." Phillip räusperte sich, bat bei der Bedienung um ein Mineralwasser mit Zitrone und fuhr sich mit beiden Händen durch die Haare. „Solche Gelegenheiten erinnern mich wieder daran, warum ich nie Vorträge halten wollte."

Sein Wasser kam und er trank durstig.

Manuela betrachtete ihn nachdenklich. „Ein Neuling?"

Gestärkt nahm er den Faden wieder auf. „Ja, ein Neuling. In diesem illustren Kreis wird mit absoluter Sicherheit nicht nur Karten gespielt. Hier werden vielmehr die Karten neu gemischt. Hier werden Aufträge vergeben, hier genehmigt man Kredite und dafür werden Vorkaufsrechte ausgesprochen und so vieles mehr."

Manuela runzelte die Stirn. „Und bei so etwas soll der Felsner mitgemacht haben?"

Phillip schüttelte heftig den Kopf. „Nein, der ja eben nicht. Felsner war unantastbar. Er hatte sich tatsächlich nach seiner Rückkehr nach Europa nichts und zwar gar nichts mehr zuschulden kommen lassen. Kein Strafzettel, keine Anzeige, nicht mal ein geklauter Kaugummi – er ist blitzsauber."

„Jetzt bin ich total verwirrt. Warum erzählen Sie mir dann von einem ‚Neuling' in diesem Herrenclub, in dem offenbar alle möglichen Abkommen getroffen werden und in dem gemauschelt wird wie blöd?"

„Weil seit vergangener Nacht bekannt ist, dass offenbar auch höhere Summen flossen. Bestechung, Schweigegeld, Spenden … mag man es nennen wie auch immer. Die Herren glauben sich in ihrem illustren Kreis scheinbar unantastbar. So wie es sich darstellt, haben sie das auch geschickt angestellt. Sie haben sich jemanden an Bord geholt, der ihnen ausnehmend dienlich ist."

Manuela verdrehte genervt die Augen. „Ach, Phillip, genug des um den heißen Brei Redens, bitte. Wer ist denn nun der Neue im Herrenclub."

Phillip legte eine elegante Kunstpause ein, eher er ihr antwortete. „Richard Franzen."

Ganz behutsam, bitte

„Hast du Kamon heute schon gesehen?" Tilde hatte eine sehr ärgerliche Furche zwischen ihren edel gezupften Augenbrauen. Ein Umstand, der nichts Gutes verhieß.

Ilse stellte ihre Tennistasche neben den Bistrostuhl auf die Terrasse. Es war zwar noch früh, aber schon angenehm warm, und solange es eben möglich war, genossen die drei Freundinnen die Annehmlichkeiten der schönen, wenn es zu warm wurde, von der ausladenden Markise beschatteten Terrasse. Außerdem konnte man hier so einiges an Klatsch und Tratsch aufschnappen. Etwas, das für die Damen zwar nicht essenziell, aber ab und an recht amüsant war.

„Nein, heute noch nicht. Ich bin gerade erst gekommen, wie du siehst."

„Dann warte einmal, bis du ihn zu Gesicht bekommst. Ein Bild des Jammers, der Arme. Ich könnte Caroline ihren dürren Hals umdrehen, so wütend bin ich." Tilde machte eine sehr aussagekräftige Handbewegung.

Ilse war nicht schwer von Begriff, aber es war früh, sie hatte noch keinen frisch gepressten Orangensaft bekommen, ganz zu schweigen von ihrem edlen Lachsbrötchen, welches Kamon immer mit ganz besonders viel Liebe zubereitete. „Was, um Himmels Willen, hat

Caroline mit Kamon zu tun? Bitte, lass mich nicht deppert sterben und red vernünftig mit mir um diese Uhrzeit."

„Caroline will Kamon kündigen. Zumindest hat sie ihn vorhin vor allen, die schon hier auf der Terrasse saßen, zur Schnecke gemacht. Sie meinte, nur weil Heinz ein so geduldiger Chef gewesen sei, wäre Severin das noch lange nicht und auch sie ließe sich nicht von ihm auf der Nase herumtanzen. Er könne gerne seine Sachen packen und dahin verschwinden, von wo er herausgekrochen sei."

Das war starker Tobak, das hatte Ilse nicht erwartet. Vor allem hatte sie nicht erwartet, dass Severin anscheinend nahtlos die Geschäfte seines Vaters übernahm. So wie es aussah auch noch unter dem Zepter seiner reizenden Mutter. Das konnte ja heiter werden.

„Damit hab ich nicht gerechnet. Das hat sie vor allen so verkündet? Was, bitte schön, reitet diese Frau, dass sie sich so aufführt? Trauer sieht für mich ein bisschen anders aus. Hast du mitbekommen, worum es ging?"

Tilde nickte grimmig. „Du wirst es nicht glauben. Kamon hat, so ganz nebenbei zusammen mit seinem Kollegen Michael, auf Anweisung der Polizei die Lebensmittel- und Getränkereste im ganzen Büro eingesammelt. Sie haben ihm Handschuhe gegeben und, so wie ich es verstanden habe, hat Kamon gerade alte Schokoladenriegel aus dem offenen Schreibtisch geholt, als Madame Caroline ankam und sich aufgeführt hat wie ein Derwisch."

„Ich versteh immer noch nicht so richtig, warum."

„Na ja, ich irgendwie schon. Die beiden Jungs durften quasi aufräumen, halt das vergammelnde Zeug sammeln, in Tüten packen und den Polizisten mitgeben. Caroline wollte dann auch an den Schreibtisch und das hat Kamon ordnungsgemäß einem der Beamten gemeldet. Der hat die Dame zurückgepfiffen und erklärt, dass Zivilpersonen noch immer nichts im Büro verloren hätten. Der arme Kamon war nur ihr Blitzableiter, aber das glaubt er nicht und ist fix und fertig, weil er glaubt, dass er ausgewiesen wird, wenn sie ihm jetzt fristlos kündigt.“

„Im Notfall stellen wir ihn ein, als was auch immer. Aber beruhige dich, die führt sich nicht grundlos so auf. Da stimmt etwas nicht, vertrau mir. Denk mal nach. Die beiden Kellner räumen unter den Augen der Polizei auf. Suchen nach verderblichen, offenen Dingen. Suchen alte Gläser, wobei die eh schon alle untersucht worden sind, und packen das ein. Wir dürfen nie vergessen, dass die Polizei ja nie von einem Mord ausgegangen ist. Unser Mädel hat stets im Brustton der Überzeugung verlauten lassen, dass sie von einem Herzinfarkt ausgeht.“ Ilse lehnte sich zurück und winkte Michael, der eilig angelaufen kam.

„Frau von Karburg, was darf ich Ihnen bringen?“

Sie bestellte ihren frischen Orangensaft und hob sich das Lachsbrötchen für später auf. Sie wollte die leckere Variante mit Limettenschmand und Koriander von Kamon und nicht die „bayrische Fischsemmel-Variante“.

Sie dachte noch einmal genau nach, ehe sie weitersprach. „Denk bitte mit mir mit und fang mich ein, wenn ich Mist erzähle, in Ordnung?“

Tilde nickte stoisch. „Nur jetzt, oder zukünftig auch?“

Ilse schmunzelte amüsiert. „Nicht unverschämt werden, junge Frau, dass das klar ist. Nein, hör zu. Erinnere dich an den Todestag von Heinz. Und jetzt an den Todestag von Franz-Josef. Hab ich mich an dem Tag um sein Büro gekümmert? Hab ich an dem Tag versucht, an seinen Schreibtisch zu kommen? Tilde, ich hatte meinen Mann verloren. Mir war alles wurscht. Das ganze Geld, die Wertpapiere, seine Uhrensammlung, ganz zu schweigen von seinen Briefen oder sonst was. Bei dir war das genauso, oder? Ich könnte schwören, dass du nicht in die Klinik gefahren bist, um in seinem Büro nach dem Rechten zu sehen und seine Schubladen zu durchstöbern.“

Tilde verneinte. Ihre Stimme war sehr leise, als sie antwortete. „Niemals, ich habe so viel geweint, ich hätte den Schreibtisch gar nicht erkennen können.“

„Siehst du! Bei mir und Marga war das ebenso. Mag Caroline ihn auch nicht abgöttisch geliebt haben, aber, Herrschaftszeiten, sie haben zwei Kinder zusammen. Sie haben sich etwas aufgebaut, etwas geschaffen, sie hatten ein Leben. Warum also will sie auf Teufel komm raus in das Büro? Was glaubt sie, da drin zu finden? Denn gefunden hat sie es eindeutig noch nicht. Sonst würde sie nicht so eskalieren.“

„Du drückst dich immer so jugendlich frisch aus; eskalieren. Hübsches Wort, klingt so modern.“

Ilse grinste. „Mir wär's lieber, ich würde jugendlich frisch aussehen, anstatt mich nur so auszudrücken. Du erinnerst dich an den Umschlag, den ich der Polizei übergeben hab?“ Sie stockte kurz. „Na gut, den ich der Polizei übergeben musste, weil Phillip mich sonst gelyncht hätte. Aber ich hab so eine Ahnung, dass das Benehmen von Caroline damit zusammenhängt. Sie weiß entweder, was in dem Umschlag war, oder sie ahnt zumindest etwas."

Tilde zog einen komischen Fluntsch, wie so oft, wenn sie sehr angestrengt nachdachte. „Mag alles sein, aber du hast gesagt, dass bis auf das ungehaltene Schreiben von Heinz an seinen Anwalt oder Steuerberater, oder was auch immer der Kerl ist, und dem alten Dokument nichts da drin war. Du hast doch kein neues Testament gefunden, oder?"

„Eben nicht," grummelte Ilse ärgerlich, „das nervt mich ja so. Vielleicht wüsste ich dann schon, was unsere Schlauchlippen-Vertreterin so umtreibt."

Tilde schüttelte tadelnd den Kopf. „Sei nicht so giftig, damit versaust du dir nur dein Karma, willst du das?"

Ilse lachte lauthals auf. „Yessas, mein Karma. Da hechtet sicher gerade mein Schutzengel herum und versucht verzweifelt, die Bruchstücke wieder zusammenzusetzen. Nix da. Ich hab immer so gelebt, dass jeder wusste, woran er war und ist. Nie hintenrum. Und wenn ich sowas sag, dann weiß ich auch, warum. Caroline ist kein aufrichtiger Mensch, das spür ich und ich denk, damit bin ich nicht allein. Und würde sie nicht andauernd so eine dicke Lippe riskieren, dann würde ihr auch niemand an den Karren fahren."

„Ilse, du tust es schon wieder." Immerhin musste Tilde selbst lachen.

„Ja, und womit? Mit Recht. Und jetzt geh ich mich umziehen, dann gibt's mein Lachsbrötchen eben nach dem Spiel, schau, da kommt Marga."

Mochte sie auch ablenken und betont fröhlich den weiteren Vormittag bestreiten, so ging ihr Carolines Benehmen nicht aus dem Kopf. Da brodelte etwas, das konnte sie regelrecht riechen. Sie musste unbedingt mit Phillip reden. Alleingänge ließ sie lieber bleiben, Phillips böse Drohungen klangen ihr noch immer warnend in den Ohren.

***

Nachdenklich betrachtete Phillip sich das Spiel der Sonnenstrahlen auf dem Steinboden in Ilses Küche. „Tante Ilse, außer dem alten Testament und dem Brief an seinen Steuerberater, oder was auch immer dieser Meric ist, war in dem Umschlag nichts drin." Phillip drehte sich zu ihr um und auf seiner Stirn erschien eine tiefe Sorgenfalte. „Ich hab doch recht, nicht wahr? Es war sonst nichts in dem Umschlag?"

Ilse gab sich empört. „Natürlich nicht, denkst du denn, ich würde dir ein Beweisstück unterschlagen? Was denkst du eigentlich von mir, Junge?"

„Willst du das wirklich so genau und explizit wissen?"

„Wenn du schon so fragst, eigentlich lieber nicht. Hand aufs Herz, es war sonst nichts da drinnen. Aber, und da wirst du mir zustimmen, wenn wir das Testament hätten, dann wären wir einen Riesenschritt weiter." Sie kaute nachdenklich auf ihrer Unterlippe herum.

Phillip schüttelte schmunzelnd den Kopf. „Ah ja, wären wir das? Oh, Tante Ilse. Du weißt schon, dass Manuela recht ungehalten ist, weil du es warst, die bei ih-

138

rer illegal durchgeführten Durchsuchung das Geheimfach und den Umschlag entdeckt hat. Damit lässt du sie ein kleines Bisschen dumm dastehen."

„Das wollte ich nicht, gewiss nicht. Es hat mir einfach keine Ruhe gelassen, warum Caroline so versessen darauf ist, in dieses Zimmer zu kommen. Es passt nicht zu ihr. Heinz und seine Arbeit waren auf ihrer Rangliste der erstrebenswerten Dinge im Alltag nie ganz oben. Jetzt urplötzlich schon und gib zu, das ist komisch."

Phillip musste nicht lange nachdenken. Die Umstände erschienen ihm von Beginn an seltsam, so wie manch anderes an diesem Fall. Zugegeben, er hätte sich den Herzinfarkt schon sehr gewünscht, um schnell wieder in Richtung Wien und somit auch in Richtung Berge verschwinden zu können. Aber das passte schon länger nicht mehr zusammen. Tante Ilses Spürsinn schien recht zu behalten. Er griff nach seinem Glas mit Mango-Papaya-Smoothie, den Ilse ihm liebevoll gebraut hatte, trank einige Schlucke und nickte dann. „Du hast schon recht, Tantchen, ich sehe Puzzleteile, weiß aber gerade noch nicht so genau, wie sie zusammenpassen sollen." Sein Blick huschte hinüber zum blitzsauberen Swimming-Pool. „Wäre es in Ordnung, wenn ich ein paar Bahnen schwimme? Quasi zum geistigen Erwachen?"

Seine Tante lächelte nachsichtig. „Als ob du auf ein geistiges Erwachen warten müsstest. Ich könnt wetten, dass da schon was im Hinterkopf brodelt. Geh schwimmen und ich zaubere uns ein leichtes Abendessen."

Er stand auf, trank rasch sein Getränk aus, ehe es warm wurde, sah nach dem Sonnenstand und küsste seine Tante auf die Stirn.

Die seufzte leise. „Ach, Bub, früher hast du mich auf den Scheitel geküsst, was ist daraus geworden?"

Er zog eine seltsame Grimasse. „Das kannst du mit deiner neuen Igelfrisur vergessen. Ich könnt ja schwören, dass in dem Gewuschel pfundweise Haarspray, wenn nicht gar Gel steckt."

Ilse erhob sich, lächelte ihn vielsagend an, drehte mit kühnem Hüftschwung ab und Phillip vernahm nur noch ein leises: „Spießer!"

Zügig, so wie er es gewohnt war, zog er in dem kühlen Wasser seine Bahnen. Seine kluge Tante hatte, wie so oft, recht. Es ging gar nicht so sehr um sein geistiges Erwachen. Es ging um seinen Allgemeinzustand. Nicht den körperlichen, der war in Ordnung, sein emotionaler machte ihm da mehr zu schaffen. Nach Martina war er sich sicher gewesen, ein Leben ohne Frau, zumindest für eine vernünftige Zeitspanne, wäre sinnvoll. Ein Vorhaben, das gut funktioniert hatte. Bis zu dem Moment, in dem er in die ärgerlich funkelnden Augen von Manuela Bauer blicken musste. Er war darauf trainiert. Er konnte Stimmungslagen erkennen, konnte Angst erkennen, aber auch Unsicherheit. Auf der anderen Seite konnte er sein Gegenüber rasch einschätzen.

Manuela Bauer war eine intelligente, fähige, mutige Frau. Sie war jemand, dem sein Job bei der Polizei viel bedeutete, jemand, der sich für die Sache und für den Bürger einsetzte. Noch war da dieser Hauch an Unsicherheit. Mochte er sich zu Anfang gefragt haben, woher der wohl kam, so wurde ihm das schnell bewusst. Richard Franzen.

Wenn der Kerl nicht da war, dann dachte und handelte Manuela spontan, intuitiv und dennoch besonnen. Ihre Gespräche waren zielführend, fundiert und – etwas, das er sehr mochte – mit dieser dezenten Prise an Humor, die alles stets entspannte. Sobald Franzen in der Nähe war, veränderte sich die Frau und zwar auf eine Weise, die ihr selbst sicherlich kaum auffiel. Sie war gehemmt, unsicher und schien sich ihrer eigenen Entscheidungen keineswegs mehr sicher zu sein. Ein fataler Fehler, denn bei allem, was bisher geschehen war, hätte sie richtiggelegen. Kaum aber ließ sie sich von diesem Oberwichtel beeinflussen, schon war da eine Unsicherheit, die ihr gar nicht gut stand. Das mit dem Herzinfarkt war ihr eindeutig von ihm suggeriert worden. Phillip hätte wetten mögen, dass sie selbst sich von Anfang an viel vehementer für eine Obduktion eingesetzt hätte, wäre sie nicht dermaßen verunsichert worden. Natürlich, es war ihr erster Fall, also ihr erster eigener Fall. Sie mochte das, was sie tat, sie lebte regelrecht dafür. Markwart war das offenbar schnell klargeworden. Sie an seine Seite zu holen, war eine verdammt kluge Entscheidung gewesen. Viel wichtiger erschien Phillip der Umstand, dass er augenscheinlich Manuela lieber neben sich hatte als ihren Verlobten und Vorgänger Franzen. Er konnte und wollte einfach nicht glauben, dass es nur eine Vernunftentscheidung war, dass Franzen das Morddezernat verlassen hatte. Eindeutig hing er noch daran, zumindest wollte er das allen glauben machen. Phillip befürchtete etwas anderes. Zum einen vermittelte der einstige Kommissar des Dezernats eindeutig eine Botschaft: Manuela kann das nicht ohne mich.

Vollkommener Schwachsinn, wenn man ihn fragte. Sie konnte das sehr wohl, warum also dieses Wildern im fremden Revier? Er musste zwangsweise grinsen, was ihm eine saftige Portion Chlorwasser im Mund bescherte. Im fremden Revier wildern war etwas, das für ihn eigentlich nicht infrage kam. Bei Manuela ...

Er riss sich zusammen, wendete elegant am Beckenrand und machte sich auf, um Bahn dreiundzwanzig zu absolvieren. Der Beamte war ihm vom ersten Augenblick an ein Dorn im Auge gewesen. Dieses sich fortwährend unentbehrlich machen, überall „ein Auge darauf haben müssen", ganz zu schweigen vom „informiert werden müssen". Warum zur Hölle sollte irgendjemand ihn informieren? Es war ein Geduldsbeweis von Stefan Markwart gewesen, dass er es ihm gestattete, bei den Ermittlungen überhaupt dabei zu sein. Getan hatte er das lediglich, da er dachte, Manuela habe um die Unterstützung gebeten. Hatte sie nicht! Nein, mit Franzen stimmte mehr nicht. Nicht nur seine „Mitgliedschaft" im legendären Herrenclub, auch der Umstand, dass er Meric offenbar kannte und er wie ein Bluthund an diesem Fall blieb, Phillip konnte es regelrecht riechen, dass da noch mehr war. Nur, was?

Was er definitiv wusste, das war, dass er Manuela Bauer nach jedem Treffen noch interessanter, noch anziehender fand. Vor allem, wenn er allein mit ihr sprach, wenn sie ihren bezaubernden Kopf einsetzte und sehr logisch kombinierte. Dann wäre selbst ein Hercule Poirot stolz auf sie gewesen.

Bei Bahn siebenundzwanzig schwamm er gegen die Sonne. Warum, zum Teufel, wünschte er sich, dass Manuela aus dieser untergehenden Sonne auf ihn zukam?

Warum sah er andauernd ihr Lächeln? Ein Lächeln, das so offen, so aufrichtig und so erhellend war? Herrschaftszeiten, er musste wirklich mehr auf seine Gefühle achten, wenn er aus der Sache hier heil herauskommen wollte.

Bahn neunundzwanzig ließ ihn ärgerlich stöhnen. Wenn er aufmerksam in sich hineinhorchte, dann war es eh schon viel zu spät für irgendwelche Schutzmauern und Abwehraktivitäten. Wenn sie wollte, könnte sie ihn wahrscheinlich jetzt schon haben. Lachend schluckte er etwas Wasser.

„Machodepp! Wer sagt dir denn, dass sie auch nur ansatzweise etwas von dir will?" Er tauchte rasch unter, Bahn dreißig wartete auf ihn und seine Hirngespinste.

***

Phillip streckte seine langen Beine von sich. Der Bürostuhl von Stefan Markwart war ausnehmend bequem.

„Zu Meric? Gerne, aber warum zuerst zu ihm? Ich hätte da einige dringende Fragen an Richard, die ich ihm gestern ja leider nicht stellen durfte." Manuela erschien ihm auf gut Wienerisch etwas *angfressn*.

Phillip nickte eilig. „Richtig: Bitte, lassen Sie uns die Reihenfolge einhalten. Ich wusste schon, warum ich Sie darum gebeten habe, Ihre neuen Erkenntnisse für sich zu behalten. Er, also Ihr Verlobter, sollte nicht wissen, dass wir diese Information haben."

Aus Manuelas Mund drang ein seltsames Geräusch, es erinnerte ihn an das ärgerliche Knurren seines Hundes Aki, wenn man es wagte, ihn in seiner Mittagsruhe

143

zu stören. Allerdings klang es um einiges weniger gefährlich.

„Das ist mir im Prinzip schon klar, zur Rede stellen würde ich ihn trotzdem sehr gerne."

„Verstehe ich nur zu gut. Aber vorerst müssen Sie Geduld haben. Können Sie das?" Phillip konnte sich das Lachen nicht mehr verbeißen, als ihre Antwort kam.

„Natürlich, ich bin ein *un-fass-bar*, ja geradezu *grenzen-los* geduldiger Mensch, haben Sie das noch nicht bemerkt?" Sie schaute zu ihm auf und musste, wahrscheinlich ob seines sicherlich ebenso amüsierten wie auch verblüfften Gesichtsausdruckes selbst lachen. „Ach, glauben Sie halt, was Sie wollen, auch schon egal."

Phillip nickte stoisch. „Ein wahrer Ausbund an Geduld, ich sehe es schon. Darum machen wir uns bitte zügig auf den Weg zu Meric, ich möchte nicht, dass das Knurren von vorhin bedrohlicher wird."

Manuela wirkte einen Sekundenbruchteil erstaunt, dann prustete sie los. „Bitte nicht falsch verstehen, aber Sie können ein ganz schöner Depp sein, so ab und an."

Er grinste sie breit an, zog sich die Lederjacke über, steckte seine Waffe, eine perfekt gepflegte Glock 17, ein und schmunzelte. „Immerhin, ein *schöner* Depp, das ist mal ein Fortschritt." Er stapfte, die Hände in den Jackentaschen vergraben, zum Ausgang. Sehr zufrieden bemerkte er bei einem Blick in die Glasscheibe der Bürotür, dass sie ihm mit einem Lächeln auf den Lippen folgte.

***

Das Gewusel auf dem ländlichen Wochenmarkt war heute nebensächlich. Der Fall zählte!

„Und du hast sicher nichts übersehen?" Marga wirkte verunsichert.

Ilse schüttelte genervt den Kopf. „Wenn ich es dir doch sag. Da war sonst nichts, ja, blöd, aber ich kann es nicht ändern. Heute sind Phillip und das Mädel bei diesem Meric und verhören ihn. Er erzählt mir leider nicht alles, aber ich hab's im Gespür, dass da um einiges mehr dahintersteckt. Wenn ich es richtig verstanden habe, dann ist auch der Herzinfarkt vom Tisch. Ich kann nur einfach die Füße nicht stillhalten..."

„Hast du es schon mal mit hochkonzentriertem Magnesium versucht? Soll recht gut helfen." Margas Lächeln barg einen Hauch an Sarkasmus.

„Was, wie, Magnesium?" Endlich verstand sie. „Sehr komisch, wirklich. Ich hab kein Restless-Legs-Syndrom, meine Liebe, ich bin einfach ein kleines bisschen ungeduldig."

„Was du nicht sagst."

„Was ist nur los mit dir? Ist heute der *lass-uns-die-alte-Ilse-mobben*-Tag, oder wie?" Ilse runzelte ärgerlich die Stirn.

Marga wehrte sofort ab. „Ist es nicht und das weißt du genau. Aber du wolltest Phillip herholen, um den Fall professionell lösen zu lassen. Nun ist er da und du gibst noch immer keine Ruhe. Mensch, Lady, beruhige dich mal wieder. Ja, Heinz ist tot, aber die Nachteile für uns halten sich in Grenzen. Severin macht das recht gut und alle Angestellten sind auch noch da. Caroline hat ihre Drohung nicht wahr gemacht und gestern war sie während meiner Trainerstunde nicht im Club. Du siehst, alles beruhigt sich wieder." Marga drehte sich auf dem Wochenmarkt, auf dem sie gerade einkauften, einmal um die eigene Achse. „Wo ist denn bitte der Gemüsestand, an dem es die guten frischen Kräuter gibt? Die anderen sind dermaßen lappig, die mag ich nicht."

Ilse deutete nach links hinten. „Der steht seit neuestem da hinten. Du hast recht, sein Obst, aber auch das Gemüse sind wirklich sehr gut. Ich brauch auch noch Lauch und Zucchini. Knoblauch hab ich noch."

Sofort war Marga neugierig. „Klingt interessant, was gibt's denn?"

Ilse steuerte bereits auf den Stand zu. „Tagliatelle aus Hartweizen mit einer sehr guten Gemüsesauce. Phillip mag gern vegetarisch, bei einem Steak rennt der mir glatt weg." Plötzlich bremste sie abrupt ab, sodass Marga um ein Haar in sie hineingelaufen wäre.

„Herrschaft, Ilse, sag doch was, ehe du eine Vollbremsung hinlegst, was ist denn los?"

Ilse drehte sich leicht zur Seite. „Schau bitte nicht direkt hin, aber da vorne auf zwei Uhr, da ist der Marcus. Er sieht gar nicht glücklich aus. Vor allem, was ist mit seinem Wagen passiert? Seit wann fährt unser schicker Trainer so eine, äh, Rostlaube?"

Tatsächlich stieg in ungefähr zwanzig Metern Entfernung ihr Coach und Doppelpartner Marcus mit einer Einkaufstüte in der Hand in ein Auto, das sie noch nie gesehen hatten. Was war aus dem schnittigen Porsche Cabriolet geworden, das Caroline ihm immer so großzügig überließ? Das da, das war ganz sicher kein Porsche, sondern ein in die Jahre gekommener Opel Astra mit diversen „Gebrauchsspuren".

„Hoppla, was ist denn da passiert? Ist Marcus bei Caroline in Ungnade gefallen?" Marga spähte um Ilse herum. „Das Cabrio hat er mehr gefahren als sie. Sie fürchtet immer um ihre Frisur."

Ilse nickte grübelnd. „Vor allem war das Auto stets das Mittel der Wahl, um Marcus bei Laune zu halten. Denk mal nach, wie viele der in der Vergangenheit hätte abschleppen können. Ich könnte dir da spontan mindestens fünf der Damen aufzählen. Alle verheiratet mit älteren Kerlen und sehr gut betucht. Er hätte nur zugreifen müssen. Schau dir mal seinen Gesichtsausdruck an. Da muss es gewaltig gekracht haben."

Marga steuerte wieder auf den Stand zu. „Wohl wahr. Aber bitte überwinde dich und find das morgen heraus, ja? Ich möchte meine restlichen Lebensmittel einkaufen und dann mit meiner tiefenentspannten Lady Ilse einen Kaffee samt Käsesahnetorte auf der Terrasse vom Zuckerhäusl genießen. Glaubst du, du bekommst das hin, du Sherlock Holmes der Bayern?"

Ilse zuckte lächelnd die Schultern. „Ich gebe mir die allergrößte Mühe. Aber erinnere dich an Miss Marple, die hat auch nie aufgegeben, wenn sie Blut geleckt hat."

Seufzend reichte Marga dem Gemüsehändler über seine Waren hinweg eine Tragetüte aus Leinen. „Ja, meine Liebe, darum ja auch Käsesahne samt Kaffee, und zwar flott, ehe du mir auf dumme Gedanken kommst!"

Geheimnisse und Überraschungen

„Herr Meric." Phillip setzte sich in dem Sessel im Besprechungsraum von Lukas Merics Kanzlei so, dass er die Unterarme auf den Oberschenkeln aufstützen konnte. Er wusste, dass diese angedeutet in sich zurückgezogene und nicht angriffslustig wirkende Haltung seinem Gegenüber ein Gefühl von Sicherheit vermittelte. Er mochte diese kleinen Psychospielchen ab und an sehr gern. „Sie waren lange Jahre der Steuerberater von Heinz Felsner. Darf ich fragen, wie die Zusammenarbeit zustande gekommen ist?"

Meric schwieg länger, als Phillip erwartet hätte. Die Antwort, die daraufhin folgte, erwartete er noch viel weniger. „Ich kannte Heinz schon aus Jugendtagen. Wir sind gemeinsam aufgewachsen in einem kleinen Dorf in Kroatien. Wir waren keine Waisenknaben, ganz sicher nicht, aber wir haben immer zusammengehalten." Meric musterte Phillip eingehend, ehe er fortfuhr. „Sie kommen aus Wien, wurden extra für diesen Fall angefordert, richtig? Das bedeutet für mich nichts anderes, als dass Sie unsere Geschichte kennen. Das stimmt doch?"

Phillip lehnte sich in seinem Stuhl zurück, warf zuerst der sichtlich erstaunten Manuela einen Blick zu und wandte sich dann erneut an den vollkommen ruhig und entspannt vor ihm sitzenden Steuerberater. „Möglich. Erzählen Sie mir einfach Ihre Version und danach können wir gerne abgleichen, was denken Sie?"

Meric kratzte sich lächelnd an seinem kantigen Kinn. „Klingt fair, dann hören Sie mir einfach einmal zu."

Er erzählte ohne Abweichungen die Geschichte, die Phillip und seit neuestem auch Manuela kannten. Er beschönigte nicht und erklärte auch, wie er und Heinz immer Kontakt gehalten hatten. Sie hatten sich schlicht vertraut. Etwas, das in den Kreisen, in denen sie sich bewegten, durchaus das Überleben sichern konnte.

„Falls Sie sich fragen, warum ich damals etwas, sagen wir einmal, vage ausgesagt habe, dann dürfen Sie auch hierfür den Grund erfahren. Mein jüngerer Bruder dachte wohl, dass das kriminelle Umfeld ein höchst erstrebenswertes wäre. Es kostete mich verdammt viel Überzeugungskraft, ihm das auszureden. Aber da war unser Boss schon auf ihn aufmerksam geworden. Ich brachte Nino und seine Freundin aus Zagreb weg in ein kleines Dorf, in dem unsere Großeltern lebten. Da kam er, mit Hilfe unseres Großvaters, wieder zurück auf den Boden. Als es eng wurde für die oberen Bosse, begannen sie natürlich, nach unten zu treten und zu drohen. Ninos Leben wäre keinen Pfifferling wert gewesen, wenn sie ihn gesucht und – wovon ich ausgehe – auch gefunden hätten. Also warf ich mich dazwischen. Ich frisierte noch einmal alle Bücher, ich half dabei, Unsummen ins Ausland verschwinden zu lassen, und so weiter. Heinz wusste das alles. Er kannte Nino, seit er ein kleines Kind war. Als es richtig heiß wurde und die Polizei gnadenlos zuschlug, tat er etwas, das ich ihm nie vergessen werde. Er stellte sich kurzerhand zwischen alle Fronten. Er lenkte die komplette Aufmerksamkeit auf sich. Er kooperierte mit Interpol, er redete mit der Polizei. Er hat mit dem Feuer gespielt und mich so in jeder Beziehung aus der Schusslinie genommen. Er hat sich als Kronzeuge angeboten. Dass er fast alles, was er erzählte, von mir hatte, ist nie herausgekommen. Seine Eltern wanderten rechtzeitig still und leise aus. Er hat sie nie wieder gesehen, er hat niemanden jemals wieder gesehen. Er war in Zagreb zur persona non grata geworden und er lebte damit. Es war vollkommen klar, dass er eine Rückkehr nicht überlebt hätte. Der Ring, der dank seiner Aussagen zerschlagen wurde, war riesig. Und sie waren gefährlich. Nino lebt heute mit seiner Familie in Griechenland. Sie waren eine glückliche Familie, er, die Großeltern, alle. Heinz und ich hatten das alles nicht. Mir war das Pflaster, trotz allem zu heiß geworden. Erst Jahre nach seinem ‚Tod‘ sind wir in Wien wieder aufeinandergetroffen. Heinz ist mustergültig sauber geblieben. Aber da erzähle ich Ihnen nichts Neues, oder?"

Phillip verneinte. „Sie waren also wirklich gute Freunde. Wie passt es dann zusammen, dass Sie und er sich in letzter Zeit offenbar mehrmals in die Haare bekamen?"

Meric zog eine ärgerliche Grimasse. „Weil der Verrückte plötzlich zum Geheimniskrämer wurde. Seit der Schulzeit immer ehrlich, das war ein Kodex, sowas gibt man nicht auf. Und dann fängt er plötzlich mit komischen Andeutungen an. Redet fortwährend um den heißen Brei herum und rückt endlich damit heraus, dass er sein Testament ändern will. Ich habe natürlich nachgefragt, was das soll, ob etwas passiert wäre, von dem ich keine Ahnung habe und all das. Er hat alles abgestritten, auch meine Frage, ob er in Schwierigkeiten geraten sei."

„Könnte es denn sein, dass er in Schwierigkeiten war? Dass er vielleicht erpresst wurde?" Manuela dachte folgerichtig.

Meric aber schüttelte den Kopf. „Das kann ich mir nicht vorstellen. Ich wusste immer über alles Bescheid. Da war nichts. Er war blitzsauber, war guter Dinge, mal abgesehen davon, dass er sich immer wieder mit Severin in den Haaren hatte."

„Darf ich fragen warum?" Phillip war schlicht neugierig.

„Klar. Severin ist ein kluger Kopf, aber auch ein wenig zu verwöhnt. Er hat ihn eben einfach verzogen, allerdings bei weitem nicht so, wie Caroline das getan hat. Wäre Heinz nicht ab und an eingeschritten, dann wäre Severin heute ein unleidlicher, verwöhnter Bengel – das ist er aber nicht."

„Wie können Sie sich so sicher sein, dass dem nicht so ist?"

Meric lächelte vielsagend. „Sie können es nicht wissen, aber Severin ist mein Patenkind. Ich war schon immer auch – sagen wir – regulierend mit dabei. Nein, Severin ist in Ordnung. Ich denke, er kann das jetzt auch zeigen."

Phillip dachte angestrengt nach. Etwas erschien ihm seltsam. „Wenn er Ihr Patensohn ist, haben Sie ihm von der angestrebten Testaments-Änderung erzählt? Kann es sein, dass er überreagiert hat?"

„Quatsch, was für ein Unsinn. Erstens habe ich ihm nichts erzählt und zweitens wusste ich ja gar nicht, was Heinz eigentlich plante. Wie schon gesagt. Er hat ein Riesengeheimnis darum gemacht."

„Anett?"

„Seine Tochter? Wohl kaum. Erstens war sie sein Augenstern und außerdem ist sie verdammt erfolgreich mit ihrer kleinen Werbeagentur und zu all dem noch mit einem Spieler des FC Bayern liiert, die braucht ganz sicher das Erbe nicht. Abgesehen davon hatte sie keine blasse Ahnung von Heinz' Plänen."

„Verstehe." Phillip kam die letzte Aussage gerade recht. „Weil Sie es gerade erwähnen. Wie meine Recherchen ergeben haben, sind Sie Mitglied in einem höchst erlauchten Herrenclub. Ist es möglich, dass auch besagter Bayernspieler auf der Liste steht?"

„Nein", Meric grinste. „Dafür ist er nicht geschaffen. Das ist so einer von der Sorte, die sehr geradeheraus durchs Leben geht. Der mag solche Vereinigungen gar nicht und ich verstehe ihn."

„Aha, und warum spielen Sie dann regelmäßig mit den Herren Ihre Skatrunden?"

Meric lehnte sich lächelnd in seinem Sessel zurück. „Ach, Herr Vancura, Sie wissen es doch am besten. Man muss mit den Wölfen heulen. Auf meine Altersrente möchte ich mich nicht verlassen müssen, da darf ich ganz ehrlich sein. Und ich kann Ihnen versichern, dass keine krummen Dinger gedreht werden. Gut, da fließen schon mal ein paar sechsstellige Vermittlungssummen. Alles gesetzeskonform versteuert, ich schwöre. Sie können das gerne nachprüfen."

„Es fällt mir schwer, das zu glauben, aber vorerst tu ich es einfach. Zurück zu dem erlesenen Club und seinen Mitgliedern. Könnte denn einer von diesen Männern, die ja wohl aus allen Bereichen der Wirtschaft und des Sports kommen, in irgendeiner Form von der geplanten Änderung des Testamentes Kenntnis erlangt haben? Wie auch immer. Ich weiß, eine gewagte Annahme, aber ..."

„Aber gar nicht mal so unmöglich, um bei der Wahrheit zu bleiben. Vor einiger Zeit hat mich Heinz an einem der Clubabende angerufen. Er hat erzählt, dass er mich nicht weiter mit dem Testament belasten möchte, vor allem in Bezug auf mein Verhältnis zu Severin. Er meinte, er hätte einen Notar gefunden, der ihm das Testament, das er mittlerweile selbst umgeschrieben hat, prüft und dann auch gleich notariell beglaubigt. Ich war, wie man sich vorstellen kann, ziemlich von der Rolle. So einen seltsamen Alleingang hat er noch nie fabriziert, seit wir uns kennen. Bei dem Telefonat stand ich auf dem Balkon des Raucherzimmers, Sie wissen schon, teure Zigarren und so. Ich hab den kleinen Schleimer leider zu spät gesehen. Er hatte sich sehr geschickt hinter einem Blumenkübel drapiert, dürres Elend. Ein Neuer, den einer unserer Wirtschaftsbosse angeschleppt hat. Ich kann ihn nicht ausstehen und er ist mir unheimlich."

„Unheimlich? Ihnen?" Manuela war eindeutig erstaunt.

Meric verzog das Gesicht. „Soll vorkommen. Vor allem, Sie mögen mir bitte verzeihen, Polizisten, die ich auf den ersten Blick nicht abkann. Bei ihm war das so. Insbesondere, als ich ihn, nachdem er die ersten beiden Male bei uns war, an einem frühen Abend gemeinsam mit Caroline Felsner aus einem Nobellokal in Haidhausen kommen sah. Sie waren sehr vertraut miteinander. Caroline wiederum hatte vor gar nicht allzu langer Zeit ein Verhältnis mit eben jenem Wirtschaftsboss begonnen, der den Typen bei uns angeschleppt hat. Erklären Sie mir den Zusammenhang, falls Sie können, natürlich." Meric sah Phillip auffordernd in die Augen.

„Ich dachte, Frau Felsner hat ein Verhältnis mit dem Tennistrainer? Langsam wird's unübersichtlich." Manuela war eindeutig verwirrt.

Meric nickte. „Mit Marcus? Ja, stimmt. Marcus ist einfach ein sehr vorzeigbarer Begleiter auf wie auch immer gearteten Events, bei denen der grundsolide Heinz ihr wohl eher peinlich gewesen wäre. Glauben Sie mir, wenn Sie bei Caroline nachbohren, dann sprudeln da jede Menge sehr interessanter Neuigkeiten."

Phillip saß mit geschlossenen Augen im Sessel. In seinem Kopf lief die Wiederholungsschleife dessen ab, was sie soeben gehört hatten. Es schien nicht zu passen und dann wieder doch. Er entschied sich zu einem einigermaßen gewagten Vorstoß.

„Herr Meric, eine sehr ernst gemeinte Frage und ich verspreche Ihnen, dass ich Sie heraushalten werde. Ist es möglich, dass dieser, Sie sprechen immer nur von einem Wirtschaftsboss, also, dass dieser namenlose Mann, jenen Polizeibeamten aus einem guten Grund

und nicht aus reiner Sympathie angeschleppt hat? Bestünde eventuell die Möglichkeit, dass jener Beamte einen Fall von Wirtschaftskriminalität untersuchte und er sich, wie sage ich es nur, ein klein wenig zu weit in die ‚andere‘ Richtung vorgewagt hat? Sie wissen sicherlich, was ich andeuten möchte?"

„Ob der Arsch ein korrupter Bulle ist? Ich darf Ihre gepflegte Ausdrucksweise einmal in die richtigen Worte fassen. Nachdem ich mich vor einer ganzen Weile höflich geweigert habe, die Machenschaften besagten Unternehmens zu decken und die Erklärungen für die Steuer zu *entgiften*, dürfen Sie davon ausgehen. Die Firma ist seit längerer Zeit schon im Visier der Steuerfahndung gewesen. Der Herr hat Caroline ein hübsches Sümmchen ‚geschenkt‘ und sie zur stellvertretenden Geschäftsführerin und Prokuristin seiner eilends ins Leben gerufenen neuen GmbH ernannt. Keine Ahnung, wie viel er dem Bullen auf sein Konto überwiesen hat."

Er wagte einen Seitenblick auf Manuela. Sie saß starr nach vorn blickend auf ihrem Stuhl. Ihre Hände hatten sich um die Lehnen gekrampft. „Herr Meric, sicher kennen Sie den Namen des Beamten, von dem wir hier schon eine ganze Weile sprechen, nicht wahr?" Ihre Stimme war leise, aber fest.

Meric nickte grimmig. „Ja, aber sicher, ich will immer sehr schnell wissen, mit wem ich es zu tun habe. Der Kerl heißt Richard Franzen und ist, soweit es mir bekannt ist, noch gar nicht so lange im Betrugsdezernat. Ich kann mir lebhaft vorstellen, warum er genau dorthin wechseln wollte. Das war der perfekte Boden für ihn."

Er hätte Manuela gerade gern getröstet, wusste aber, dass dieses Ansinnen wahrscheinlich ganz falsch angekommen wäre. Daher stellte er lieber die letzte Frage.

„Haben Sie eine Ahnung, wer das neu verfasste Testament beglaubigt haben könnte, oder wo es sich derzeit befindet?"

Meric schüttelte den Kopf. „Ich weiß es leider nicht. Das war so ein wunder Punkt zwischen ihm und mir … und das nach so vielen Jahren des Vertrauens.

***

Sie gingen schweigend nebeneinanderher zum Wagen. Phillip öffnete Manuela die Beifahrertür, was sie kurz innehalten ließ.

„Sieh an, ein Kavalier."

„Natürlich, was haben Sie denn gedacht?"

Sie ließ sich höchst undamenhaft auf den Sitz fallen und stöhnte ärgerlich auf. „Ich weiß überhaupt nicht mehr, was ich noch denken soll. Meine Welt fällt gerade in sich zusammen."

Phillip machte die Tür zu, lief um den Wagen herum und stieg ein. Er steckte den Schlüssel ins Zündschloss, startete den Rover aber noch nicht. „Stopp! Bitte, fangen Sie damit gar nicht erst an. Verzeihung, aber dieser Kerl kann nicht Ihre Welt sein. Sie sind eine fähige, gute Polizistin. Sie haben ein gutes Gespür für Menschen und ich könnte schwören, dass bei Franzen da seit einer ganzen Weile Zweifel mitgeschwungen haben müssen. Alte Gewohnheiten, die innere Einstellung, dass man um eine Beziehung kämpfen muss, das alles spielt bei so einem inneren Dilemma so oft mit. Ich weiß, wovon ich rede, wirklich."

„Ich komme mir so blöd vor. Zuerst dachte ich die ganze Zeit, er wollte mich unterstützen, mich schützen und mir den Rücken stärken. Andeutungsweise hat er das auch dauernd so rübergebracht. Von wegen! Benutzt hat er mich, benutzt, um seine Nase in die Belange von Caroline Felsner zu stecken. Dieser Arsch, dieser riesengroße Dreckskerl. Das sehe sogar ich Blindfisch, dass alles da zusammenpasst. Vielleicht ist Felsner seiner Frau auf die Schliche gekommen, vielleicht hat er gedroht, sie auffliegen zu lassen mit ihrer Geschäftsführerstelle, die – verbessern Sie mich, wenn nötig – nur zu dem Zweck geschaffen wurde, eine große Summe Geldes außer Reichweite des Fiskus zu bringen." Sie schlug ärgerlich auf das Armaturenbrett. „Verdammt! Ich gutgläubiges Huhn. Wie blöd muss man sein?"

Mit besorgtem Blick auf sein unschuldiges Armaturenbrett antwortete er ihr leise und bestimmt. „Das hat nichts mit blöd zu tun. Man glaubt, dem anderen vertrauen zu können. Schließlich ist man nicht nur in einer Beziehung, sondern auch noch beruflich verbunden. Man rechnet nicht damit, dass er plötzlich einen auf Chicago Gang macht. Gerade in unserem Beruf muss man sich auf den anderen verlassen können. Vertrauen ist ein hohes Gut, eines, das gewahrt werden muss."

Manuela beugte sich vor und streichelte das dunkle Holz seiner Innenausstattung. „Tut mir leid, dass ich Ihr Auto verprügelt hab, war nicht persönlich gemeint. Ja, das mit dem Vertrauen, das sehen Sie vollkommen korrekt. Ich gebe zu, dass mein Vertrauen schon seit einer Weile bröckelt. Immer öfter die Abende mit Besprechungen zu aktuellen Fällen, die Kollegentreffen, die – oje, gleich wird mir übel - ‚Undercover-Aktionen‘ bei Verdächtigen.“ Sie schüttelte sich sichtlich angeekelt. „Ich kann mir genau vorstellen, wie diese *Undercover Einsätze* ausgesehen haben. Kartenspiele, Zigarren, teurer Whisky und dreckige Witze. Und ich habe so lange nichts begriffen.“

„Ich könnte wetten, dass Sie das haben. Sie haben es lediglich verdrängt. Was nicht sein darf, das kann nicht sein. Sowas in der Richtung.“

Manuela seufzte laut auf und verbarg ihr Gesicht in den Händen. Daher klang ihre Stimme etwas gepresst. „Bescheuert war ich trotzdem. Seit wann kann ich Trottel denn nicht mehr eins und eins zusammenzählen?“

„Das konnten Sie, Sie haben es nur verdrängt. So, und jetzt rufen Sie Markwart an und bitten um ein dringendes Krisengespräch. Er soll bitte niemanden benachrichtigen. Ich rufe Paul Gruber an und bitte ihn auch zu kommen. Wir brauchen ihn hierfür, Franzen darf nicht ungeschoren davonkommen. Aber wir müssen behutsam sein und keinen Fehler machen. Er darf nicht misstrauisch werden.“ Nachdenklich ruhte sein Blick auf Manuela. „Denken Sie, dass Sie sich noch etwas zusammenreißen können, ehe Sie ihn fertig machen?“

Endlich lachte sie wieder. „Ich kann’s versuchen, aber versprechen tu ich es nicht. Wo wollen wir uns denn treffen? Im Präsidium?“

Er überlegte nur kurz. „Nein, wenn’s geht bitte in Taufkirchen, wieder im Tennisclub. Da stört uns niemand und ich mag die Küche." Phillip grinste. „Mal sehen, was mein alter Freund Ralf noch so alles für kulinarische Überraschungen parat hat."

Sie nickte zustimmend. „Gute Idee, französische Fischsuppe, das klang schon sehr interessant. Okay, ich gebe Stefan Bescheid." Manuela kramte umständlich ihr Handy aus der Tasche ihrer Jacke. Als sie es schon in der Hand hielt, stockte sie in der Bewegung, dann warf sie ihm einen deutlich unsicheren Blick zu. „Ähm, bei uns im Dezernat duzen wir uns alle, sogar Markwart, also Stefan. Vielleicht könnten wir das ja auch so machen. Also, falls Sie Wert auf Etikette legen, dann natürlich ..."

Er streckte ihr die Rechte hin und grinste sie herausfordernd an. „Phillip, aber das weißt du schon, oder?"

Dass sie ein klein wenig rot wurde, freute ihn aus einem unerfindlichen Grund außerordentlich.

In etwa wie

Old Shatterhand

Stefan Markwart lehnte sich in die weichen, bunten Polster der hölzernen Eckbank im Clubrestaurant. „Ich hab's gewusst. Verdammt, ich hätte noch mehr auf meine Intuition hören müssen. Dieser verlogene, geldgeile Drecksack." Er sah zu Manuela und zog eine traurige Grimasse. „Entschuldige bitte, aber ich könnte mir denken, du stimmst mir zu?"

Manuela nickte. „Tu dir keinen Zwang an, du ahnst ja nicht, welche Bezeichnungen mir in den vergangenen zwei Stunden für ihn eingefallen sind. Ich bin da kreativer, als ich dachte."

Paul Gruber ließ ein heiseres Lachen vernehmen. „Weiter so, Frau Bauer, lassen Sie es raus, man erstickt sonst an so etwas." Ernster fuhr er an alle gewandt fort. „Gut, oder eben nicht. Hiermit haben sich Stefans Zweifel bestätigt. Guter Mann, ich konnte mir schon denken, dass was dran ist." Er trank einen Schluck seines Kamillentees und verzog angewidert das Gesicht. „Wenn das Zeug nicht gar so grausig schmecken würde, aber ehe sich eine Halsentzündung festsetzt, trink ich eben Tee." Er warf einen Blick auf Phillips Glas mit alkoholfreiem Weißbier, das so kühl war, dass das Wasser außen am Glas herabperlte.

„Das ist Folter, aber es nutzt nichts. Kurze Zusammenfassung für Sie, Frau Bauer, und für dich, Phillip. Der Wechsel von Franzen zum Betrugs-Dezernat war von Stefan durchaus gewollt. Schon Monate zuvor war er bei mir und hat darum gebeten, Franzen ersetzen zu dürfen. Das damalige Problem war, dass Stefan ihm nicht vertraute. Bei Einsätzen fühlte er sich nicht sicher mit ihm und ihn störte das oft demonstrierte Verständnis für die ‚andere‘ Seite. Dagegen war Stefan sehr angetan von der Arbeitsmoral und dem überdurchschnittlichen Einsatz einer uns allseits bekannten und sehr fähigen Beamtin. Was uns beide überraschte, war die Tatsache, dass Richard nicht, wie geplant, zum Dezernat für Drogenkriminalität wechseln wollte, sondern zur Abteilung Betrug. Einerseits hatten wir mit mehr Gegenwind gerechnet, da er sich immer ehrgeizig und zielstrebig zeigte, andererseits waren wir positiv überrascht, als wir ihm mitteilten, dass Frau Bauer ab sofort seine Position einnehmen würde. Wir rechneten mit einer gehörigen Portion gekränkter Eitelkeit. Er schien ihr die neue, verantwortungsvolle Stellung wirklich zu gönnen. Ich ahne inzwischen, warum dem so war. Durch seine Verlobte einen Fuß im Morddezernat und gleichzeitig seine Skatrunde bei Laune halten und dann noch in wahrscheinlich nicht zu geringem Maße die Hand aufhalten. Was für eine linke Bazille.“ Paul sah zu Markwart und zuckte die Schultern. „Wieder einmal warst du auf der richtigen Spur.“ Er fing wohl die erstaunten Blicke von Phillip und auch Manuela ein, denn er fügte eilig hinzu. „Stefan meinte damals, als er zu mir kam, weil er um die Versetzung von Franzen bitten wollte, er werde das Gefühl nicht los, mit dem Mann stimmt was nicht. Er hätte ihn damals schon gerne etwas genauer in Augenschein genommen."

Phillip überlegte nur kurz. „Eine schwere Entscheidung, noch dazu ohne handfeste Beweise, nur auf ein Bauchgefühl hin. Wieder einmal zeigt sich, dass dieses Gefühl oft zielführender ist als jede Beweisführung. Nur was tun wir jetzt? Ich würde verflixt gerne herausfinden, wo dieses vermaledeite Testament steckt. Meric wusste es nicht. Ich bin absolut sicher, dass alles, was er uns erzählt hat, die Wahrheit ist."

„Herrschaften, zwei Mal das Bauernschnitzel mit Meerrettichsenf, dazu Bratkartoffeln und Tomatensalat. Einmal den Kaiserschmarrn mit Zwetschgenröster und einmal die Fischsuppe mit geröstetem Weißbrot. Bitte sehr!" Ralf und seine freundliche Bedienung verteilten die Teller und traten einen Schritt zurück. „Wohl bekomm's."

Markwart begutachtete erfreut seinen appetitlich angerichteten Teller. „Na, das sieht ja gut aus, warum kannte ich den Laden bis heute nicht? Da muss erst mal wieder einer von der Wiener Sondereinheit hier aufschlagen. Peinlich ist das."

Phillip zog mit stoischer Miene seinen Teller samt Kaiserschmarrn näher zu sich. „Die alpenländischen Nachbarn sind immer und in jeder Hinsicht von Herzen gerne behilflich."

„Darauf vertraue ich, ehrlich gesagt, schon immer und das nicht nur beim Schnitzel." Markwart lächelte.

„Ich dachte da an eine schnelle und umfängliche Überprüfung unseres Kollegen Franzen. Da wir ungern bei seinen Kollegen nachbohren würden … Phillip, du hast da doch sehr effektive Möglichkeiten in deinem Dezernat in Wien, gehe ich recht in der Annahme?“

Phillip grinste und schluckte den Bissen köstlichen Kaiserschmarrns hinunter. „Das könnte in etwa den Tatsachen entsprechen. Du willst mir mitteilen, dass wir den Herrn auf Herz und Nieren prüfen und … überwachen?“

Markwart nickte zustimmend. „So hab ich mir das vorgestellt.“

„Hab ich die Zusage, dass wir alle Mittel nutzen dürfen?“

Paul antwortete für Stefan. „Die hast du. Ich weiß, was das bedeutet, und du hast mein Okay für alles.“ Er betrachtete ihn nachdenklich. „Aber ganz im Ernst, könntest du es bitte unterlassen, deinen herrlichen Kaiserschmarrn mit Weißbier runterzuspülen? Das ist ekelerregend.“

Phillip wischte sich den Mund mit der blütenweißen Serviette ab und lächelte vielsagend. „Alkoholfreies Weißbier, soviel Zeit wird wohl noch sein.“

Paul verzog das Gesicht. „Ernsthaft? Das macht's keinen Deut besser. Pfui Deibel. Das ist genauso schlimm wie Kaffee zu Weißwurst. Igitt!“ Kopfschüttelnd widmete sich der Polizeipräsident wieder seinem köstlich duftenden Schnitzel.

Phillip war zufrieden. Richard Franzen würde, nachdem seine Leute in Wien mit ihm fertig waren, ein sehr böses Erwachen drohen. Dessen war er sich sicher. Allerdings waren sie der Frage, wer das Leben des unauffälligen Clubchefs so rüde beendet hatte, nicht viel nähergekommen.

***

„Magst du noch einen Kir?“

Phillip schüttelte sich. „Danke, Tanterl, aber das Zeug ist so pappig süß, dass es mir den Magen umstülpt. Außerdem mag ich das Prickelgelumpe nicht so besonders. Aber ein kühles Bier, ehe ich duschen geh, das würde ich gern nehmen.“

Schnell ging sie in ihre Küche und holte das Gewünschte aus dem Kühlschrank. Heute lief es zäh mit der Berichterstattung, die alte Gangstermethode, ihm mit Alkohol die Zunge zu lösen, versagte kläglich. Ilse war höchst unzufrieden mit der Gesamtsituation. Sie griff nach dem Flaschenöffner und eilte samt Pilsflasche zurück auf die nächtliche Terrasse ihres Hauses.

„Also hat der Meric den Heinz nicht umgebracht und das Testament mitgehen lassen?“

„Tante Ilse, zum einen dürfte ich dir gar nichts erzählen, weil es eine laufende Ermittlung ist, zum anderen sollte das eigentlich klar sein. Los, Lieblingstante, ich appelliere an deinen schlauen Kopf. Der Meric war niemals selbst im Testament erwähnt. Warum sollte eine Änderung ihn zum Mörder werden lassen? Noch dazu wusste er, dass das Testament bei einem anderen Notar liegt und schon beglaubigt ist. Er hat, und das glaube ich ihm, keinen blassen Schimmer, wer der Notar ist, und er weiß nicht einmal, was Felsner ändern wollte. Er wusste nur, dass der es umgeschrieben haben wollte.

164

Nachdem Felsner ihn gefragt hat, wie er zu einer Änderung seines Testaments stünde, hat er ihm recht eindrücklich klargemacht, dass das Testament perfekt abgefasst ist und es seinen Kindern gegenüber sehr fair und anständig ist."

„Lustig, dass jemand wie der Meric sowas wie fair und anständig kennt." Ilse trank einen großen Schluck ihres kühlen Kir Royal.

Phillip stellte seine Flasche auf den schönen Mosaiktisch, betrachtete sie eine Weile grübelnd und streckte sich dann ausgiebig. „Oje, Tante Ilse, vertrau mir. Es gibt menschliche Abgründe, gegen die ist der Meric ein untadeliger Chorknabe. Meist sind es diejenigen, bei denen man es am wenigsten erwartet. Wobei ich hier von Anfang an misstrauisch gewesen bin."

Ilse hörte ihm sehr aufmerksam zu. „Ah, so wie dieser zwielichtige Beamte, der uns nach Heinz Tod vernommen hat? Der Ex unseres Mädels? Den holt ihr euch als Ersten, nicht wahr?"

Man konnte die Verblüffung in Phillips Gesicht sehen. „Moment, so viel hab ich dir gar nicht erzählt. Was reimst du dir da bitte wieder zusammen? Ich glaub, wir müssen dringend reden, Tante Ilse."

Ilse leerte ihr Glas, erhob sich, schenkte ihm ihr bezauberndstes Lächeln und flötete: „Herzerl, ich bin einfach gut im Kombinieren und ich versteh so manches, was andere nicht gleich kapieren. Das solltest du aber wissen, enttäusch mich nicht, Bub. Gute Nacht, träum was Schönes."

Phillip ließ ein dezent genervtes Stöhnen vernehmen. „Tante Ilse, ich sagte, wir müssen reden. Du kannst jetzt nicht einfach ins Bett gehen. Reden! Hörst du mich?"

Sie drehte sich mit einem breiten Lächeln im Gesicht zu ihm um. „Ich hör dich schon, mein Bub. Woast was? Reds ma in a Sackerl und stells ma vor mei Tür. Ich horchs ma dann morgen an, wann ich Zeit hob. Bussi, baba."

Phillips Lachen begleitete sie, bis sie, sehr zufrieden, die Schlafzimmertür hinter sich ins Schloss zog.

***

Der Vormittag war erfolgreich verlaufen. In jeder Beziehung. Manuela war bereit, erneut bei der derzeit an zahllosen Fällen erstickenden Staatsanwaltschaft Druck zu machen, um die einstweilige Verfügung vom Tisch und den Leichnam Felsners aus der Kühlung zu bekommen. Sie waren ein weiteres Mal akribisch alle Unterlagen durchgegangen, die sie aus Felsners Schreibtisch hatten, um einen Hinweis auf den ominösen Notar zu finden. Abgesehen davon hatte Manuela vier Mal sehr bezaubernd gelächelt ... Auch wenn das nicht direkt zur Lösung des Falles beitrug, so hob es seine Laune maßgeblich.

Es war kurz nach dem Mittagessen, als seine Uhr fiepte. Der Hinweis, dass eine E-Mail auf seinem gesicherten Dienst-Laptop eingegangen war. Seine Jungs waren wie immer zuverlässig, verdammt schnell und sehr effektiv. Schon während er begann zu lesen, kam ihm die Galle hoch.

Manuela starrte eindeutig fassungslos auf die Unterlagen, die Andreas und seine IT ihm geschickt hatten. Immer wieder schüttelte sie den Kopf. „Ich glaube es nicht, das darf alles nicht wahr sein." Ihr Finger tippte auf eine Zahlenkolonne. „Phillip, er hat fast fünfhunderttausend Euro auf diesem Konto, von dem ich noch nie etwas gehört habe. Als es um die Anzahlung einer größeren Eigentumswohnung ging, hat er allen Ernstes ausgerechnet, was beim Verkauf meiner geerbten Altbauwohnung herauskommen könnte. Diese miese kleine Ratte hätte mich mein Eigentum verscherbeln lassen für unser *gemeinsames Nest.* Ich glaube, ich kotz gleich.“

Er grinste. „Versteh ich zwar, aber ich wäre wirklich froh, wenn's ohne ginge.“ Er freute sich, dass Manuela ein Lächeln gelang, ein schiefes zwar, aber immerhin.

„Was ist nur los mit mir, warum habe ich das nicht früher bemerkt?“

„Hör auf damit, die Schuld bei dir zu suchen. Er ist ein Arsch, karriere- und geldgeil, ob er das wurde oder er es schon immer war, das kann ich nicht sagen.“

„Trotzdem hätte ich es bemerken müssen. Was wirft das denn für ein Licht auf meine Fähigkeiten, wenn ich blind und taub für so eine Schweinerei bin?“

„Noch einmal, hör auf. Ich will ihn sicher nicht verteidigen, aber ich bin nun schon ein paar Jahre Kieberer...“
„Du bist was?“

„Polizist, *gnä Frau*, wird Zeit, dass du Wienerisch lernst. Nein, im Ernst, in den Jahren habe ich Männer, gute Männer, erlebt, die abgedreht sind, wenn du weißt, was ich meine. Nicht alle haben die Drahtseilnerven, um den Verlockungen des schnellen Geldes und der, in ihren Augen, damit verbundenen Anerkennung zu widerstehen. Wenn du in einer kleinen Genossenschaftswohnung in Hütteldorf mit winzigem Balkon lebst und du plötzlich eine Villa mit Pool in Währing in Aussicht gestellt bekommst, dann findet sich fast immer einer, der einknickt. Traurig, aber wahr. Vielleicht war Richard zu Anfang tatsächlich nur ein ambitionierter Polizist, einer, der auf der richtigen Seite stand und korrekt gehandelt hat. Ich glaube es kaum, dass ich das jetzt sage, aber ich denke, er wurde einfach mit Geld ... *zuagschissn*. Du verstehst?"

Manuela schüttelte den Kopf und versuchte sich an einem tadelnden Blick, der ihr leider misslang. „Du hast Ausdrücke auf Lager. Abgesehen davon könntest du schon richtigliegen. Richard war immer ordentlich, hat alles exakt geplant und vorbereitet, war hilfsbereit und penibel. Wenn ich darüber nachdenke, dann ist er erst anders geworden, seit ich die Stelle bei Stefan habe. Ich habe es darauf geschoben, dass er sich Sorgen um mich macht, dass er denkt, ich wäre überfordert."

Phillip stand auf, ging zu dem edlen Kaffeeautomaten, stellte eine Tasse hinein und drückte auf *Espresso*. „Ihr lebt hier ganz schön nobel, was wurde aus den guten alten Filterkaffee-Maschinen, bei denen am Nachmittag der Kaffeesatz einen Zentimeter dick am Boden klebte?"

Manuela zuckte die Schultern. „Die gibt's schon noch, aber nicht bei Stefan. Der hat stur behauptet, von dem Zeug bekäme man Gastritis. Das gute Stück da hat er selbst gezahlt und nachher, nachdem wir begeistert waren, uns dazu verdonnert, den Kaffee zu zahlen. Das ist der günstigere Part und der Kaffee ist jeden Cent wert. Aber was hat das mit Richard zu tun?"

„Nichts, ich musste nur deinen letzten Satz sacken lassen. Du hast die Veränderungen bei ihm also bemerkt? Abgesehen davon ist dir hoffentlich bewusst, dass du mit deiner letzten Aussage deinen Physiklehrer beschrieben hast und eher weniger deinen Verlobten?"

In die Augen der Frau trat ein so trauriger Ausdruck, dass seine Aussage ihm sofort leidtat. „Bitte entschuldige, das war gedankenlos von mir. Ich wollte dich nicht kränken."

„Das hast du nicht, es tut einfach weh, wenn einem so plötzlich die Augen geöffnet werden. Ich fühle mich gerade einfach so unendlich dumm, ein Gefühl, das ich verabscheue."

Wie gern hätte er sie in die Arme genommen und sie getröstet, er wagte es aber nicht. Zum einen, weil jederzeit jemand hätte kommen können, zum anderen, weil er keine Ahnung hatte, wie sie reagieren würde. Eine Alternativlösung musste her.

„Vorschlag. Wir informieren Stefan, wenn er von seinem Einsatz zurückkommt, und dann holen wir uns deinen ... ja, was ist er eigentlich?"

„Du meinst meinen Exfreund, Exverlobten und Exkollegen? Meinen Triple-Ex?"

Phillip lächelte erfreut. „Das klingt schon wieder sehr erfreulich. Bravo, küss die Hand, gnä Frau, weiter so."

Manuela griff nach ihrer Tasse, in der der Kaffee inzwischen sicher kalt geworden war, trank sie entschlossen leer und warf ihm einen herausfordernden Blick zu. „Holen wir uns den Herrn und die Vorladung für Frau Felsner ist quasi schon in Arbeit."

***

169

Ilse achtete heute peinlich genau auf die Geschwindigkeitsregelungen. Es hätte ihr bei der geplanten Aktion gerade noch gefehlt, geblitzt oder gar aufgehalten zu werden. Je unauffälliger sie vorging, desto eher war es möglich, dass Phillip nichts davon mitbekäme. So hoffte sie zumindest. Sie rückte ihre farblich zum Hosenanzug passende, hellrosa Chanel Sonnenbrille zurecht. Mit exakt 30 km/h glitt sie regelrecht auf den Parkplatz des Clubgeländes. Es war ein Freitag und dazu noch ein warmer Sommertag. In der Nacht war Regen gefallen und so strahlte das Grün der Hecken im Club wie frisch gewaschen, ebenso der Rasen und die Plätze leuchteten ihr quietschrot und einladend entgegen. Schön. Sie freute sich, dass Severin die Geschäfte seines Vaters nahtlos übernommen hatte. Es wäre schade um den Laden gewesen. Viele schöne Erinnerungen hingen daran und Ilse liebte das Ambiente.

Kaum kletterte sie aus Schnucki, schon vernahm sie eine vertraute Stimme.

„Guten Morgen, Lady Ilse. Geht es Ihnen gut? Wo ist denn das Trainingsoutfit abgeblieben?“

Gut, so viel zu unauffällig und ungesehen. Sie drehte sich zu Marcus um und lächelte ihn freundlich an. „Ach, Marcus, guten Morgen, heut wird es nichts mit dem Spielen oder Trainieren. Ich hab's ja gleich so im Rücken.“ Demonstrativ legte sie die Hand an ihr Kreuz, eine Bewegung, die immerhin noch klappte, ohne dass es irgendwo knackte. „Das muss erst wieder besser werden.“

Ihr Trainer wirkte besorgt. „Ich hätte eine halbe Stunde frei, soll ich Sie massieren?“

Ilse lehnte dankend ab. „Vielen Dank, heute nicht. Im Falle eines Falles heilt Ibu einfach alles. So zumindest mein Plan."

„Und macht auf Dauer den Magen kaputt. Bitte nicht zu viel von dem Zeug nehmen. Es gibt Alternativen. Aber wem erzähl ich das?" Marcus hielt inne und betrachtete sie fragend. „Na, Lady Ilse, haben Sie was auf dem Herzen? Kann ich irgendwie helfen?"

Donnerwetter, der junge Kerl war wirklich ein aufmerksamer Zeitgenosse. Aber fragen musste sie eh, dann eben gleich. „Marcus, wenn das jetzt zu neugierig und zu unverschämt ist, dann müssen Sie mir nicht antworten, in Ordnung?"

Marcus seufzte und musterte sie amüsiert. „Das muss aber was Ernstes sein, wenn Sie mich gleich siezen. Da bekomme ich fast schon Angst."

„Tu ich das sonst nicht? Verflixt, das tut mir leid, wirklich. Ab und an sind meine guten Manieren anscheinend auf der Strecke geblieben."

„Ach, bitte, Frau von Karburg, Lady Ilse, wir kennen uns schon so lange, das ist in Ordnung, wirklich."

Sie streckte ihm die Hand entgegen. „Gut und damit wir hier für Klarheit sorgen. Ab heute bitte Ilse, in Ordnung?"

Sichtlich erfreut drückte Marcus ihre Rechte. „Sehr gerne, wenn ich auch weiterhin Lady Ilse sagen darf. Das passt einfach so zu Ihnen ... äh, zu dir."

Ilse funkelte ihn erfreut an, ehe sie sich wieder an ihre Mission erinnerte. „Darfst du, alles gut. Marcus, es geht um den Fall Heinz, also sein unerwartetes Dahinscheiden. Wie gesagt, antworte nur, wenn es dir nicht unangenehm ist. Du fährst einen anderen Wagen, was wurde aus dem Porsche Cabrio, das so gut zu deiner Augenfarbe gepasst hat?"

Marcus, der mit einer Hand seine Sporttasche über der Schulter hielt, wirkte kurzfristig verblüfft, dann fuhr er sich mit der Linken durch seine dichten dunklen Locken und grinste. „Stimmt schon, das hübsche kupferfarbige Teil passte wirklich zu meinen Augen. Aber ich bin bei der Fahrzeughalterin in Ungnade gefallen. Wie ich dich und deine bewundernswerte Beharrlichkeit kenne, bekommst du es eh raus. Caroline hat von mir verlangt, dass ich durch das Fenster des Büros einsteige und den Schreibtisch ihres Mannes durchsuche. Angeblich sei darin ein Umschlag, in dem Dokumente von hoher Wichtigkeit seien. Dokumente, die für die Polizei und den Fall nicht von Belang sind, für die Familie, vor allem für Caroline, dafür anscheinend umso mehr. Ich habe mich geweigert. Das Büro ist versiegelt, der Fall noch nicht geklärt, Marlene achtete mit Argusaugen auf jede Bewegung, ordentlich, wie sie nun mal ist. Wenn man mich dabei ertappt, dann war es das für mich. Ein polizeiliches Siegel zu ignorieren, ist strafbar."

Ilse versuchte alles, um so unschuldig wie irgend möglich auszusehen. Sie war so froh, dass weder Phillip noch Markwart oder das Mädel sie verpfiffen hatten. Niemand hier, außer Kamon, wusste von ihrer Suchaktion. „Da hast du vollkommen richtig entschieden. Es wäre ein Unding, wenn du, nur weil sie unbedingt da rein will, in die Bredouille kommen würdest. Außerdem hat die Polizei alles Wichtige mitgenommen, wenn ich meinen Neffen richtig verstanden habe. Was soll da denn noch drin sein? Die Rechnung für ihr Lippen-Pimping?“

Marcus’ prustendes Lachen amüsierte sie.

„Stimmt halt einfach. Ich gebe es gerne zu, ich wüsste auch gern, was für ein Geheimnis unser Heinzi zuletzt mit sich herumgeschleppt hat. Was immer es war, es liegt derzeit bei der Polizei. Da bin ich mir sicher. Und du darfst nicht mehr Porsche fahren, blöd gelaufen.“

Marcus schüttelte lächelnd den Kopf. „Alles gut, Lady, das passt schon. Ich muss wohl mal erwachsen werden. Es soll noch andere Frauen geben und letztendlich brauch ich nur ein Auto, das fährt.“

Ilse lächelte spitzbübisch. „So so, hast du ein Auge auf eine deiner Schülerinnen geworfen? Lass mich nicht dumm sterben, welche ist es denn?“

Jetzt strahlte der junge Mann regelrecht. „Falsch geraten, so richtig falsch. Kennst du die neue Mitarbeiterin im Blumenladen gegenüber? Die süße Schwarzhaarige mit den blauen Augen?“

Ilse seufzte. „Aber sicher doch. Alisa, die mit den endlos langen Beinen und dem bezaubernden Lächeln? Eine gute Wahl, mein Junge. Eine gute und bodenständige Wahl. Die Frau ist echt … falls du weißt, was ich meine.“

Marcus nickte sichtlich erfreut. „Ich denke, ich weiß, was du meinst. Ich bin halt reifer geworden. Und den Satz *er war jung und brauchte das Geld*, den hattet ihr, soweit ich mich erinnere, schon in den 70ern im Repertoire, oder?“

„So ist es. Ich freu mich für dich. Irgendwas sagt mir, dass du genau rechtzeitig den Absprung geschafft hast.

Prima! Und jetzt muss ich ganz kurz reingehen, kommst du mit?"

Marcus zeigte auf Platz 2 und schmunzelte. „Ich muss in zwanzig Minuten Marga eine Stunde geben. Sie ist wild entschlossen, uns beide beim nächsten Doppel gemeinsam mit Tilde gnadenlos zu besiegen. Nur damit du vorgewarnt bist."

„Marcus, ich zittere jetzt schon." Hoch erhobenen Hauptes und ein Lächeln auf den Lippen eilte sie auf den Eingang des Clubhauses zu. Sie war sehr zufrieden. Es hätte ihr leidgetan, wenn an Marcus weiterhin der Hauch des Verdachtes haften geblieben wäre. Durch seine Beziehung zu Caroline war auch er in den Dunstkreis der Verdächtigen geraten. Nach diesem Gespräch war er über jeden Zweifel erhaben. Er war ehrlich und aufrichtig gewesen, so, wie sie ihn auch eingeschätzt hatte. Caroline hingegen steckte, zumindest in ihren Augen, wieder ein Stückchen tiefer in einem ganz seltsamen Sumpf. Was das genau war, gedachte sie umgehend zu ergründen. Dazu aber brauchte sie – wieder einmal – Hilfe.

„Liebe Marlene, geht's gut? Wie macht sich der neue Chef?"

Marlene lächelte, freundlich wie immer. „Alles in Ordnung. Der Schock ist inzwischen der Neugier gewichen, was wohl dahintersteckt. Soweit ich gehört habe, glaubt die Kommissarin nicht mehr an die Herzinfarkt-Theorie. Obwohl ihr Kollege anscheinend sicher war, dass es plötzliches Herzversagen gewesen sein muss. Und zum neuen Chef habe ich nur Gutes zu berichten. Severin macht das hervorragend. Er ist freundlich, geduldig und hat eine gute Hand mit den Angestellten.

Ich denke, Heinz hätte stolz auf ihn sein können. Schade, dass er ihn immer so sehr unterschätzt hat. Nun kann er nicht mehr erleben, wie gut sein Sohn tatsächlich ist." Marlene machte ein trauriges Gesicht. „Wir sollten viel öfter mehr Vertrauen in andere haben. Das Einzige, das Severin ein wenig ärgert, das ist, dass er noch immer in der Kleiderkammer hausen muss, da das Büro nicht freigegeben wurde."

Ilse zuckte die Schultern. „Dafür kann er sich bei seiner Mutter bedanken. Durch die einstweilige Verfügung gegen die Obduktion verzögert sie das Verfahren. Und da wäre ich beim Thema. Marlene, ich bräuchte Ihre Hilfe."

„Ich lasse Sie nicht ins Büro."

Ilse sah ihr in die Augen und ließ ein leises Stöhnen hören. „Sagen Sie mal, Marlene, haben Sie inzwischen eine Büro-Manie entwickelt? Ich will da gar nicht rein. Wie käme ich dazu? Nein, ich wollte fragen, ob die Polizei die Überwachungsbilder von der Kamera schon ausgewertet hat oder ob ich da mal reinschauen kann?"

„Frau von Karburg, da muss ich Sie leider enttäuschen. Wir filmen nur die Einfahrt, den Parkplatz und die Front des Gebäudes. Am Tag, an dem Herr Felsner tot aufgefunden wurde, sind die Kameras offensichtlich ab Mittag ausgefallen. Anscheinend ein technischer Defekt. Schon komisch, oder?"

Ilse runzelte verwundert die Stirn. „Mehr als komisch. Hier drin werden wir nicht überwacht, oder?"

Marlene verneinte. „Bis auf den Eingang, aber das war's dann auch schon."

„Verflixt, und was haben die anderen Aufnahmen ergeben?"

Marlene kniff die Lippen zu einem schmalen Strich zusammen. Offenbar überlegte sie, ob sie mehr preisgeben durfte.

„Sie können es mir ruhig sagen, heute Abend erfahre ich es eh von meinem Neffen." Gut geschwindelt war halb gewonnen.

„Na gut. Es waren alles Nummernschilder von Clubmitgliedern, Lieferanten, Handwerkern und Besuchern des Restaurants. Die Handwerker und die Lieferanten konnten wir alle identifizieren. Ich kenne die alle. Bei den Besuchern handelte es sich auch um Leute, die ich kannte oder die schon mehrmals hier waren, um im Restaurant zu essen. Lediglich bei einem Nummernschild hat es länger gedauert. Aber auch das Rätsel wurde gelöst. Es war wohl ein Bekannter von Herrn Felsner, den er persönlich eingeladen hatte. Ich erinnerte mich schnell wieder. Der Herr kam spät am Nachmittag, danach waren beide Männer etwa eine halbe Stunde im Büro und dann haben sie gemeinsam im Restaurant gegessen. Ich erinnerte mich deshalb so schnell, weil Herr Felsner an dem Abend sehr entspannt gewirkt hat. Dem war leider in letzter Zeit oft nicht so."

„Ach, war das der weiße Mercedes? Der große, kräftige Herr mit der jungen Begleitung?"

Marlene schüttelte erstaunt den Kopf. „Nein, der schwarze Lexus mit Starnberger Nummer. Von welchem Mercedes sprechen Sie denn?"

Ilse schlug sich leicht mit der flachen Hand an die Stirn. „Herrje, jetzt werd ich wirklich langsam etwas vergesslich. Das war beim Fest auf dem Golfplatz, Verzeihung, aber ich bin halt nicht mehr die Jüngste." Sie lächelte Marlene entwaffnend an.

Die erwiderte ihr Lächeln. „Das nenn ich mal fishing for compliments vom Allerfeinsten, liebe Frau von Karburg. Kann ich sonst noch etwas für Sie tun? Ich müsste noch ein paar Dinge erledigen."

„Aber selbstverständlich. Wie gedankenlos von mir, ich halte Sie hier von der Arbeit ab. Nicht böse sein, bitte, ich wollte einfach nur nachfragen. Ich gönne mir noch einen Cappu auf der Terrasse. Es regnet schon eine Weile nicht mehr."

Marlene nickte zustimmend. „Eine gute Idee. Ihr Lieblingskellner ist auch da. Ich sage nur Lachsbrötchen und Limettenschmand."

Mit einem freundlichen Winken verabschiedete Ilse sich und entschwand in Richtung Terrasse.

„Ilse, altes Haus, welch genialer Schachzug. Weißer Mercedes, super!" Sie war zufrieden mit sich. Der Mercedes war ebenso frei erfunden wie der kräftige Herr, den es so nie gegeben hatte. Ihre nette Finte hatte ihr zu der Info verholfen, die sie haben wollte. Ein schwarzer Lexus, Starnberger Kennzeichen. Bingo! Das musste der geheimnisvolle Notar sein, wer sonst hätte Heinz so erfreuen können? Nun musste sie nur noch die zum Lexus passende Kanzlei auftun und sie hatte dafür auch schon einen passenden Plan.

***

„Ich habe den Herrn bedient. Als er aber zahlen wollte, hat Herr Felsner ihn davon abgehalten und gesagt, er sei eingeladen." Kamon machte ein trauriges Gesicht. „Ich bin betrübt, aber ich kann nicht weiterhelfen."

Ilse war kaum weniger betrübt. „Verflixt. Ich habe gehofft, es gäbe eine Kreditkartenabrechnung oder Ähnliches."

Kamon verneinte. „Ich hätte Ihnen die nicht zeigen dürfen, das wissen Sie, nicht wahr?"

„Junge, ich hätte schon dafür gesorgt, dass es unter uns bleibt. Denkst du denn, ich möchte, dass du Schwierigkeiten bekommst?"

Der junge Kellner zuppelte an seiner dunkelbraunen Weste herum. „Warum wollten Sie denn so gerne wissen, wer der Mann war? Hat er etwas mit dem Tod des Chefs zu tun? Sie wirkten wie Freunde, Freunde tun sich nichts."

Ilse klopfte ihm liebevoll auf den Unterarm. „Oh, Kamon, du bist noch so herrlich jung. Es freut mich, dass du an das Gute im Menschen glaubst. Ich hoffe von Herzen, dass dieser Glaube dir noch eine ganze Weile erhalten bleibt."

Während sie auf ihr Brötchen wartete, arbeitete ihr Kopf auf Hochtouren. Wenn sie herausfand, wer der mysteriöse Notar war, vor allem aber, was Heinz mit der Änderung seines Testamentes zu erreichen hoffte, dann wären sie alle ein Stück weiter. Für den Fall, dass Caroline das mit dem Testament ahnte, dann musste sie sich beeilen. Wer konnte schon sagen, ob das neu geschriebene Dokument dann nicht wie von Zauberhand verschwinden würde? Ja, natürlich sollten das eigentlich Phillip und die Kommissarin erledigen, aber was, wenn der Beamte, der jetzt gerade im Visier der beiden stand, tatsächlich Dreck am Stecken hatte? War es nicht so gewesen, dass er sich auffällig freundlich um Caroline gekümmert hatte?

Möglich, dass sie übers Ziel hinausschoss. Es wäre, zugegeben, nicht das erste Mal. Aber im entspannten Zurückrudern hatte sie jahrzehntelange Erfahrung und es war ihr auch nie peinlich. Jeder machte Fehler, sogar sie.

Ilse wurde durch Kamon und ein wunderschön angerichtetes Lachsbrötchen aus ihren kriminalistischen Überlegungen gerissen.

„Bitte sehr, Frau von Karburg. Ich hoffe, es ist so, wie Sie es mögen. Der Koch ist jedes Mal ein bisschen böse auf mich, weil er sagt, ich mische mich in seine Küche ein. Aber für Sie lasse ich mich gerne rügen."

Ilse war entzückt. „Rügen! Oh, Kamon, weißt du, wie lange ich das Wort nicht mehr gehört habe? Das ist lange her. Lernst du das im Deutschkurs?"

Der Kellner lächelte verschmitzt. „Ich lese nebenbei alte deutsche Bücher. Ich wohne in einer WG bei einer reizenden alten Dame, fast so nett wie Sie. Die hat eine eigene Bibliothek, da gibt es viele alte Bücher, also, sie sehen alt aus. Und um zu üben, versuche ich, sie zu lesen. Wörter, die ich nicht verstehe, suche ich mir raus. So lerne ich schneller."

Ilse begutachtete hocherfreut ihr Frühstück. „Fleißig, sehr fleißig. Und wenn der Koch noch einmal mosert, dann zieh ich ihm die Ohren lang. Du hast gute Ideen, er sollte sich freuen, dass er sich von der bayrischen

Fischsemmel auf ein hervorragendes thailändisches Lachsbrötchen aufgeschwungen hat."

Kamon wirkte verwirrt. „Wenn er was tut?"

Ilse kaute, schluckte und lachte. „Mosern. So etwas wie granteln, was dir wahrscheinlich nicht weiterhilft. Egal, also, wenn er sich künstlich aufregt. Du bist gut und du hast eine erfolgversprechende Zukunft vor dir. Mit der Meinung bin ich nicht allein."

„Vielen Dank, Frau von Karburg. Sie machen mir Mut. Das ist gut." Er musterte sie mit eindeutig besorgtem Blick. „Aber ich mache mir Sorgen. Ich will nicht, dass Ihnen etwas passiert. Bitte nicht weiter Polizei spielen. Ihr Neffe wird das sicher alles regeln."

Ilse war gerührt. Da machte sich der junge Bengel tatsächlich Sorgen um sie alte Schachtel. „Das ist so lieb von dir. Ich verspreche auch, dass ich mich, sobald ich das Testament hab, aus allem raushalte. Ist das in Ordnung?"

Kamon schüttelte den Kopf. „Nein, nicht in Ordnung. Sie wissen doch nicht, auf was für Menschen Sie treffen. Bitte, Sie müssen auf sich aufpassen, versprochen?"

Sie nickte so ernsthaft wie möglich. „Ich verspreche es dir. Du musst dir um mich keine Sorgen machen."

Mit Genuss verspeiste sie ihr Brötchen, trank dazu ausnehmend leckeren frisch gepressten Orangensaft und grübelte weiter. Es musste eine Möglichkeit geben, herauszufinden, wem der schwarze Lexus gehörte, nur wie?

Erst, als sie eine Stunde später auf Schnucki zuging, kam die Erleuchtung. Halleluja, warum war ihr das denn nicht früher eingefallen? Allerdings, so ganz gesetzeskonform war das jetzt nicht. Phillip würde sie

Vierteilen, wenn nicht gar Schlimmeres. Ihre Möglichkeiten waren recht begrenzt, darum würde sie wahrscheinlich kurzerhand die Wahrheit ein klitzekleines Bisschen verbiegen müssen. Da musste sie einfach durch. Sie war sonst auch nicht so zimperlich, also: Los geht's!

***

Phillip betrachtete Richard Franzen durch die verspiegelte Scheibe des Vernehmungsraumes. Ihm war bewusst, dass sein Gegenüber das Procedere kannte, er konnte sich denken, dass auf der anderen Seite jemand war, der auf jede seiner Bewegungen achtete. Wahrscheinlich darum bewegte er sich gar nicht. Er hatte die Unterarme auf der Tischplatte aufgelegt und die Hände ineinander verschränkt. Da er den Kopf gesenkt hielt, konnte Phillip sein Mienenspiel nur erahnen. Als er von den Kollegen zu Hause abgeholt und hierhergebracht worden war, hatte man die Wut in seinen Augen sehen können. Derweil waren die Kollegen sehr einfühlsam vorgegangen und hatten ihn nicht in Handschellen abgeführt. So konnte er immerhin sein Gesicht gegenüber der Nachbarschaft wahren. Nun saß er da und Phillip hätte zu gern seine Gedanken gelesen. Manuela wollte nicht bei der Vernehmung dabei sein. Er war froh über die Entscheidung, denn bei der einstigen „Verbindung" der beiden wäre das keine gute Idee gewesen.

Die Tür wurde leise geöffnet und Stefan steckte seinen Kopf durch den Türspalt. „Fertig, wenn du es bist."

181

Phillip nickte, griff sich die vor ihm liegenden Ausdrucke aus Wien und folgte dem Leiter des Morddezernates.

„Was soll das alles, bitte? Habt ihr nichts Besseres zu tun, als Kollegen zu verdächtigen? Wobei ich nicht einmal weiß, was ihr von mir wollt." Franzen verpasste seiner Stimme einen zornigen Klang. Es misslang ihm dabei jedoch der Versuch, sie auch fest klingen zu lassen. Phillip konnte seine Nervosität hören.

Stefan nickte ihm zu. „Phillip, ganz der Deine."

Franzens Augen verzogen sich zu schmalen Schlitzen. „Ach, der Herr Sonderermittler. Haben wir etwas ausgegraben, womit wir dann spontan kilometerweit daneben liegen, was?"

Phillip entledigte sich seiner Lederjacke, streifte die Ärmel seines schwarzen Longsleeves zurück und warf ihm einen amüsierten Blick zu. „Hat da jemand Vorurteile gegenüber Sondereinheiten und deren Leuten? Nicht doch, wir wollen nur spielen."

Der Blick Franzens sprach Bände. Wut, Missgunst, Unsicherheit. Eine beachtliche Kombi. „Sie sind einer dieser arroganten Idioten, die glauben, sich alles erlauben zu können, was?"

Phillip lächelte, griff nach dem Packen Papier und zog zielsicher ein Blatt heraus, reichte es Franzen jedoch nicht über den Tisch.

„Sollte es einen Grund für Ihre Nervosität geben, Herr Kollege? Sollten Sie fürchten, man könnte auf etwas gestoßen sein, das Ihnen, mit Verlaub, das Genick brechen könnte? Ist Ihr Wechsel zum Dezernat für Betrug etwa von diversen Ereignissen, die ich Ihnen in der Folge gerne alle aufzählen werde, begleitet worden? Ist es möglich, dass Ihr guter Bekannter Lukas Meric Sie nicht so gut ausstehen kann, wie Sie es sich wünschen? Könnte es sein, dass das Porsche Cabriolet, das auf einem neu angemieteten Platz in Ihrer Tiefgarage steht, nicht zufällig dort geparkt wurde?" Phillip legte das Blatt Papier auf den Tisch, drehte es um und schob es aufreizend langsam auf Franzen zu. „Um bei den Großen mitspielen zu können, muss man mit allen Wassern gewaschen sein, muss man auch im Hinterkopf Augen haben und – ganz wichtige Lektion – darf man keine Skrupel haben."

Er beobachtete mit Argusaugen, wie Franzen das Papier zuerst scheinbar teilnahmslos verächtlich ansah, sich seine Augen dann aber beinahe unmerklich weiteten und sein Adamsapfel hektisch hüpfte. Er hatte ihn!

„Sie wollten Karriere machen, um jeden Preis, nicht wahr? Sie hatten sich nicht umsonst für die Sondereinheit Bandenkriminalität beworben. Herr Kollege, darf ich Ihrem Gedächtnis auf die Sprünge helfen? Sie wurden nach dem Test abgelehnt. Begründung: In Ausnahmesituationen nicht belastbar. Haben Sie das verstanden? Das wussten Sie aber schon längst. Das war einer der Gründe, warum Ihnen der Abschied vom Morddezernat nahegelegt wurde. Ihre Kollegen fühlten sich nicht sicher, wenn sie mit Ihnen im Einsatz waren. Und Sie wiederum fühlten sich missverstanden, waren wütend auf alle. Ich habe meinen Augen nicht getraut, als ich gestern die Info bekam, dass Sie sich zu unserer Einheit in Wien gemeldet hatten. Ihnen musste, als ich herkam, bewusst gewesen sein, dass das herauskommen könnte. Daher wollten sie immer und überall dabei sein. Darum und weil Sie ein korruptes Arschloch sind, das auf der Lohnliste von Erich Boyd steht."

„Das ist eine infame Lüge!" Franzen war aufgesprungen und hatte die Hände zu Fäusten geballt. „Das nehmen Sie sofort zurück sonst ...!"

„Sonst was?" Phillip blieb vollkommen ruhig. „Sonst laufen Sie zu Caroline Felsner, der Geschäftsführerin von Boyds neu gegründeter GmbH, und erzählen ihr, dass leider alles schiefgelaufen ist? Denken Sie wirklich, dass wir Ihnen glauben, Caroline habe Ihnen ihren Wagen aus reiner Liebe überschrieben? Tja, man sollte Autopapiere einfach nicht im Handschuhfach lagern, dumm das. Meric hat uns erzählt, dass Sie und Caroline sich auf einem Fest des Boyd Clans kennengelernt haben. Nach einem der ‚Herrenabende' haben Sie Caroline und ihrem Lover geraten, das Geld, dessentwegen gegen Boyd ermittelt wurde – so ganz nebenbei von Ihnen – in einer GmbH zu versenken. Sie haben das allen Ernstes ordentlich protokolliert, damit keiner der beiden einen Fehler macht? Im Ernst, Franzen, wie blöd muss man sein? War Ihnen denn nicht klar, dass Boyd nie Ihr Freund war und es nie sein wird? Er wird Sie kalt lächelnd über die Klinge springen lassen. Den Abgleich, wie vorgegangen werden soll, hat er Ihnen zur ‚Prüfung' geschickt und Sie segnen das ab." Wieder zog er einen Bogen aus dem Stapel und wiederholte das Procedere. Er sah mit Genugtuung, wie Franzen noch blasser wurde. Im weißen Licht des Verhörzimmers wirkte seine Haut wie schimmliger Streichkäse, also, der mit Grüneinschlag.

„Das habe ich noch nie gesehen. Das ist nicht von mir."

„Ach je, Sie sind mir so ein Möchtegern-Don-Vito-Cor-
leone, echt. Die Wiener Kollegen haben das von Ihrem
PC! Sie Knalltüte glauben ernsthaft, Sie bewerben sich
bei einer Sondereinheit und werden nicht auf Herz und
Nieren überprüft? Ja, wir haben Zugriff auf ihre gesamten Dateien. Dumm für Sie, dass Sie so ordentlich archi-
vieren.“

Phillip lehnte sich zurück und schwieg. Er wusste,
was er tat. Er ließ seine Worte, das gesamte belastende
Paket einfach nur wirken. Wie hatte Stefan gesagt?
„Richard war nie belastbar. Er ist bei der geringsten
Kleinigkeit eingeknickt. Zwar hat er versucht, es zu vertuschen, aber es brauchte nur ein Quäntchen Men-
schenkenntnis, um das herauszufinden.“

Genau darauf hoffte er nun, und wenn er sich Franzen ansah, dann konnte es nicht mehr lange dauern.

„Ihr denkt, ihr habt mich, ja? Falsch! Der Zugriff auf
meinen PC ist ein unerlaubter, rechtswidriger Eingriff
in mein Privatleben. Ich will meinen Anwalt, sofort.“

Phillip schüttelte seufzend den Kopf. „Zugriff auf einen PC an den regelmäßig eine externe Festplatte mit
polizeilichen Ermittlungsakten angedockt wird, rechts-
widrig, wirklich. Och, Richard, du enttäuscht mich. Mir
war schon bewusst, dass da jemand mit dem Feuer
spielte, der nicht mal eine Christbaumkerze anzünden
kann, ohne sich zu verbrennen, aber gleich so?“

Franzen musterte ihn und Stefan, der sich all das
schweigend ansah, mit wütendem Blick. „Ach, tatsächlich? Wie wollt ihr euch denn die Boyd AG holen ohne
mich und meine Ermittlungen? Vielleicht habe ich nur
Undercover gearbeitet, vielleicht liegt ihr ja komplett
falsch mit euren ach so präzisen Ermittlungen? Mit

dem, was ich weiß, kann ich als Kronzeuge gegen Boyd aussagen. Das wäre doch nach allem mal wieder ein Fahndungserfolg, den ihr brauchen könntet?"

Nun konnte er sich das Lachen nicht mehr verbeißen. „Stefan, hörst du das? Er wird der Kronzeuge gegen Erich Boyd. Oh, Mann, Franzen, Sie haben wirklich zu viele Gangsterfilme gesehen, was?" Phillip griff nach einer Flasche mit Mineralwasser, die auf einem Tablett am Rand des Tisches stand, öffnete sie und trank einen großen Schluck. Er deutete auf die zweite Flasche. „Na, Herr Franzen, auch ein Schluck Wasser? Ich fürchte, Sie werden ihn brauchen."

„Warum sollte ich? Mein Vorschlag ist gut und so könnte man Boyd bekommen."

Stefan streckte die Hand aus. „Gib sie mir, ich brauch einen Schluck Wasser angesichts der Tatsache, was ich hier für eine Leuchte in meinem Dezernat haben durfte." Er nahm das Wasser, bedanke sich, trank und musterte dann seinen einstigen Kollegen. „Herr Franzen, ich werde jetzt sehr förmlich. Dank der zahlreichen Informationen, die uns die Kollegen in Wien zur Verfügung gestellt haben, dank der Auskünfte seiner Bank, dank des Umstandes, dass sein eigener Sohn sich, nachdem er zuerst ein schriftliches Geständnis ablegte, nach Argentinien abgesetzt hat, ist Boyd bereits eingeknickt. Er hat alles gestanden und er hat sehr genau zu Protokoll gegeben, wie und in welchen Umfang Sie ihm zur Hand gegangen sind. Wir wissen alles und Boyd hat mit Freuden alles erzählt. Auch Ihre hervorragenden Ratschläge mit der neuen GmbH auf den Namen von Frau Felsner. Ratschläge, die dem deutschen Fiskus knapp fünfzehn Millionen Euro kosten, da, ebenfalls dank Ihrer freundlichen Unterstützung, die Verträge nicht anfechtbar sind. Frau Felsner ist jetzt nicht nur Witwe, sondern verwaltet, vollkommen legal, ein Millionenvermögen. Darum war Ihr Rat ihr auch den Porsche wert, sie kann jetzt in anderen Dimensionen agieren."

Franzen war stöhnend auf seinen Stuhl zurückgefallen. „Das ist so nicht ganz richtig. Frau Felsner und ich sind in einer Beziehung. Sie wird Boyd verlassen."

War der Mann wirklich so naiv, so dumm? Oder einfach nur grenzenlos geld- und geltungssüchtig, sodass er die Tatsachen nicht mehr als solche erkannte?

„Ach, Franzen, Sie tun mir beinahe schon leid. Das meinte ich, dass man mit allen Wassern gewaschen sein muss, wenn man bei den großen Jungs mitspielt. Caroline Felsner hat nach wie vor ein Verhältnis mit Boyd, daran wird sich auch nichts ändern. Sie, Richard, kamen noch hinter dem hübschen Tennislehrer, der eigentlich eh die Nase von Caroline voll hatte. Aber Sie könnten mich den Hauch milder stimmen, wenn Sie mir eine Frage beantworten, die uns alle hier beschäftigt. Warum haben Sie sich dermaßen in den Fall Felsner hineingehängt? Warum haben Sie wie ein Terrier um sich gebissen, um Frau Felsner zu schützen? Sie hat doch angeblich nichts mit dem Tod von Felsner zu tun? Allein der dumme Rat, gegen eine Obduktion zu sein? Warum denn? Hat sie ihren Mann vergiftet, oder was?"

Franzen schnaubte ärgerlich auf. „Blödsinn. Caroline bat mich sofort, als sie vom Tod ihres Mannes erfuhr, um meinen Beistand. Es gab da etwas, das ihr Sorgen bereitete."

Phillip lehnte sich wieder zurück und verschränkte die Arme vor der Brust. „Das dürfte dann wohl das sein, wonach sie so unglaublich gerne im Büro ihres verstorbenen Mannes suchen würde. Es muss etwas geben, vor dem sie sich fürchtet. Hat sie Angst, dass Felsner etwas herausgefunden hat? Ein Punkt, der durchaus Beachtung verdient, denn, wie Sie wissen, war Felsner – im absoluten Gegensatz zu Ihnen, tut mir leid, das so sagen zu müssen – nämlich einer von den großen Jungs. Also, zumindest in seiner Jugend."

Franzen schwieg den Hauch zu lange.

„Aha, es stimmt also. Die Dame fürchtete, dass ihr verstorbener Mann ihr und ihrem Liebhaber auf den Fersen war?"

„So ein Schwachsinn!! Woher sollte Caroline denn von dem Testament wissen …" Franzen stockte und wurde schon wieder bleich.

„Richard, Richard, was bist du doch für ein Plaudertäschchen. Tja, woher sollte Caroline, die arme trauernde und in jedweder Beziehung ahnungslose Witwe wohl von einem geänderten Testament wissen?" Phillip beugte sich etwas nach vorn und seine Stimme wurde leiser, etwas, das Franzen sichtlich Unbehagen bereitete. „Von einem Testament, das Heinz Felsner geändert haben wollte. Etwas, das er eigentlich sonst von Lukas Meric erledigen ließ. Dieses Mal aber, als Meric Zweifel anmeldete, zog er einen Fremden hinzu, einen Notar, dem er offenbar vertraute. Meric erwähnte das alles bei einem der legendären Herrenabende und Sie liefen sofort zu Caroline. So setzte sich das Mühlrad in Bewegung. Wer weiß, vielleicht hatte die Dame solche Angst vor der Justiz, dass sie ihren Mann über die

Klinge springen hat lassen? Oder, noch ein Szenario, Sie, Herr Kollege haben Felsner so sehr zugesetzt, dass er vor lauter Aufregung an einem Herzanfall dahinschied?"

„So einen Schwachsinn habe ich ja noch nie gehört!" Zornig blickte Franzen von einem zum anderen.

Stefan und Phillip warfen sich einen amüsierten Blick zu. Phillip grinste. „Nee, das war ein Scherz. Im Ernst, Franzen, wegen Ihnen erleidet keiner einen Herzinfarkt, Sie verbrechenstechnischer Vollprofi."

Als sie mit Franzen den Verhörraum verließen, stießen die drei auf Manuela, die Phillip zulächelte und Franzen mit einem vor Verachtung triefenden Blick bedachte.

Etwas, das der sowieso bis auf die Knochen blamierte Ex-Polizist nicht mehr ertrug. „Schau an, hast du dich schon getröstet? Ging aber schnell. Ich habe es gleich gewusst, dass du auf diesen Sonny-Crockett-Verschnitt abfährst. Flittchen!"

Weiter kam er nicht, denn wenn Phillip etwas hasste, dann einen Mann, der selbst keinen Mumm in den Knochen hatte, seine Minderwertigkeitsgefühle an unschuldigen Frauen ausließ und sie erniedrigte. So hatte er Franzen bereits am Kragen gepackt und zum Schlag ausgeholt, als er Manuelas Hand auf seinem Arm spürte.

„Nein, Phillip, das ist der Idiot nicht wert, bitte." Ihr Blick ließ ihn innehalten und bewirkte, dass er Franzen losließ.

Der schien Morgenluft zu wittern, denn er richtete seinen Kragen und posaunte. „Ja, mich vergisst man so schnell nicht, ist wohl doch noch was da."

Die Bewegung, mit der sich Manuela umdrehte, war so blitzschnell, dass man sie kaum wahrnahm. Ebenso schnell und kräftig landete ihre flache Hand im Gesicht ihres Ex-Verlobten. Die schallende Ohrfeige übertönte alles andere. Etliche Augenpaare wandten sich ihnen zu. Manuela reagierte unglaublich. Sie schüttelte ihre Hand aus, straffte ihre Schultern und zauberte ein Lächeln auf ihre Lippen.

„Das hingegen war es mir wert. Die Watschn hat er sich redlich verdient."

***

Ilse blickte sich sicherheitshalber noch einmal um, ehe sie im Wohnzimmer zum Telefon griff. Sie wählte die Nummer, die sie, ordentlich wie sie war, in ihrem Versicherungsordner auf das Deckblatt notiert hatte. Als es das erste Mal läutete, räusperte sie sich kräftig. Die Frauenstimme, die erklang, schien ihr ausnehmend freundlich und fröhlich. Sehr gut.

„Guten Tag, bin ich mit der Abteilung für Schadensfälle der Bayern Versicherung verbunden?"

Die freundliche Stimme bejahte und so fuhr Ilse mit leicht schwacher Stimme fort.

„Das ist gut. Mein Name ist Ilse von Karburg, ich bin mit meinem Auto bei Ihnen versichert, brauchen Sie die Versicherungsnummer?"

Nachdem alle Formalitäten erledigt waren, legte Ilse los.

„Heute muss ich anrufen, ich brauche Ihre Hilfe. Nein, kein Unfall, oder ja vielleicht doch. Ach, wissen Sie, ich bin nun ja nicht mehr die Jüngste, bei so etwas bin ich schon sehr nervös. Da fährt man vierzig Jahre unfallfrei und dann passiert etwas. Ich war bei meiner Freundin und habe mein Auto direkt vor ihrer Einfahrt abgestellt. Plötzlich läutet es und eine junge Frau mit Kinderwagen steht draußen. Sie hat gefragt, ob jemandem von uns der rosarote VW gehört. Ich sage ihr, dass Schnucki meiner ist, und sie sagt uns, sie habe gesehen, wie ein Auto so nahe an meinem Cabrio vorbeigefahren sei, dass es laut gekracht habe."

„O Gott, ist ihr Mann verletzt?", eine Frage, die Ilse eine Menge an Selbstbeherrschung abverlangte.

„Nein, nein, keine Sorge, Schnucki ist nicht mein Mann. So heißt seit vielen Jahren mein Auto. Es hat also nicht am Mann gekracht, sondern am Auto. Ich häng halt sehr an meinem Schnucki. Die junge Frau hat uns gesagt, es sei ein schwarzer Lexus mit Starnberger Kennzeichen gewesen, er hat wohl ziemlich neu ausgesehen." Ilse seufzte theatralisch. „Ich bin ganz durcheinander. Der Außenspiegel wackelt ein bisschen und ich weiß nicht genau, ob sonst was fehlt. Aber ich wollte Bescheid sagen, vielleicht können Sie ja rausfinden, wer der Besitzer ist? Sie wissen schon, falls mein Mechaniker einen Schaden feststellt." Ilse lauschte mit großen, neugierigen Augen. „Ah ja? Sie würden das tun? Das ist so lieb von Ihnen. In meinem Alter bin ich mit solchen Sachen überfordert. Dann bring ich mein Auto gleich zu meinem Mechaniker. Und Sie melden sich bei mir? Mein Gott, ich bin Ihnen ja so dankbar." Sie verabschiedete sich von der reizenden Dame, legte auf und atmete tief durch.

Dann ging sie zum Kühlschrank, holte sich ein kleines Fläschchen Cava heraus, schraubte es auf und prostete ihrem Spiegelbild in der Fensterscheibe grinsend zu. „Ilse, altes Haus, du hast es immer noch drauf." Sehr zufrieden trank sie einen großen Schluck des kühlen, prickelnden Getränkes.

***

Phillip betrachtete mit gemischten Gefühlen die Einrichtung im Hause Felsner. Man konnte Geld erkennen, sicher auch Geschmack. Es war teuer eingerichtet mit den schwarzen Ledercouchen, den blitzenden Glastischen auf Edelstahlgestänge, schwarz-weißem Marmorboden und den edlen Lampen, die schon fast an die guten alten Kristall-Lüster vergangener Tage erinnerten. Es fehlte jedoch jegliche Wärme oder Behaglichkeit. Selbst seine Wohnung in Wien war gemütlicher, erschien wärmer, einladender. Und das, obwohl er nach der Scheidung eher Hals über Kopf als geplant oder gar organisiert umgezogen war.

Ein Blick zu Manuela zeigte ihm, dass auch sie sich nachdenklich umsah. Ob sie ähnlich empfand? Allerdings ging es um Wichtigeres als um die Felsner'sche Innenausstattung. Ihm gegenüber saß eine *empörte* Caroline, neben ihr ein sehr wichtig aussehender Anwalt, auf dessen Gegenwart sie bestanden hatte.

„Können Sie mir erklären, was das soll? Mein Mann ist tot, wir werden hier zahllosen Schikanen ausgesetzt und nun auch noch die Polizei im Haus. Habe ich nicht genug zu verkraften?" Ja, sie war eindeutig empört. Zumindest war sie eine recht passable Schauspielerin.

192

Ihr Anwalt schien mit sich übereingekommen zu sein, dass auch er etwas zur Gesamtsituation beitragen sollte. „Meine Mandantin ist nicht verpflichtet, mit Ihnen zu sprechen, Sie sind sich dessen bewusst?"

Ehe er auch nur den Mund aufmachen konnte, vernahm Phillip Manuelas Stimme. „Sie und Ihre Mandantin sind sich, so hoffe ich, wiederum dessen bewusst, dass wir gerne eine Vorladung erwirken können, sodass Sie beide bei uns im Präsidium erscheinen müssen? Oder ist sich die neue Geschäftsführerin der Manova GmbH solcher juristischen Feinheiten etwa nicht bewusst?"

Caroline wurde zwar etwas blass, öffnete aber bereits wieder den Mund, um zu antworten. Allerdings kam sie nicht dazu, weil Manuela ungerührt fortfuhr.

„Ehe Sie sich um Kopf und Kragen reden, Frau Felsner, uns liegt die schriftliche Aussage von Herrn Erich Boyd vor, ebenso die von Herrn Richard Franzen. Uns ist bekannt, dass Sie seit einigen Wochen die Leitung der von Erich Boyd beziehungsweise seinen Anwälten gegründeten GmbH übernommen haben."

„Ist das etwa verboten? Darf ich keine neue Tätigkeit ausführen? Bedarf es seit neuestem dazu der polizeilichen Zustimmung?" Carolines Stimme klang spitz und ungehalten.

Phillips Stimme hingegen klang sehr sanft und freundlich, als er ihr antwortete. „Aber nein, gnädige Frau, ich muss Ihnen allerdings mitteilen, dass es immer eine Sache der Umstände ist. Hier sind die Umstände, und das ist sehr vorsichtig ausgedrückt, dezent kriminell. Nein, bitte sagen Sie nichts. Wie meine Kollegin schon sagte, ab und an ist Schweigen Gold. Ich würde Ihnen, Herr Anwalt, auch dringend raten, mir gut zuzuhören. Der Verstorbene war nicht einfach ein talentierter Manager, er hatte da so ein, nennen wir es einmal, kleines Geheimnis."

Phillip erzählte in kurzen, prägnanten Worten die Lebensgeschichte von Heinz Felsner. Als er dabei das Mienenspiel von Caroline betrachtete, so wurde ihm rasch bewusst, dass sie keine blasse Ahnung vom bewegten Vorleben ihres Mannes hatte. Entsprechend beendete er seinen Bericht.

„Nicht der Tod des Managers eines Tennisclubs, sondern das Ableben eines ehemaligen Syndikat-Buchhalters und Inkassochefs ist es, der uns auf den Plan gerufen hat. Darum hätte ich verständlicherweise sehr gerne eine Antwort auf die Frage, warum Sie, gnädige Frau, gar so begierig darauf sind, in das Büro Ihres Mannes zu gelangen."

„Wenn Sie mir eine Antwort darauf geben, warum Sie das so brennend interessiert und was mich das kümmern sollte!"

Aha, Caroline war noch nicht gewillt, klein beizugeben. Phillip erkannte schnell, dass die Frau zwar gern die einflussreiche Geschäftsfrau spielen wollte, aber von den Hintergründen absolut keine Ahnung hatte.

Seufzend schüttelte er den Kopf. „Frau Felsner, ich glaube, mich zu erinnern, dass ich Ihnen soeben erzählt habe, dass ihr verstorbener Gatte sich in einem Zeugenschutzprogramm befand. Er war mit seiner Aussage dafür verantwortlich, dass einige hochkriminelle Subjekte lange Jahre hinter Gittern verbrachten. Bitte glauben Sie mir, wenn ich sage, dass ich es Ihnen nicht wünsche, aber sollte einer oder mehrere dieser ‚Bekannten‘ aus der Vergangenheit davon Wind bekommen, dass ihr alter Weggefährte keineswegs vor langer Zeit dahingeschieden ist, sondern erst vor einigen Tagen, so könnte das für Sie problematisch werden. Denn diese Leute sind nicht zimperlich, wenn es darum geht, sich irgendwie Genugtuung zu verschaffen. Glauben Sie tatsächlich, dass die Sie, sollten sie das mit der millionenschweren GmbH herausfinden, ungeschoren davonkommen lassen? Verzeihung, aber so einfach, wie Sie sich das vorstellen, ist es keineswegs. Darum frage ich noch einmal. Warum wollen Sie auf Teufel komm raus in das Büro?"

Caroline sackte urplötzlich in sich zusammen, ihre Haut nahm einen ungesunden grauen Ton an. „Könnte ich bitte etwas Wasser haben?"

Sofort sprang ihr Anwalt auf und holte das Gewünschte.

Nach ein paar Schlucken schien sie sich langsam zu erholen. „Es war mir nicht bewusst, in was für einer Gefahr ich schwebe. Als ich der GmbH zustimmte, geschah das in der einfachen Absicht, Erich aus der Patsche zu helfen. Ich wusste nichts von Heinz' Vorleben, das müssen Sie mir glauben. Nach der Gründung der GmbH und nachdem die Luft für Erich, von dem Sie mit Sicherheit wissen, dass wir ein Paar sind, dünner wurde, war sein Name öfter in den Schlagzeilen. Das war die Zeit, in der Heinz begann, sich seltsam zu benehmen. Er verbrachte noch mehr Zeit als sonst im Club. Er traf sich mit Lukas und stellte mir Fragen wie die, ob ich mir vorstellen könnte, ein anderes Leben zu führen. Ich bitte Sie, da werde selbst ich, die ich in solchen Dingen eher unbedarft bin, misstrauisch."

„Hatten Sie das Gefühl, er wusste von der Aktion mit Boyd? Wusste er denn überhaupt von Ihrem Verhältnis mit ihm?" Manuela hob entschuldigend die Hände. „Sie werden mir die direkte Frage verzeihen, aber es ist nun ja nicht so, dass Boyd Ihr einziger, Gott, wie sag ich dazu, nennen wir es Seitensprung war."

Caroline schien kurz aufbegehren zu wollen, unterließ es angesichts der Sachlage dann aber doch. „Ja, schon gut. Ich hatte ein sehr nettes Techtelmechtel mit unserem Trainer Marcus, aber das sollte kein Geheimnis sein. Er ist lange genug mit einem meiner Wagen durch die Gegend gefahren. Marcus war aber hauptsächlich der Mann, der mich auf Galas, Wohltätigkeitsveranstaltungen und so weiter begleitet hat. Er ist ein Mitarbeiter und so hat niemand einen triftigen Grund gefunden, warum er nicht meinen Mann bei solchen Anlässen vertreten sollte. Heinz hasste solche Auftritte. Mit Erich ist es ernster. Allerdings durfte das, solange er nicht geschieden war, nicht publik werden. Seine Scheidung lief einigermaßen glimpflich für ihn ab. Seine Frau wurde großzügig abgefunden und zog nach Miami in die Wohnung in Fort Myers, die er ihr überschrieben hat. Dazu noch eine recht passable Abfindung. Hätte sie erfahren, dass er ein neues Leben mit mir plant, hätte das ganz anders ablaufen können. Sie mochte mich nie besonders. Sie verstehen."

Phillip nickte. „Verstehe. Und Ihr Mann wusste das?"

Caroline verzog das Gesicht. „Schon, irgendwie. Als die Kinder erwachsen wurden, war da nichts mehr.

Heinz flog alleine oder mit Lukas in Urlaube, von denen ich nie etwas erfuhr. Abschalten und den Kopf frei bekommen. Es war seltsam. Ich habe Heinz gemocht, selbst zuletzt noch. Die Liebe aber war weg, das gebe ich gerne zu. Da orientiert man sich als Frau eben neu, so ist das." Caroline hielt inne, lächelte, musterte dann ihn und Manuela eingehend, ehe sie weitersprach. „Denken Sie wirklich, dass ich mir die Haut glatt bügeln lasse, Fett absaugen, Schlupflider ausgleichen und die Lippen – sagen Sie bitte nichts – aufspritzen lasse, um Heinz zurückzugewinnen? Unfug! Ich hatte mich damit abgefunden, dass ich mein Leben wieder in die Hand nehmen musste. Meine Kinder sahen das genauso. Sie waren nicht begeistert, andererseits war so sichergestellt, dass ich keine jammernde, sich in ihrem Kummer vergrabende Heulsuse werde. Erich Boyd mag diesen Look und er mag mich. Wir haben vereinbart, dass wir, sobald er sich aus der rechtlichen Bredouille herauslaviert hat, ein neues Leben beginnen. Nicht hier, Erich dachte an Mallorca. Wir haben oft darüber gesprochen und ich sehe nichts Verwerfliches an dem Vorhaben."

„Abgesehen von den paar Millionen, die der gute Erich am Fiskus vorbeischleusen wollte und das nun zu einem großen Teil auch noch hat, oder?" Manuela traf den Nagel auf den Kopf.

Caroline zuckte die Schultern. „Ja und? Kriegsverbrecher, die den Tod von Abertausenden zu verantworten haben, werden nie zur Verantwortung gezogen und sowas wird zur Staatsaffäre." Sie warf Phillip einen schrägen Blick zu. „Ja, ich weiß. Immer eine Sache des Standpunktes. Aber zurück zu Ihrer Frage. Da Heinz sich in den letzten Wochen immer seltsamer benahm, war ich tatsächlich nervös. Ich versuchte, über Bekannte herauszufinden, ob sie etwas wissen, oder ob sich einer verplappert. Lukas hielt dicht. Andererseits schwor er Stein und Bein, von nichts zu wissen, und ich glaubte ihm irgendwie. Lukas war immer ein ehrlicher Mensch, dachte ich zumindest bis vorhin. Wie der Zufall es wollte, begegnete ich bei einem Fest von Erich, das er gab, um seine Chancen auszuloten und herauszufinden, wer an seiner Seite stand und wer eher im Absprung begriffen war, einem Polizeibeamten. Richard erwies sich rasch als Volltreffer. Verzeihen Sie mir bitte, aber Sie sollten ernsthaft Ihr Personal besser in juristischen Belangen schulen. Ich könnte schwören, Sie wissen inzwischen, dass er Erich dabei half, einige Dinge zu vertuschen, und ihm Ratschläge gab, wie er aus vielen Anklagepunkten herauskäme. Richard war sehr hilfreich ... und ein bisschen dumm, vielleicht auch nur naiv. Er half uns bei der Gründung der GmbH, nachdem ich ihm in Aussicht gestellt hatte, wenn alles in trockenen Tüchern sei, mit ihm nach Südamerika zu gehen. Er erhielt eine beachtliche Summe von Erich und wusste, wie viel die GmbH wert war. Sein Plan war eigentlich gar nicht so ungewöhnlich. Mit einer beachtlichen Summe ab in ein sorgenfreies Leben. Richard vermittelte einem immer das Gefühl, sich verkannt zu fühlen, und dass er sich aus dem Grund darum bemühte, seine Schäfchen ins Trockene zu bekommen. Richard hat es geschluckt, dass ich auf ihn warte und wir verschwinden, sobald sich alles beruhigt hat. Als Heinz starb, bekam ich tatsächlich Angst. Sein auffälliges Benehmen in letzter Zeit, seine seltsamen Andeutungen – ich fürchtete, er hätte Wind von der GmbH bekommen und infolgedessen seine eigenen Pläne. Richard forschte ein wenig nach und fand heraus, dass Heinz sein Testament ändern wollte. Und er fand seltsame Überweisungsformulare in US-Dollar, die ich mir nicht erklären konnte. Das war ein Fiasko, da ich nicht wusste, was er plante. Wollte er uns auffliegen lassen? Wollte er sich absichern? Wollte er der Familie schaden? Ganz ehrlich, wenn es um meine beiden Kinder geht, mögen sie auch erwachsen sein, werde ich zur Bestie. Niemand schien von dem Testament oder dessen Verbleib zu wissen. Darum und nur darum wollte ich ins Büro. Es gibt da ein Geheimfach, darin hat Heinz immer alles aufbewahrt, das ihm wichtig schien. Mich hat das nie interessiert, bis heute. Beantwortet das Ihre Frage?"

Phillip lehnte sich in die Lederpolster zurück, die leise knarzten, sobald man sich bewegte. „Ja, das tut es. Sie hätten sich keine Sorgen machen müssen. Lukas Meric hat sich sehr besorgt ob einer Änderung des Testaments gezeigt, obwohl auch er nicht wusste, was Ihr Mann plante. Seine Beweggründe ähnelten den Ihren. Er wollte seinen Patensohn vor einer etwaigen Laune seines Freundes schützen. Bei einer, äh, Durchsuchung wurde das Geheimfach entdeckt. Der Umschlag zum Testament war da, das Testament selbst wurde bis heute nicht gefunden. Es gab wohl einen Notar, dem Ihr Mann vertraute und den er mit der Änderung und der Beglaubigung beauftragte."

Caroline rutschte unruhig auf ihrem Sessel hin und her. „Das bedeutet aber, dass niemand weiß, was Heinz nun letztendlich geplant hat? Niemand kann sagen, was er mit einem neu verfassten Testament vorhatte. Kann man denn diesen Notar nicht ausfindig machen?"

Manuela sah zu der aufgewühlten Witwe und nickte. „Genau das versuchen wir gerade. Wir haben alle Bilder der Überwachungskameras ausgewertet, uns fehlen nur noch ein paar Informationen. Was mich viel mehr interessieren würde, das ist, warum Richard Franzen Ihnen so heftig von einer Obduktion Ihres Mannes abgeraten hat. Was steckt denn hinter diesem unerklärlichen Benehmen?"

Caroline sog scharf die Luft ein und sagte eine Weile gar nichts. Dann zuckte sie die Schultern. „Ach, was soll's. Sie finden es irgendwann doch heraus. Als das erste Mal das Wort Obduktion fiel, reagierte ich gar nicht, weil ich viel zu aufgeregt war. Richard Franzen hingegen wusste aus unseren Gesprächen von der sehr guten Lebensversicherung, die Heinz einst abgeschlossen hat."

„Eine Lebensversicherung?" Manuela war erstaunt.

„Ja, allerdings eine mit Ecken und Kanten. Eine Klausel besagt, dass die Versicherung bei Selbstmord nicht bezahlt. Wie ich sagte, Heinz war komisch geworden. Es hätte genauso gut sein können, dass er herausgefunden hat, dass er unheilbar krank ist. Falls er Angst vor einem langen, schmerzvollen Tod gehabt und sich zum Beispiel mit Tabletten davongemacht hätte, wäre es das gewesen mit der Versicherung. Ehe Sie fragen: Die Kinder haben keine blasse Ahnung von der Versicherung. Heinz war da immer sehr seltsam. Mir hat er nur davon erzählt, damit ich weiß, wohin ich mich im Falle eines

Falles wenden muss. Glauben Sie mir, ich habe nichts mit Heinz' Tod zu tun."

„Ich glaube Ihnen. Wie stehen die Dinge denn mit der heutigen Sachlage? Stimmen Sie einer Obduktion zu? Im Ernst, Frau Felsner, wir bekommen die Genehmigung so oder so. Aber jeden Tag, den Ihr Mann länger auf Eis liegt, stehen wir vor Fragen, auf die wir keine Antwort finden." Manuelas Stimme klang freundlich und mitfühlend.

Caroline nickte. „Gut, ich stimme der Obduktion zu. Mein Anwalt kann das gleich bestätigen."

Manuela drehte sich zu Phillip um. „Ich glaube, ich weiß, was wir morgen tun."

Er lächelte zufrieden. Das glaubte er auch. Allerdings wusste Manuela noch nicht, was er heute zu tun gedachte.

***

Zuerst hörte Ilse das Telefon gar nicht, so laut sang sie beim Kochen das gute alte „Mendocino" von Michael Holm mit. Kaum wurde ihr klar, dass das Klingeln nicht zur Musik gehörte, lief sie eiligst ins Wohnzimmer und nahm das Gespräch an. Es war die nette Versicherungsdame.

„Sie haben drei gefunden? Drei schwarze Lexus mit Starnberger Kennzeichen?" Sie lauschte in den Hörer und ein zufriedenes Lächeln erschien auf ihren Lippen. „Eine Kanzlei? Anwälte und Notare? Na, das träfe sich ja wunderbar, falls der mein Auto angeschrammt hätte, nicht wahr?" Sie notierte eilends alle drei Nummern. „Ich danke Ihnen vielmals. Ich gebe das sofort an meine

Werkstatt weiter. Nein, nein, Sie müssen sich nicht noch mehr Mühe machen. Mein Mechaniker kennt mich seit langen Jahren. Der findet den Übeltäter schon, falls notwendig. Ich bin sehr erleichtert. Ich glaub, ich koche mir einen schönen Kräutertee, der beruhigt die Nerven. Auf Wiederhören!"

Ilse freute sich außerordentlich. Welch ein Erfolg! Sie las die letzte Nummer gleich noch einmal. *Kanzlei Dr. Hübner und Kollegen in Starnberg.* Bingo. Volle Punktzahl für die Lady! Morgen noch rasch mit Marga und Tilde abstimmen und dann ab nach Starnberg, das wäre doch gelacht. Wozu hatte sie schließlich jede Menge Krimis gelesen? Wäre ja dumm, wenn da nichts hängen geblieben wäre.

Anders als gedacht

Es begann bereits zu dämmern, als er und Manuela das Haus der Felsners verließen. Beide waren sie sehr schweigsam. Erst als sie in seinem Wagen saßen und er den Motor startete, befestigte Manuela zuerst den Sicherheitsgurt, sah danach mit grüblerischen Falten auf der Stirn aus dem Fenster und meinte dann. „Das war anders, als ich es erwartet hätte. Ich fand Caroline immer schrecklich arrogant und sie erschien mir falsch. Das ist sie aber nicht. Hast du nicht auch das Gefühl, sie kämpft einfach nur um ein eigenes Leben?"

Er nickte. „Scheint beinahe so, nicht wahr? Vor allem ist unsere Ex-Miss ‚ich weiß nicht mehr was' alles andere als dumm. Sie schießt hin und wieder ein bisschen übers Ziel hinaus, ja, aber im Endeffekt ist sie eine Frau, die sich mehr vom Leben erwartet hat. Und sie liebt ihre Kinder. Der Satz mit der Bestie, ich gebe es gerne zu, der hat mich beeindruckt. Sie hat in ihrer Aussage auch sich selbst nicht geschont. Ihr Beauty-Programm so offen preiszugeben, meinen Respekt. Ich denke, das täte nicht jede Frau."

Vom Beifahrersitz erklang ein leises Kichern. „Also, ich wär da auch ehrlich."

Phillip lenkte den Wagen auf die Autobahn in Richtung Münchner Osten. „Du? Ich könnte schwören, dass du das niemals an dir machen lassen würdest."

„Sag das nicht. Ich habe keine Ahnung, wie ich in dreißig Jahren aussehe. Nimm mal an, dass ich so grausig altere, dass ich jeden Morgen einen Würgereflex niederkämpfen muss, wenn ich in den Spiegel sehe. So abwegig wäre es dann nicht, mich etwas pimpen zu lassen."

Darüber reden wir, wenn's soweit ist. Er war stolz auf sich, diesen Satz nur gedacht zu haben.

Laut hingegen antwortete er: „Wir könnten Wetten abschließen. Ich sag, du tust es nicht. Wenn ich verliere, lass ich mir so ein beschränktes Tattoo stechen. Du weißt schon irgendwas wie ‚*Mama knew it better*' oder so."

Manuela musterte ihn eindeutig amüsiert, dann fing sie lauthals an zu lachen. „Du bist unglaublich."

Er lächelte vielsagend. „Das hab ich schon öfter gehört. Willst du eigentlich gar nicht wissen, wohin wir fahren?"

Sie warf einen Blick aus dem Fenster. „Ich dachte, wir fahren zurück zum Präsidium. Wer weiß, vielleicht hast du ja einen geheimen Schleichweg."

„Nix ist mit Schleichweg. Magst du griechisches Essen?"

Sie wirkte ein klein wenig besorgt. „Ja, sehr sogar, aber du Wahnsinniger fährst jetzt nicht zum Flughafen und fliegst mit mir nach Athen oder sowas in der Art?"

Es war selten, dass sein Gesprächspartner ihn so überraschte, dass ihm kurz die Worte fehlten. „Bravo, volle Punktzahl für die Frau Kommissarin. Schlagfertig ohne nennenswerte Verzögerung. Nein, heute gibt es keine Pretty-Woman-Hommage. Heute gäbe es, wenn du Lust hast natürlich nur, ein sehr gutes griechisches Lokal in Unterhaching. Ich bring dich nachher zu deinem Auto ... oder nach Hause, ganz wie du möchtest."

Manuelas Lächeln freute ihn mehr, als er gedacht hatte. „Wenn ich es mir recht überlege, dann hab ich Lust. Lass uns zum Griechen fahren."

Er kannte das Lokal von mehreren Besuchen mit Tante Ilse. Die aß zwar immer nur eine gemischte Vorspeisenplatte, aber die war vom Allerfeinsten. Er freute sich auf Fisch in Zitronensauce und Reisnudeln. Ganz davon abgesehen hatte das Lokal die hübschesten Kellnerinnen weit und breit. Für die hatte er heute jedoch keinen zweiten Blick.

Seine Begleitung schälte sich aus ihrer Jacke und krempelte die Ärmel ihrer hellblauen Hemdbluse hoch. Das schmale Silberarmband war ihm schon gestern aufgefallen. Allerdings war ihr schöner Schmuck nebensächlich, betrachtet er sein überraschendes Date genauer. Im sanften Licht des Restaurants schimmerte ihre Haut wie Samt, umrahmt von den dicken, dunklen Haaren. Wie konnte ihm der Moment entgangen sein, in dem sie den Pferdeschwanz aufgemacht und diese glänzende Flut befreit hatte? Herrschaftszeiten, in was für blumigen Worten dachte er eigentlich seit neuestem? Sie war aber auch verdammt hübsch. Dazu ihr Lächeln, auf das er so lange gewartet hatte. Außerdem schien sie ihm endlich zu vertrauen und ihn nicht mehr als Eindringling in ihren ersten Mordfall zu betrachten.

„Ich bin sehr neugierig auf die Obduktionsergebnisse. Carolines Angst, dass er sich umgebracht haben könnte, teile ich nicht. Das passt nicht zusammen." Manuelas Stimme riss ihn aus seinen tiefgründigen Überlegungen.

„Richtig. Für mich sind Meric und Caroline genauso vom Haken. Die Felsner-Kinder haben auch eine saubere Weste, da bin ich sicher."

Sie wickelte sich eine ihrer dunklen Haarsträhnen um den Zeigefinger. „Herrn Doktor Pohl haben wir noch nicht in die Mangel genommen."

Phillip lachte. „Das hat meine Tante uns schon abgenommen. Sie und ihre Freundinnen waren sich von Anfang an sicher, dass der nichts damit zu tun hat. Er war eher das Opfer, wenn auch auf andere Weise."

„Hm, und was, wenn er so verärgert war, dass Felsner an seiner Integrität als Arzt gekratzt hat, dass er ihm die restliche Hyaluronsäure in die Aorta gespritzt hat?"

Phillip hätte sich um ein Haar an seinem Tegernseer Leicht verschluckt. „Du glaubst nicht im Ernst, dass da noch was übrig war? Du hast Carolines Lippen gesehen, nicht wahr?"

„Phillip! Schäm dich!" Ihr Lachen war anbetungswürdig. „Ernsthaft, du glaubst den drei Freizeit-Ermittlerinnen?"

„Ja, das tu ich tatsächlich. In neun von zehn Fällen liegt Tante Ilse richtig. Sie hat ein sehr feines Gespür für Menschen. Sag ihr das aber bitte nicht so explizit, sonst bewirbt sie sich nächste Woche bei mir auf dem Revier." Er stupste Manuela leicht an den Arm. „Schau mal, da kommt unser Essen."

Während sie zuerst die delikaten Vorspeisen genossen und sich dann beide ausnehmend lecker zubereiteten Fisch schmecken ließen, drehte sich das Gespräch um Vorlieben beim Essen und um Reisen durch die Welt sowie, welchen Sport man so betrieb. Phillip war begeistert, als er hörte, dass Manuela liebend gern Mountainbike fuhr und dass sie die Inseln im Mittelmeer und der Ägäis sehr gern mochte.

„Ich wäre eigentlich jetzt gerade mitten in den Alpen. Schon letztes Jahr habe ich mich für das Trans-Alp-Rennen angemeldet. Das hat meine Tante mir sauber vermiest."

„Na, komm, so schlimm ist das auch wieder nicht. Die Alpen sind nächstes Jahr auch noch da, hoffe ich zumindest. Sei nicht sauer auf die gute Ilse."

Er lächelte. „Bin ich nicht. Muss sie aber ebenso nicht wissen, so ein Hauch Schuldbewusstsein steht ihr ganz gut."

Manuela schob den letzten Bissen des Fisches zusammen mit etwas Reis und Zitronensauce auf ihre Gabel, betrachtete das Kunstwerk mit einem genussvollen Seufzen und steckte es sich in den Mund. Anschließend tupfte sie sich diesen Mund, ein sehr schöner Mund, wie er fand, mit der Serviette ab und lächelte ihn an. „Du magst sie sehr, oder?"

Phillip nickte. „Stimmt. Sie war mir mehr Mutter als meine eigene. Sie und Franz-Josef haben dafür gesorgt, dass ich eine richtig schöne Kindheit gehabt habe. Meine Mutter war andauernd irgendwo in der Weltgeschichte unterwegs und mein Vater ... lassen wir das. Sie ist ein fester und wichtiger Teil meines Lebens. Sie spinnt ab und an ein wenig, aber so ist sie eben und das ist gut so."

„Mhm, um bei der Wahrheit zu bleiben, hab ich zuerst zwar gedacht, sie sei eine nette alte Frau, aber viel zu nervig.“

„Ich weiß, du hast dir gewünscht, sie möge Kaffeekränzchen veranstalten und sich bei Kaffee und Kuchen altersgemäß amüsieren. So in etwa hat sie es mir zumindest erzählt.“

„Oh, shit! Das hat sie damals gehört? Gott, ist mir das unangenehm. So unhöflich wollte ich eigentlich nie sein.“ Manuela wirkte zerknirscht.

„Alles gut. Ilse verzeiht schnell. Sie hat ein sehr großes Herz und sie verteilt ihre Liebe großzügig. So ein winziger Ausrutscher ist schnell vergessen. Ich glaube, sie mag dich. Jetzt müssen wir nur noch daran arbeiten, dass sie dich nicht mehr dauernd ‚unser Mädel‘ nennt.“

Manuela stieß prustend die Luft aus. „Das wäre tatsächlich wünschenswert, aber es gibt Schlimmeres. Zum Beispiel in einem so guten Lokal zu sein und dann kein Galaktobouriko zum Nachtisch zu essen, was denkst du?“

„Frau Kollegin, Sie werden mir von Minute zu Minute sympathischer.“

Der Gesprächsstoff ging ihnen auch auf dem Rückweg zum Präsidium nicht aus. Zwar hätte er sie sehr gern nach Hause gefahren, verstand jedoch, dass sie am Morgen ihr Auto vor der Tür haben wollte. Wenn er in sich hineinhorchte, dann musste er sich eingestehen, sich schon seit langer Zeit nicht mehr so hervorragend unterhalten zu haben.

„Wo hast du den Wagen geparkt?“

Sie zeigte in einiger Entfernung auf den hinteren Teil des Parkplatzes. „Da hinten, da, wo das Fußvolk eben so parkt."

„Fußvolk? Du bist Stefans Partnerin, darauf kannst du mit Fug und Recht stolz sein. Er schätzt dich sehr, ich denke, das ist dir bewusst, oder?"

„Ist es, aber ein bisschen tiefstapeln kommt recht charmant und zeugt von meiner angeborenen Bescheidenheit, was denkst du?" Sie funkelte ihn schelmisch an. „Etwas, das dir nicht unbedingt in die Wiege gelegt wurde. Allerdings muss ich zugeben, dass du das, was du sagst, auch lebst. Du bist gar kein arroganter Arsch, im Gegenteil, du hast es echt drauf, wenn ich das so salopp sagen darf."

Phillip seufzte theatralisch. „Ich habe die bösen Worte deines Ex-Verlobten sehr wohl noch im Ohr. Du warst damals schon noch seiner Meinung, stimmt's?"

Lächelnd schüttelte sie den Kopf. „Das waren reine Äußerlichkeiten, also eingefleischte, von Alters her überlieferte Vorurteile. Wer so aussieht, der muss arrogant sein."

„Ts ts ts, ich bin erschüttert, Frau Bauer, welch böses, männerverachtendes Vorurteil. Da bin ich aber froh, dass wir das aus der Welt schaffen konnten."

Sie hob den Kopf und blickte ihm herausfordernd in die Augen. „Ach, konnten wir das, Herr Vancura? Sind Sie sich da absolut sicher?"

Jetzt oder nie. Er legte seinen rechten Zeigefinger sachte unter ihr Kinn und hob es noch etwas weiter an. Dann lächelte er. „Ja, Frau Bauer, ich denke, wir haben es hinbekommen. Allerdings ist mir das hier, dieser Augenblick, sehr wichtig und ich möchte nichts falsch machen. Darum hoffe ich auf kollegiale Kooperation bei der Entscheidungsfindung.“

Manuelas Lächeln vertiefte sich und sie lehnte sich ihm leicht entgegen. „Kollegiale Kooperation also? Stefan sagt, ich sei sehr geschickt in Kooperation und Konversation.“

Seine Hand glitt über ihre Wange in die dunkle Haarflut. „Um die Konversation würde ich mich gerne zu einem späteren Zeitpunkt kümmern.“

„Fein, dann konzentrieren wir uns auf das andere.“ Sie hob ihre Arme und schlang sie um seinen Hals.

Mehr musste er nicht wissen. Sanft umfasste er mit seiner Rechten ihren Hinterkopf und zog ihr Gesicht sachte zu sich. Ihre Lippen waren warm und weich, ihr Kuss beinahe schüchtern. Er passte sich an, war behutsam und vorsichtig und, wenn er ihre Reaktion richtig deutete, dann tat er das Richtige. Es war schön, nein, es war wundervoll, Manuela zu küssen, sie im Arm zu halten und ihren warmen, wohlgeformten Körper zu spüren. Seit Martina war er vorsichtig geworden, misstrauisch beinahe. Bei Manuela konnte er fühlen, wie erste Teile aus der Mauer brachen, die er um sein Herz gebaut hatte. Und es fühlte sich gut an.

Er begleitete sie zu ihrem Auto, wartete, bis sie sich angegurtet hatte und startklar war. „Komm gut nach Hause. Es war ein sehr schöner Abend, ich habe mich schon seit gefühlten hundert Jahren nicht mehr so gut gefühlt.“

Manuela verzog das Gesicht. „Hundert Jahre? Ich hab's geahnt, dass du so eine Art Highlander bist. Du weißt schon, es kann nur einen geben.“

Lachend klopfte er auf das Autodach. „Freches und doch so faszinierendes Weib. Fahr jetzt lieber, sonst hol ich dich gleich wieder raus."

Er beobachtete sie, wie sie mit sehr zufriedenem Gesichtsausdruck davonfuhr, und musste sich eingestehen, dass sie etwas von der angenehmen Wärme mitnahm, die er in ihrer Nähe verspürte.

Phillip hatte den seltsamen Schatten bereits vor einer Weile bemerkt. Es war schon traurig, wie sehr sich einige Menschen erniedrigen konnten. Er musste nicht einmal genau hinsehen, um zu wissen, wer hier versuchte, sich hinter den Büschen zwischen den Parkbuchten zu verbergen. Seine Muskeln spannten sich automatisch an und der Verschluss seines Holsters war rasch geöffnet. Als der andere aus der vermeintlichen Deckung sprang, war Phillip mit einer blitzschnellen Drehung hinter ihm, schlang seinen linken Arm in einem Sekundenbruchteil um dessen Hals und drückte ihm mit der Rechten den Lauf seiner Waffe an die Stirn.

„Sie sind und bleiben ein Vollprofi, in jeder Hinsicht, oder?" Sein Griff war felsenfest.

„Lass mich los, du Idiot. Ich werde mich ja wohl noch um meine Verlobte sorgen dürfen." Richard Franzen begann, nach Atem zu ringen.

„Deine Verlobte? Sag mal, bist du so dumm oder tust du nur so? Hast du denn nach dem Verhör gar nichts begriffen? Hat die satte Ohrfeige denn gar nichts genutzt? Lass es mich dir erklären: Die Verlobung ist gelöst, du Schwachmat. Die Tatsache, dass du, wahrscheinlich auf Kaution, auf freiem Fuß bist, ändert nichts daran, dass dir ein Prozess bevorsteht. Deine polizeiliche Laufbahn ist vorbei. Kapierst du das?" Phillip rüttelte ein wenig an dem Mann, so viel Dummheit war ihm unbegreiflich. Vielleicht half es dessen Hirn etwas auf die Sprünge, wenn man ihn ein bisschen schüttelte?

„Und du denkst, du kannst den Ritter in glänzender Rüstung mimen und sie sinkt sofort in deine Arme, oder was?" Franzen wand sich wie ein Aal in seinem Würgegriff.

Phillip lächelte nachsichtig. „Ja, exakt. So habe ich mir das vorgestellt. Franzen, du bist so dämlich, dass es kracht. Hältst du Manuela für so einfältig? Sie hat eine sehr klare Vorstellung davon, wie ein Mann eigentlich zu sein hat. Wie sie an dir hängengeblieben ist, das wird mir auf ewig ein Rätsel bleiben."

„Jetzt lass mich verdammt nochmal endlich los. Sonst hat das hier Konsequenzen für dich, immerhin sind wir hier auf polizeilichem Gelände."

„Was du nicht sagst. Ehrlich, ich glaub es nicht. Ein auf Kaution freier Verdächtiger lauert auf Polizeigelände seiner ehemaligen Verlobten auf und greift dann auch noch deren Begleiter, einen Beamten, tätlich an. Muss ich dir das jetzt erklären, oder was?" Er ließ ihn los, was einen erstickten, leicht pfeifenden Laut aus Franzens Kehle zur Folge hatte.

„Bild dir bloß nichts ein, du hast hier gar nichts zu sagen." Franzen massierte sich mit Leidensmiene seinen malträtierten Hals.

„Schon wieder falsch. Du hast nichts und zwar gar nichts mehr zu melden. Sei still und brav und unauffällig bis zum Prozess. Und noch etwas." Phillips Stimme wurde wie immer, wenn er wütend wurde, sanft und leise. „Halt dich von Manuela Bauer fern, komm nicht wieder in ihre Nähe. Du hattest, aus welchen Gründen auch immer, eine großartige Frau an deiner Seite. Anstatt deinem Schöpfer täglich auf Knien dafür zu danken, hintergehst du sie, nützt sie aus und betrügst und belügst sie. Halt jetzt bloß den Mund, ein falsches Wort und ich könnte richtig wütend werden."

Offensichtlich spiegelte seine Miene die Abscheu, die er gegenüber Franzen empfand, perfekt wider, denn der klappte den Mund wieder zu.

„Oha, solltest du doch in geringem Maße lernfähig sein. Es wäre wünschenswert. Und halt dich komplett aus allem heraus. Sollte mir zu Ohren kommen, dass du in dem aktuellen Fall auch nur einmal mit der falschen Wimper zuckst, dann hast du richtig Ärger an der Backe. Wenn ich du wäre, würde ich jetzt verschwinden und dann auch gleich verschwunden bleiben. Ich könnte wetten, dass du suspendiert bist und deine Marke samt Waffe oben bei Paul im Schrank liegen. Also mach dich vom Acker, du bist hier nicht mehr im Einsatz. Ich hoffe für die Menschheit und deren Sicherheit, dass du das auch nie wieder sein wirst."

Franzen rammte seine zu Fäusten geballten Hände in die Taschen seiner Lederjacke. „Du glaubst, du hast gewonnen, oder? Das wird sich noch herausstellen."

Phillip ging kopfschüttelnd zu seinem Geländewagen, sperrte auf und stieg ein. Langsam ließ er das Seitenfenster herunter und warf Franzen einen undefinierbaren Blick zu, dann erklärte er: „Mann, für dich gibt's hier in Bayern ein richtig lustiges Sprichwort. Ich hätte nie zu hoffen gewagt, dass ich einmal einem Exemplar der Spezies homo sapiens begegne, auf das es so perfekt passen würde." Er startete den Wagen, grinste Franzen frech an und zitierte: „Der ganze Bua oa Depp!"

Falsche Wege

„Phillip, Lieblingsneffe, wie war der gestrige Abend?"
Ilse bemühte sich um einen möglichst neutralen Gesichtsausdruck.

„Woher weißt du das denn schon wieder?" Er war offenbar erstaunt.

„Ich weiß gar nichts. Darum frag ich so harmlos. Nachdem du gestern meine überaus köstlichen Lachsnudeln verpasst hast … Ich dachte halt, du hast was Besseres vorgehabt." Es fiel ihr schwer, nicht zu grinsen.

„Verdammt! Oh, Mann, Tante Ilse, das tut mir so leid. Ich hab die Lachsnudeln komplett vergessen, sorry. Das ist mir echt entfallen."

„Schon gut, so ein Beinbruch ist das auch nicht. Aber zur Wiedergutmachung erzählst du mir bitte, was bei der Vernehmung von Caroline rausgekommen ist."

Er hatte schon den Mund geöffnet, als das Erkennen in seinen Augen aufblitzte. „Netter Versuch, liebe Tante. Zuerst eine Portion Schuldgefühle servieren und dann von hinten durchs Auge an Neuigkeiten kommen wollen. Du weißt sehr gut, dass ich dir das nicht sagen darf."

Verflixt! Plan A war gescheitert. Ilse seufzte leise. „Versuchen konnte ich es ja, oder? Sag mir wenigstens, ob sie schon in Stadelheim sitzt oder ob sie noch auf freiem Fuß ist.“

„Caroline steckt voller Überraschungen. Sie ist kein Kind von Traurigkeit und hat kein Problem damit, das Gesetz, sagen wir mal, zu verbiegen. Aber das war es wohl auch schon. Reicht dir das?“ Er musterte sie eindringlich.

Ilse wusste, wann es besser war, nicht weiter nachzubohren. Den Gesichtsausdruck kannte sie bei Phillip.

„Aber sicher reicht mir das. Schade zwar, aber ich vertraue auf euer ermittlerisches Geschick. Und jetzt rück schon raus. Wie war es gestern Abend, du warst mit dem Mädel unterwegs, da bin ich sicher. Nun erzähl schon.“

Jetzt lachte ihr Neffe. „Du bist unverbesserlich, meine Liebe. Kann ich einmal etwas unternehmen, ohne dass du sofort irgendwas argwöhnst? Ja, ich war mit Manuela essen, nachdem wir uns von Caroline verabschiedet haben.“

„Ach, freundliches Pläuschchen mit Witwe Felsner?“

„Ilse!!“

„Verzeihung. Bitte erzähl weiter, ich sag auch nichts mehr.“

„Das schaffst du sowieso nicht. Aber gut, wir waren beim Griechen in Unterhaching und es war ein sehr schöner Abend und hör bitte endlich damit auf, Manuela als ‚Mädel‘ zu titulieren.“

„Yessas! Wo ist denn dein Problem? In Schottland ist das so Brauch, weißt du das nicht? Da sagen alle ‚my lass‘, das heißt *mein Mädel.*“

„Seit wann bist du Schottin?“

„Och, bei Bedarf bin ich da ungemein flexibel." Sie lächelte ihn huldvoll an. „Aber schön, ich freue mich, dass du dich so gut mit Manuela verstehst. Abgesehen davon bröseln da jetzt grade ein paar Verdächtige weg, sehe ich das richtig?"

Phillip angelte sich die Packung mit Orangensaft aus dem Kühlschrank und goss sich ein großes Glas ein. „Ja, stimmt. Es haben sich allerdings auch einige unerwartete Wendungen eingeschlichen, mit denen niemand rechnen konnte. Also sei nett zu Caroline, sie hat dir nichts getan."

„Sie hat ihren Mann, Gott hab den ollen Knatschkopp selig, gegen Doktor Pohl aufgehetzt, dem hat das nicht nur weh getan, also so als Mensch, der hatte auch als Arzt ganz schön daran zu knabbern, dass sie ihn als Pfuscher bezeichnet hat."

Er trank einen Schluck und musterte sie nachdenklich. „Du weißt schon, dass du Herrn Doktor Pohl damit wieder unter die restlichen Verdächtigen mischt?"

„O nein, mitnichten! Er hat eine blütenweiße Weste, da kannst du alle fragen, die ihn kennen. Er nimmt seinen Eid sehr ernst. Der hätte niemals unserem Heinz das Lebenslicht ausgeblasen, nie, hörst du mich?"

Er schmunzelte sichtlich amüsiert. „Schon gut, reiß mir bitte nicht gleich den Kopf ab. Ich habe lediglich eine Vermutung geäußert. Nichts weiter. Um bei der Wahrheit zu bleiben, ich denke auch, dass er rein gar nichts mit alledem zu tun hat. Aber es macht immer wieder Spaß, dich ein bisschen auf die Palme zu bringen."

„Rotzlöffel!" Da zog man sie liebevoll groß und dann so etwas.

Er lächelte, leerte sein Glas und umarmte sie. „Ich hab dich auch lieb, du verkannte Detektivin. Und nun muss ich los. Wir haben einiges vor uns. Heute werden die letzten Bilder der Überwachungskamera ausgewertet und Caroline hat Heinz für die Obduktion freigegeben.“

Ilse nickte. „Spüü Zwirn und reiß o. Ich habe einen vollen Tag, du undankbarer Bankert.“ Sie umarmte ihn liebevoll zurück. „I hob di liab.“

„Ich dich auch. Und keine weiteren Ermittlungen auf eigene Faust, versprochen?“

Sie nickte eifrig, während sie hinter dem Rücken die Finger kreuzte. „Niemals nicht, wie käme ich dazu?“

Schon während die Haustür hinter Phillip ins Schloss fiel, tippte sie Tildes Nummer ein.

„Mein Neffe hat ein neues Gspusi, unsere Manuela. Nett, gell? Und angeblich hat Caroline ihren Mann nicht um die Ecke gebracht. Sehen wir uns gleich zum zweiten Frühstück?“

Tildes Antwort war positiv und so beeilte sie sich, alles zu sortieren, das geistige und das, was sie mitnehmen musste. Von wegen „nicht ermitteln“. Schließlich war es ihr gelungen, die Kanzlei ausfindig zu machen, die das Testament von Heinz geändert hatte. Das war etwas Wichtiges. Sie wusste einfach, dass dieses Testament alles ändern würde. Ihr Bauchgefühl jubilierte. Ilse packte sorgfältig das Notizbuch ein, in das sie ihre Gedanken und ihre bis heute mühsam ausfindig gemachten Fakten notiert hatte. Es würde sich schon herausstellen, ob nicht eines der Felsner-Kinder Wind von der Aktion bekommen und danach kurzen Prozess gemacht hatte. Okay, sie konnte sich Severin und schon gar nicht die stille, liebe Anett schwer als Mörder vorstellen, aber wusste man es? Man steckte nie im Kopf eines anderen Menschen, niemals. Nur kurz überfiel sie das schlechte Gewissen angesichts der Tatsache, dass sie es Phillip und eigentlich auch Paul schuldig gewesen wäre, sie über ihre Ermittlungsergebnisse (Herrschaftszeiten, klang das professionell) in Kenntnis zu setzen. Aber letztendlich siegte die Lust daran, etwas auszugraben, das man ihr so nicht zugetraut hätte.

In Windeseile brachte sie der kranken Nachbarin die Lachsnudeln vom Vorabend, zusammen mit noch immer knusprigem Baguette. Die Ärmste litt seit Tagen an einer dermaßen heftigen Erkältung, dass man sie bis in Ilses Küche husten und niesen hörte. Das konnte sie nicht tatenlos mitanhören. Essen und eine Packung WICK Vaporub Salbe wechselten das Haus und dann hieß es losfahren. Sie war so aufgeregt wie schon lange nicht mehr. Blieb zu hoffen, dass Tilde sie decken und, natürlich, dass der Anwalt ihre Story schlucken würde. Ihrer Meinung nach hätte sie sich wenigstens den Deutschen Literaturpreis damit verdient, das blieb aber abzuwarten.

Sie parkte Schnucki direkt neben Marcus' etwas abseitsstehendem alten Opel, reine Solidarität mit ihrem Trainer.

Tilde war bereits da und zu ihrer großen Überraschung entdeckte sie auch Marga. Na gut, würde sie eben beide gemeinsam einweihen, auch wenn sie fürchtete, dass sie ihr den Plan ausreden könnten. Die Freundinnen hatten es sich neben der Bar gemütlich gemacht, an der ihr Lieblingskellner Kamon Orangen auspresste. Richtig, so eine moderne Saftpresse musste sie sich unbedingt anschaffen, die alte würde sie weghauen. Die passte farblich eh nicht mehr in ihre bunte Küche.

„Ladies, wie schön, euch zu sehen." Ilse ließ sich auf den freien Bistrostuhl fallen und strahlte die beiden an.

„Ach, wirklich? Du machst dich schön rar, seit dein Phillip da ist. Wollten wir nicht einen Kochabend machen, schon vergessen, oder wie?" Marga klang angesäuert.

Ilse war ein durch und durch ehrlicher Mensch, also, so gut wie immer, von winzigsten Notlügen einmal abgesehen. „Du hast recht! Ich hab es vergessen. Und es tut mir wahnsinnig leid, wirklich. Das holen wir nach, ich verspreche es dir." Sie setzte sich aufrecht in ihren Stuhl. „Aber ihr müsst erfahren, was ich rausgefunden habe, und ich brauch eure Hilfe."

Sie berichtete den beiden Damen von ihrem Erfolg bei der Suche nach dem verschwundenen Testament. Sie ließ auch ihre klitzekleinen Finten nicht aus und endete mit Phillips Ansprache von heutigen Morgen.

Tilde rieb sich wie oft, wenn sie angestrengt nachdachte, mit der Spitze von Daumen und Zeigefinger über ihre Nasenwurzel. „Ilse, du bist unverbesserlich. Ich bewundere deinen Spürsinn und ich bewundere ebenso deinen Ideenreichtum. Von deinem schauspielerischen Talent will ich gar nicht erst reden. Aber das hier, das könnte nach hinten losgehen. Du sagst selbst, dass Phillip und Manuela in den letzten zwei Tagen sehr viel erreicht und herausgefunden haben. Jetzt denk bitte einmal unvoreingenommen nach. Was passiert, wenn der Anwalt eine linke Bazille oder ein Lügner ist, der jetzt, da Heinz tot ist, ganz eigene Pläne mit dem Testament verfolgt?"

Von den ins Gespräch vertieften drei Freundinnen unbemerkt, war Kamon leise und unaufdringlich wie immer an den Tisch getreten. „Bitte, verzeihen Sie, ich wollte niemanden unterbrechen. Kann ich Ihnen etwas bringen?" Er lächelte Ilse breit an. „Das Übliche? Heute hat der Chefkoch bis Mittag frei. Heute kann er mich nicht schimpfen, wenn ich Ihr Lachsbrötchen mache."

Ilse war entzückt. „O ja, eine sehr gute Idee. Ich kann eine kleine Stärkung vor meiner geheimen Mission brauchen. Und heute keinen Cava, sondern frischen Orangensaft, bitte."

Kamon runzelte die Stirn. „Frau von Karburg. Eine geheime Mission? Ich habe Angst um Sie, das wissen Sie?"

Ilse seufzte und griff nach Kamons Hand. „Ach, mein lieber Junge, das ist ganz reizend von dir, aber ich habe alles im Griff, wirklich." Sie überlegte nur kurz. „Ach was, du warst damals ja dabei und hättest, nur weil du uns geholfen hast, um ein Haar richtig Ärger bekommen. Komm mal her." Sie zog Kamon näher zu sich. „Ich habe das verschollene Testament gefunden und heute werde ich, so hoffe ich, herausfinden, was es damit auf sich hat. Was sagst du jetzt? Aber wehe, du verpetzt mich."

„Ich tu was?" Kamons fragender Blick ließ sie ahnen, dass ihre Ausdrucksweise sich nicht mit seinem Deutschkurs deckte.

„Du darfst mich nicht verraten." Sie wandte sich nun auch an Tilde und Marga. „Ich weiß schon, dass ich eigentlich Phillip hätte einweihen müssen. Mir geht's aber darum, dass ich alte Frau nichts Bedrohliches an mir habe. Wenn mein Plan klappt und der Notar seriös ist und er mit bestätigt, dass niemand von der Familie größere Probleme wegen der Änderungen zu erwarten hat, dann bin ich eigentlich schon zufrieden. Vielleicht plaudert er sogar ein bisschen etwas aus. Stell dir vor, Phillip taucht da auf. Der ist schon immer etwas furchteinflößend, aber ich bin eine harmlose alte Rentnerin und Witwe. Kapiert?"

Kamon schüttelte sichtlich erschrocken den Kopf. „Lady Ilse, Frau von Karburg. Was ist, wenn der Mann einer von den Bösen ist? Was, wenn er Angst hat, dass Sie ihm schaden wollen? Bitte, der Chef ist schon tot. Was, wenn der Mann ihn getötet hat? Wegen dieses Testamentes! Nein, das dürfen Sie nicht tun. Ich habe Sorgen."

Ilse sah zu ihm auf. „Das ist bezaubernd von dir, aber unnötig. Vertrau mir, mein Junge, ich finde raus, was es mit dem Testament auf sich hat, und mir wird nichts geschehen. Ich verspreche es dir."

„Er ist damit nicht allein, liebe Lady." Tildes Stimme klang angespannt. „Auch ich habe, um mit Kamons Worten zu sprechen, Sorgen. Große Sorgen. Sag mal, bist du irre? Kamon hat recht, mit dem was er sagt. Was ist denn, wenn der Kerl derjenige ist, der Heinz getötet hat? Glaubst du, der erzählt dir höflich und ausführlich, was an dem Testament geändert werden sollte? Ilse, wach auf, das ist gefährlich."

Sie stöhnte laut und vernehmlich. „Leute, haltet ihr mich wirklich für so deppat? Ich sichere mich natürlich ab, und zwar mit euch! Kamon, du hast den Mann gesehen, sah er aus wie ein Verbrecher?"

Der Kellner verneinte. „Aber wir wissen, dass Verbrecher nicht immer wie einer aussehen."

Hier stimmte Ilse ihm zu. „Das ist richtig. Und darum eben die Absicherung. Wenn ich mich bis heute Nachmittag um zwei Uhr nicht gemeldet habe, dann ruft ihr mich auf dem Handy an. Wenn ihr mich nicht erreicht, dann informiert ihr Phillip. Hier ist die Adresse und der Name – vertraulich, habt ihr das verstanden?" Sie schob mit verschwörerischem Blick den Zettel mit der Adresse und Telefonnummer der Kanzlei in Richtung Tilde.

„Ich sag es dir gerne nochmal: Du spinnst, Ilse. Und das nicht zu knapp, aber, bitte, ich kenne dich lange genug, um zu wissen, wie es ist, wenn du dir etwas in den Kopf gesetzt hast. Aber ich warne dich. Um Punkt Zwei hänge ich am Telefon und wehe, du gehst nicht ran. Ich erzähle alles sofort Phillip und wenn der dann mit dem Sondereinsatzkommando anrückt, löffelst du die Suppe aus, die du dir eingebrockt hast, verstanden?" Entschlossen griff Tilde nach dem Zettel. „Und jetzt brauche ich dringend einen Schokokuchen für die Nerven."

Zufrieden drehte sich Ilse zu dem noch immer neben ihr stehenden Kamon. „Sie bekommt ihre Schokolade und ich bitte meinen Lachs mit Limettenschaum, ja? Darauf freu ich mich schon den ganzen Morgen."

Kamon seufzte und musterte sie, wie man ein uneinsichtiges Kind ansieht. „Natürlich, liebe Frau von Karburg. Ich mache es besonders lecker, damit Sie gestärkt sind, ehe ihr Neffe Sie ins Gefängnis steckt."

Lachend blickten sie alle drei dem liebenswerten Kellner hinterher. Schlagfertig war er auf jeden Fall.

Mehrmals noch versuchten Marga und Tilde ausgesprochen glücklos, sie von ihrem Plan abzubringen. Sie hatte keine Angst, mehr als hinauswerfen konnte der Anwalt sie nicht und alles andere könnte sie als einen Erfolg abhaken. So gingen sie zwangsweise den Plan und den Ablauf noch einmal gemeinsam durch. Als ihr Essen serviert wurde, änderte sich kurzfristig das Thema. Sowohl der Kuchen wie auch das Lachsbrötchen, das heute tatsächlich besonders exquisit war, wurde in den höchsten Tönen gelobt. Sie ließen sich die Leckereien schmecken und, als alles weg war, lehnte sich Ilse zufrieden zurück.

„Seht ihr, jetzt hab ich sogar annähernd das gemacht, was die Frau Kommissarin mir nahegelegt hat."

„Wovon sprichst du, bitte?" Marga war eindeutig nicht auf dem neuesten Stand.

„Na, sie meinte doch, ich sollte Kuchen backen und Kaffeekränzchen veranstalten. Was man halt so in meinem Alter macht. Das hab ich gerade."

„Im Ernst? Wenn das hier alles vorbei ist, dann werden wir das bitte auch tun. So viel Aufregung ist für mich gar nicht mehr zuträglich." Tilde wirkte sehr unglücklich.

„Ach, geh, ich gestalte euer Leben halt ein wenig bunter und unterhaltsamer. Dankbar solltet ihr mir sein, weil's wahr ist." Ilse trank feixend den letzten Schluck Orangensaft, sah auf die Uhr und erhob sich. „Zeit wird's, meine Damen. Ihr wisst, was ihr zu tun habt?"

Marga nickte. „Wissen wir und wehe, es geht schief. Das kriegst du den Rest deines Lebens aufs Brot geschmiert."

Schon im Gehen antwortete Ilse „Basst, des san ja
bloß no zwanzg Joar.“

Man kann sich auch

mal täuschen

Das Gebäude der Rechtsmedizin in München war größer, als er erwartet hätte. Der Neubau, eher grau und nichtssagend, der Altbau mit seinem karmesinroten Spitzdach und den weißgetünchten Wänden sogar mit einem gewissen Charme. Jetzt im Sommer blühten rund herum Büsche und Sträucher, was es hübsch und farbenfroh erscheinen ließ. Manuela wartete bereits auf dem Parkplatz.

„Guten Morgen, Herr Vancura, haben Sie gut geschlafen?" Das schelmische Aufblitzen in ihren Augen freute ihn mehr, als er sagen konnte.

„Danke, Frau Bauer, ich habe hervorragend geschlafen. Ein paar sehr nette Träume haben sich eingeschlichen, die ich bei Gelegenheit noch werde analysieren müssen." Er konnte es sich gerade so verkneifen, sie zu küssen, und es war ihm schon lange nichts mehr so schwergefallen. „Nachdem ich hier in der Öffentlichkeit nicht das tun darf, wonach mir gerade ist, sollten wir reingehen, alles andere wäre im Hinblick auf später totale Zeitverschwendung."

„Unser Opfer liegt seit dem Morgengrauen auf dem Tisch, wenn Mehmet schnell war, dann wissen wir gleich um einiges mehr."

„Mehmet?"

Sie schmunzelte. „Dr. Mehmet Tegmen. Ein sehr lieber, sehr kluger und sehr fähiger alter Schulfreund von mir. Dass wir, beinahe, den gleichen Weg eingeschlagen haben, ließ sich damals noch nicht erkennen. Du wirst ihn mögen."

„Dann nix wie rein zu Mehmet." Ganz Kavalier alter Wiener Schule hielt er ihr die schwere Eingangstür zum Institut auf.

Ja, er mochte Mehmet von der ersten Sekunde an. Ein sehr humorvoller und blitzgescheiter Mann, der hervorragend mit Ironie, ja, gar mit Sarkasmus umzugehen vermochte. Phillip war begeistert. Der Mann war etwas kleiner als er, kräftig und sichtlich durchtrainiert.

„Karate?" Phillip rieb sich nachdenklich am Kinn.

Mehmet schüttelte den Kopf. „Nein, oder vielmehr zu Anfang ja, aber nur zwei Jahre. Dann wurde es mir zu langweilig. In der Türkei geht es da anders zur Sache, aber hier sind die Karateteams, wie sag ich das … arg diszipliniert."

Manuela, die soeben auf Mehmets Bitte hin, ebenso wie er selbst auch, einen grünen Kittel überzog, kicherte. „Er war der Star seiner Zeit. Allerdings dauerte es etwas, bis es auch der letzte kapiert hat, dann war Ruhe in der Bude."

Phillip kämpfte mit dem Medizinerkittel und gewann endlich. „Seid mir nicht böse, aber ich kapier gerade nicht, worum es geht."

Mehmet verbeugte sich leicht. „Darf ich mich vorstellen? Mehmet Tegmen, mehrmaliger Bayrischer Meister im Straßenkampf.“

Das Band, mit dem er den Kittel schließen wollte, hing plötzlich bewegungslos in der Luft. „Ehrlich? Oida, i glaabs ned.“

Manuela nickte eifrig. „Glaub es lieber. Es war so lustig. Er sah immer so harmlos, so freundlich und unschuldig aus. Dazu war er auch noch recht hübsch mit seinen großen dunklen Augen und den schwarzen Locken. Am Wochenende, wenn wir alle unterwegs waren, wurde er wegen seines, ich nenn es mal osmanischen Aussehens, oft dumm angemacht. Er hat immer zwei Mal gewarnt. Die meisten waren leider einfach nur stupide und dachten wohl, sie seien zu mehreren und glaubten daher, leichtes Spiel zu haben.“

„Und dann?“ Nun war Phillip neugierig.

Mehmet lächelte. „Dann habe ich langsam meine Schuhe ausgezogen, sie einem meiner Freunde in die Hand gedrückt, mich zu den Unbelehrbaren umgedreht und … gelächelt. Danach war es immer sehr schnell vorbei. Das hat sich irgendwann herumgesprochen.“

„Yessas, Straßenkämpfer. Ich bin selten beeindruckt, jetzt bin ich es. Das ist schwer, verdammt schwer.“

Mehmet wehrte bescheiden ab. „Es geht so. Und du? Du erzählst mir nicht, dass du Halma als Hobby hast.“

„Mikado!“ Phillip lachte. „Nein, tatsächlich Judo und dann Karate. Später kam noch Kick-Boxen dazu. Aber das war's.“

Mehmet verzog das Gesicht. „Na, dann. Wenn's sonst nichts ist. Respekt. Ich denke, wir können uns beide passabel verteidigen."

Manuela verdrehte die Augen. „Wenn ihr euch und eure Verteidigungskünste genug beweihräuchert habt, würde ich mich gerne unserem inzwischen sicherlich aufgetauten Opfer widmen. Gibt's da irgendwas Interessantes?"

Mehmet knuffte Manuela freundschaftlich in die Rippen. „Spielverderber, wenn ich endlich wieder angeben kann. Aber es ist richtig, Herr Felsner ist aufgetaut und sehr gesprächig."

„Was?" Phillip stockte in der Bewegung.

„Keine Panik, kleiner Pathologenscherz. So sagen wir, wenn die Leiche uns einiges zu erzählen hat, du verstehst?"

„Jetzt schon. Leute, echt, macht keine solchen Scherze ohne Vorwarnung."

Mehmet zog eine lustige Grimasse. „Dann macht's aber keinen Spaß. Aber zurück zur Sache. Der Tote war leider sehr lange auf Eis gelegen. Es gibt Drogen, die sich danach nicht mehr nachweisen lassen, das ist bedauerlich. Es gibt aber auch Dinge, die sich gerade durch die Kälte konservieren. Hier haben wir einen seltsamen Fall. Manuela, so leid es mir tut, aber dein und Richards erster Verdacht mit dem harmlosen Herzinfarkt, den können wir vergessen. Sein Herz war nun nicht das Allerbeste, aber an einer stressbedingten leichten Überlastung stirbt man nicht. Viel interessanter sind seine Organe. Es war mir wichtig, sie so schnell ich konnte in Augenschein zu nehmen, denn wer weiß, was durch die Kälte erhalten bleibt und was nicht.

Seine Organe, die zur Entgiftung dienen, sind samt und sonders nicht in gutem Zustand. Besonderes Augenmerk habe ich auf die Leber gelegt. Sie ist, das muss ich nicht erklären, für die Entgiftung am wichtigsten. Und die Leber des Opfers war bereits in der Zersetzung begriffen, als er schockgefrostet wurde. Wenn er nicht schwerer Alkoholiker und hochgradig drogenabhängig war, dann war das kein normaler Tod. Dann wurde dieser Mann getötet."

„Hast du eine Ahnung, wie? Wir haben die Lebensmittel in seinem Büro ins Labor gebracht. Um ehrlich zu sein, habe ich geargwöhnt, dass er mit Tabletten getötet wurde. Das müsste sich nachprüfen lassen, nicht wahr?" Phillip war angespannt.

Mehmet wehrte sofort ab. „Unwahrscheinlich. Er hätte, um solch einen Effekt zu haben, über Wochen Medikamente in hoher Dosierung schlucken müssen. Ich kann mir nicht vorstellen, dass er das Zeug oral zu sich genommen hat, darum habt ihr auch nichts gefunden."

Manuela näherte sich dem auf dem Tisch liegenden Leichnam zögerlich. „Sagtest du vorhin nicht, er sei *gesprächig*? Darunter verstehe ich allerdings etwas anderes."

„Ich meinte, was ich sagte." Mehmet trat neben den Toten und griff nach einer Schale, die neben ihm stand. „Hier, dieser Brei war einmal seine Leber." Er hielt ihr die Metallschale hin.

Die Gesichtsfarbe Manuelas changierte zwischen zementgrau und lindgrün. „Du bist hin und wieder echt ekelhaft, das weißt du, oder?"

Mehmet zuckte die Schultern. „Was erwartest du von einem Pathologen? Mal im Ernst, im Vergleich zu Bones habe ich ein sehr einfühlsames Wesen."

Phillip schüttelte sich. „A bissl grindig is des scho." Er betrachtete die Überreste des Organs eingehend. „Korrigiere mich bitte", fuhr er an Mehmet gewandt fort, „aber so schaut etwas aus, das mit Gift oder mit Säure in Berührung gekommen ist."

„Ganz deiner Meinung. Er muss, was auch immer es war, etwa eine Stunde vor seinem Tod aufgenommen haben. So lange braucht – außer Salzsäure – ein Gift, bis es solchen Schaden anrichtet."

Phillip zeigte auf Felsner. „Darf ich?"

Mehmet nickte. „Gerne, ich kann jeden Tipp gebrauchen. Etwas sagt mir, dass es schnell gehen sollte. Ich habe die Befürchtung, dass sich noch mehr verflüssigt."

Aus Manuelas Richtung kam ein seltsames Keuchen. „Noch so eine Bemerkung und ich geh raus!"

Phillip lächelte verständnisvoll. „Wir versprechen, uns ab sofort fachmedizinisch auszudrücken, in Ordnung?"

„Als ob es das besser machen würde."

„Dir kann man aber auch nichts recht machen." Grinsend streifte er sich die Handschuhe über und begann, die Arme und Fußknöchel des Toten zu untersuchen. Nichts, keine Rötungen, keine noch so kleine Schwellung, nur ein Muttermal, das jedoch „sauber" war. Langsam arbeitete er sich von der Schulter aus nach oben. Vorsichtig, um nur ja keine möglichen Beweise zu vernichten, drehte er den Kopf des Opfers leicht nach links und begutachtete den Haaransatz, die Schläfe und zuletzt das Ohr. Phillip klappte das Ohr nach vorn, nachdem er das Ohrläppchen untersucht und nichts festgestellt hatte. Mehmet half ihm und richtete den Strahler über dem Seziertisch genau auf den Kopf Felsners. Um ein Haar hätte er es übersehen und er übersah so gut wie nie etwas. Im hellen Neonlicht entdeckte Phillip eine winzige Stelle hinter Felsners linkem Ohr. Behutsam strich er mit dem Zeigefinger darüber und spürte die winzige Erhebung, die man niemals hätte sehen können, wenn man nicht explizit danach gesucht hatte.

„Hier. Er hat eine Einstichstelle hinter dem Ohr. Mit bloßem Auge kaum zu erkennen. Wir hatten das oft bei Drogensüchtigen. Saudumme Stelle, aber da schaut niemand nach. Arme, Hände, Füße ja, aber hinterm Ohr?"

Sofort war Mehmet an seiner Seite. „Verdammt gutes Auge, Kollege. Respekt. Ich nehme gleich eine Gewebeprobe, das muss schnell gehen, solange wir nicht wissen, womit wir es zu tun haben."

Phillip trat rasch beiseite, sodass Mehmet arbeiten konnte.

„Wer auch immer das war, Felsner hat ihm vertraut, er muss ihn nahe an sich herangelassen haben. Sonst ist solch ein Angriff nicht möglich."

Mehmet hatte bereits Skalpell sowie eine neue Petrischale in den Händen und mit geübten Schnitten entfernte er ein vernünftig großes Stück Haut samt darunter liegendem Gewebe. „Weißt du, was ich denke? Es ist möglich, dass Felsner den Einstich gar nicht mitbekommen hat, das muss eine winzige Injektionsnadel gewesen sein. Nur einmal angenommen, es gab ein Gerangel, der andere stand neben oder sehr nahe an ihm dran und legt ihm die Hand auf die Schulter. Weit hergeholt, schon klar, aber möglich." Mehmet lief zum Telefon und kündigte im Labor seine Probe an.

Minuten später wurde die Probe abgeholt.

Mehmet setzte sich auf seinen abgewetzten schwarzen Bürostuhl und seufzte. „Leute, da hatten wir Glück. Zum einen, dass die Wirkung des Giftes so offensichtlich war, und zum anderen, dass wir hier jemanden mit Adleraugen haben. Danke, Kollege. Jetzt heißt es abwarten, oder vielleicht hat Manuela noch Lust auf ein wenig Anschauungsunterricht."

„Pfui Deibel, bleib mir damit vom Leib. Ich mag dich wirklich, aber im Augenblick ist mir schon schlecht."

***

Ilse fuhr zügig, aber nicht so schnell, wie sie gern gefahren wäre. Die gestrige Massage steckte ihr noch in den Knochen. Das nächste Mal musste Klaus ein wenig behutsamer vorgehen. Ihr Rücken schmerzte unangenehm, aber wenn es denn half … Sie erreichte das nicht weit entfernte und malerisch am See gelegene Starnberg dank der mittäglichen Stunde sehr schnell. Ilse mochte die Stadt, nicht zu groß, nicht zu klein, direkt am Wasser, was wollte man mehr? Ein paar Mal war ihr der Gedanke gekommen, hierher zu ziehen, aber es war leider weiter von Tilde und Marga als ihr jetziger Wohnsitz und die Nähe zu den Freundinnen zählte mehr als ein schöner Ort.

Sie war aufgeregt, denn solch eine Inszenierung hatte sie noch nie auf die unsichtbaren Bretter ihrer persönlichen Bühne gelegt. Sie hatte sich ordnungsgemäß angekündigt, allerdings erklärt, dass ihre Beweggründe streng vertraulich seien. Man hatte das, wahrscheinlich auch bedingt durch ihren Titel, akzeptiert. Von wegen Adel würde nicht helfen. In vielen Kreisen half das sehr wohl und sehr rasch. Traurig, aber in diesem Falle hilfreich. Der Titel war ihr wie auch Franz-Josef vollkommen egal gewesen. Dass er ab und an Türen öffnete, das lernten sie mit der Zeit. So auch heute.

Ilse suchte und fand die Anschrift sofort und fuhr in die großzügige Einfahrt zwischen zwei gigantischen roten Rosenbüschen, die sich um schmiedeeiserne Rosenbögen schlangen. Dahinter entdeckte sie eine traumhaft schöne Villa im alten Stil, so wie sie aussah wahrscheinlich für ein Vermögen restauriert. Wenn sie das Haus betrachtete, dann war jeder einzelne Euro gut angelegt. Hellgelbe Außenwände, weiße Holzrahmen um riesige Fenster, zwei Stockwerke, ein weißer Balkon über dem Entrée und an der Vorderfront des Gebäudes rankte leuchtender Blauregen bis hoch zum Dach. Neben dem Haus entdeckte sie diverse Parkmöglichkeiten. Hübsch, sehr hübsch, das könnte ihr gefallen. Sie atmete noch einmal tief ein und aus, kletterte aus ihrem Cabrio, klemmte sich die Handtasche unter den Arm, zupfte ihr Chanel-Kostüm zurecht und stöckelte in den nicht sehr geliebten, aber in solch einem Fall hilfreichen Highheels zum Eingang.

Der Mann war kein Verbrecher. Das sah sie auf den ersten Blick. Gut, ab und an waren Verbrecher auch hübsch anzusehen, aber der hier sah aus wie eine Mischung aus George Clooney und Gregory Peck. Dazu war Herr Dr. Hübner, der Chef und Gründer der Kanzlei, ein freundlicher und ausnehmend höflicher Mensch. Er sah ihr direkt in die Augen und sein Händedruck fühlte sich nicht an wie ein seit vorgestern toter Fisch, sondern erdig und kräftig.

Er ließ ihr ein kühles Mineralwasser servieren und bat sie in seine Besprechungsecke. „Frau von Karburg, bitte setzen Sie sich. Sie haben es am Telefon sehr spannend gemacht. Wie kann ich Ihnen behilflich sein?"

Nun ging es ums Ganze.

„Die Angelegenheit ist ein wenig heikel. Es ist mir auch unangenehm, darüber zu sprechen, aber ich muss es, allein schon für die Nutznießer der Stiftung. Mein Mann und ich haben vor Jahren eine Stiftung ins Leben gerufen, die jungen Menschen bei der Berufsausbildung helfen soll. Also explizit Jugendlichen, die sich für einen handwerklichen Beruf entscheiden und sich dies aus unterschiedlichen Gründen nicht leisten können. Ob Sie es glauben oder nicht, aber es gibt Eltern, die ihren Kindern die Unterstützung versagen, wenn sie nicht studieren wollen. Mein Mann kam aus dem Handwerk, hat sich aus eigener Kraft hochgearbeitet. Das wollte er auch anderen ermöglichen. Darum hat er die von Karburg Stiftung gegründet."

Bis hierhin hatte sie keine Silbe erfinden müssen, was eine Erleichterung für sie war, denn egal, wie sie es betrachtete, Herr Dr. Hübner war kein Mann, den man anlog. Jetzt aber musste sie der Wahrheit einen winzigen Twist verpassen.

„Vor langer Zeit bereits hat der Leiter unseres Tennisclubs, Heinz Felsner, angekündigt, die Stiftung in seinem Testament zu berücksichtigen. Ich war damals überrascht, denn Heinz war ein gesunder Mann in, so dachte ich zumindest, den besten Jahren. Gefreut habe ich mich trotzdem, denn er und Franz-Josef hatten immer ein gutes Verhältnis zueinander. Ich muss zu meiner Schande eingestehen, dass das Verhältnis zwischen Heinz und mir nach dem Tod meines Gatten, etwas, ähm, gelitten hat. Ich bin eher ein Freigeist und habe ab und an nicht in die konservative Gedankenwelt unseres Clubchefs gepasst. Aber wirklich gestritten haben wir uns nie. Nur ein paar Tage vor seinem Tod passierte etwas, das mich sehr beunruhigt hat und es noch immer tut. Ich habe mich geweigert, stur wie ich einfach ab und an bin, einer Anweisung in Sachen Tenniskleidung, die Heinz ausgegeben hat, nachzukommen. Als er mich statt in Weiß in nicht ganz so dezentem Pink erwischt hat, wurde er so wütend, dass es mich erschreckt hat. Er drohte mir damit, wenn ich nicht endlich meinem Alter entsprechend Vernunft annähme, würde er sein Testament ändern. Er habe schon jetzt gute Lust dazu und ich hätte es nur mir zuzuschreiben. Ich könne mich dann mit seinem Anwalt herumstreiten, so wie er sich andauernd mit mir." Ilse legte einen bühnenreifen Augenaufschlag hin. „Sie müssen mir glauben, so schrecklich bin ich tatsächlich nicht. Heinz war in letzter Zeit nicht er selbst, er war vollkommen verändert. Ich fürchtete schon, er sei krank. Und dann sein plötzlicher Tod." Seufzend trank sie einen Schluck Mineralwasser und gab sich große Mühe, einen hilflosen Eindruck zu vermitteln. „Er hat mir ihren Namen regelrecht vor die Füße gespuckt. Ja, und jetzt sitze ich hier und mache mir unglaubliche Vorwürfe, dass ich mit meinem Starrsinn der Stiftung Schaden zugefügt haben könnte. Das würde ich mir nie verzeihen."

Ihr wurde plötzlich sehr warm. Seltsam, winzige Notlügen brachten sie sonst nicht so aus der Fassung. Rasch trank sie noch etwas Wasser.

Herr Dr. Hübner hatte sich in seinem Sessel zurückgelehnt und die Ellbogen auf den Lehnen aufgestützt. Er musterte sie so eindringlich, dass ihr noch wärmer wurde.

„Liebe Frau von Karburg, ich danke Ihnen für Ihre Offenheit und für Ihr Engagement für junge Menschen. Ich muss gerade gut abwägen, inwieweit ich Ihnen entsprechende Auskunft erteilen darf. Es ist richtig, dass Herr Felsner mich einige Tage vor seinem Tod kontaktiert hat und mich bat, zu ihm zu kommen. Es ist ebenso richtig, dass er mich beauftragte, mittels handgeschriebener Notizen sein Testament neu zu verfassen. Dies habe ich auch getan. Was die von Karburg Stiftung betrifft, stecke ich etwas in der Klemme. Ich bin zumindest noch nicht berechtigt, offizielle Auskünfte zu erteilen. Was ich Ihnen sagen kann, das ist, dass es sich um Änderungen im persönlich-familiären Bereich handelt. Mehr kann und darf ich Ihnen aus rechtlichen Gründen nicht mitteilen. Es tut mir sehr leid. Was mich verwundert, das ist, dass sich noch niemand auf meinen Anruf im Revier hin bei uns gemeldet hat. Sofort, als ich vom Tod meines Mandanten erfuhr, rief ich bei der Polizei an. Der ermittelnde Beamte erklärte mir, man würde sich schnellstmöglich bei mir melden." Er legte die Stirn in grüblerische Falten. „Mir fällt der Name wieder ein, Sekunde, ich habe ein gutes Namensgedächtnis. Ja, Franzen, ein Herr Kommissar Franzen war es, mit dem ich gesprochen habe." Er hielt inne und sah Ilse besorgt an.

„Frau von Karburg, Sie sind ganz blass geworden, ist Ihnen nicht gut. Möchten Sie noch etwas Wasser oder Kaffee?"

Nein, sie wollte weder Wasser noch Kaffee, sie wollte eine Eiskammer. Ihr war nicht nur zunehmend übel, sie hatte das Gefühl zu verglühen. Obwohl ihre Haut sich kalt anfühlte, schien sie zu brennen. Sie öffnete den Mund, um sich schnell zu entschuldigen, sie wollte ja schließlich keine Umstände machen.

Soweit kam es nicht mehr.

Der schöne Anwalt und Notar verschwamm vor ihren Augen und dann wurde die Welt um Lady Ilse schwarz.

***

Phillip blickte verständnislos auf sein Telefon. „Meine Tante? Ilse von Karburg? Sie … was zur Hölle macht sie in einer Kanzlei in Starnberg? Ja, ich komme sofort. Herzzentrum sagten Sie? Meine Kollegin und ich fahren sofort los. Danke für die Info." Er beendete das Gespräch und schlug zornig auf die Tischplatte im Untersuchungszimmer der Rechtsmedizin. „Verdammt! Diese sture, starrköpfige Nudel."

„Was ist denn los?" Mehmet wirkte erschrocken, ebenso Manuela. Sofort bedauerte er seinen Ausraster. „Entschuldigt bitte, alle beide. Aber Ilse wird gerade mit dem Heli ins Deutsche Herzzentrum gebracht. Sie ist in einer Kanzlei in Starnberg zusammengebrochen. Verdacht auf Schlaganfall, allerdings sind die Symptome sehr seltsam. Da stimmt etwas nicht. Abgesehen davon, dass ich fürchte, dass sie, wie auch immer, herausgefunden hat, wo das ominöse Testament abgeblieben ist, scheint sie einen gefährlichen Alleingang geplant zu haben. Ich bring sie um!"

Manuela griff nach ihrer Jeansjacke. „Lass uns fahren. Und du wirst sie wohl kaum umbringen, wenn, dann erledigt sie das schon selbst, so wie alles andere auch."

Phillip stieß einen ungehaltenen Laut aus. „Damit hast du wahrscheinlich auch noch recht. Mehmet, bitte lass uns, sobald du etwas erfährst, wissen, was die Untersuchung ergeben hat. Ich hab ein verdammt seltsames Bauchgefühl."

Mehmet nickte. „Ich würde dich jetzt gerne fragen, worauf das Gefühl beruht, könnte aber schwören, dass du es nicht sagen kannst?"

Phillip klopfte ihm im Gehen auf den Rücken. „Ich mag dich, echt, du kannst Gedanken lesen."

Im Auto krampften sich seine Hände um das Lenkrad. „Warum tut sie sowas? Warum? Sie ist doch eine gescheite Frau. Was für ein ruhiges und schönes Leben könnte sie führen. Kruzifix, nochmal. Diese Wahnsinnige!"

Er fühlte Manuelas Hand auf seinem Oberschenkel und den sanften Druck ihrer Finger. „Komm runter, Phillip. Du liebst sie sehr, darum bist du so wütend. Ansonsten hättest du dir die ganzen Fragen sparen können, also in dem Moment, in dem du anfängst, wieder vernünftig zu denken."

„Wie meinst du das?"

„So wie ich es sage. Eben weil sie eine kluge Frau ist, eben weil sie Unmengen an Energie in sich hat, eben weil sie keine ‚langweilige alte Dame‘ ist. Sie muss so sein, sonst geht sie ein wie eine Primel ohne Wasser. Los, komm, das weißt du.“

Er schwieg eine ganze Weile. Dann lächelte er. „Korrekt. Ich kann mir nicht vorstellen, wie es wäre, sie zu verlieren. Sie ist verrückt, total. Und du liegst vollkommen richtig, sie muss so sein. Kennst du das Juxbild, das in den sozialen Netzwerken umgeht? Diese komplett ausgeflippte, tätowierte ältere Hippie Lady? Drunter steht: ‚Wenn ich einmal alt bin, möchte ich, dass die Menschen sich fragen: Was zur Hölle hat sie jetzt wieder ausgeheckt?‘ Wer auch immer das in die Welt gesetzt hat, der muss meine Tante gekannt haben.“

Der Druck von Manuelas Fingern auf seinem Schenkel verstärkte sich nochmals. „Siehst du, schon besser. Was nicht heißen soll, dass sie ungeschoren mit dieser Aktion davonkommen darf. Sie hat damit in eine laufende Ermittlung eingegriffen.“

„Stimmt. Ich kann dir jetzt schon sagen, was sie als Antwort auf Lager hat, wenn ich sie damit konfrontiere. *Ach, Junge, ich hab doch meine göttliche Strafe schon bekommen.* Was willst du darauf antworten?“

Trotz allem lächelte Manuela. „Egal, jetzt ist nur wichtig, dass sie überlebt. Los, gib Gas!“

Dank ihrer Ausweise kamen sie problemlos bis in die Notaufnahme. Sie waren beinahe zeitgleich mit dem Helikopter an der Klinik eingetroffen. Als die Trage mit Ilse an ihnen vorbeigeschoben wurde, stockte Phillips Herzschlag für einen Moment. Sie lag kreideweiß und bewegungslos auf dem Laken. Schläuche und Überwachungsgeräte fiepten und über Mund und Nase trug sie eine Sauerstoffmaske. Auf den ersten Blick sah er die Schweißtropfen, die ihr von der Stirn rannen.

„Sind Sie ein Angehöriger?" Der Arzt, der neben der Trage stand, musterte ihn fragend.

Phillip nickte. „Ja, ich bin ihr Neffe. Sonst hat sie nur noch eine Schwester, die in der Steiermark lebt. Ich habe alle Papiere in Verwahrung, also Patientenverfügung und all das. Bitte sagen Sie mir, dass wir die nicht benötigen."

Der Doktor schüttelte bedächtig den Kopf. „Das würde ich gerne, bitte glauben Sie mir. Aber wir stehen vor einem enormen Rätsel. Ich gehe inzwischen davon aus, dass es kein Schlaganfall war. Das Herz schlägt, aber viel zu langsam, ihr Kreislauf ist auf ein Minimum reduziert und sie zeigt Reaktionen, die zu nichts passen. Hat sie eine Krankheit, von der ich wissen sollte?"

„Nein, im Gegenteil. Bis auf ein bisschen Arthrose ist meine Tante kerngesund und topfit. Sie spielt bis zu drei Mal in der Woche Tennis und vor zwei Jahren musste ihr Orthopäde sie beinah mit Gewalt aus der Squashhalle zerren, um ihr Knie nicht zu gefährden. Sie kann ab und an ein wengerl eigensinnig sein."

Der Mediziner, dessen Namensschild ihn als Prof. Dr. Schreiner auswies, hatte seine Hand auf Ilses Stirn gelegt und sah sehr besorgt aus. Bei Phillips Bemerkung schmunzelte er. „Besser so als zehn Stunden am Tag vor dem Fernseher. Aber im Ernst, sie hatte nie Kreislaufprobleme, keine Ohnmachtsanfälle, nichts?"

„Nichts, rein gar nichts. Gesund wie eine österreichische Bergziege."

„Jetzt im Moment kann ich das nicht behaupten. Sie schwitzt, wie verrückt, obwohl sie kein Fieber hat. Das passt alles nicht zusammen. Wir werden sie erst einmal auf der Intensivstation an die Geräte anschließen, besser Vorsicht walten lassen. Außerdem habe ich ihr gerade Blut abnehmen lassen, das kommt direkt ins Labor, falls es eine Vergiftung sein sollte…“

Phillip wurde hellhörig. „Sie denken, es könnte eine Vergiftung sein?“

„Wir müssen alles in Betracht ziehen. Hat sie irgendwann in den letzten Stunden Pilze gesammelt und gegessen?“

„Nein, Lachsnudeln und so, wie ich sie kenne, ein Lachsbrötchen im Club. Und wenn sie Pilze sammelt, dann weiß sie haargenau, welche sie nehmen kann. Meine Tante ist da ein alter Hase.“

„Wenn Ihnen etwas einfällt, ich bin für jeden noch so kleinen Hinweis dankbar. Wir bringen Ihre Tante jetzt auf die Station.“

Phillip nickte zerstreut, in seinem Kopf fügte sich etwas zusammen, von dem er selbst nicht wusste, was es zu bedeuten hatte. Er musste sich konzentrieren. „Ja, ich komme nachher sofort zu Ihnen. Ich muss schnell etwas abklären.“

Manuela trat neben ihn. „Du siehst aus, als liefe hinter deiner Stirn ein Film ab, kann ich irgendwie helfen?“

„Damit liegst du gar nicht so falsch.“ Er griff nach ihren Oberarmen und sah ihr eindringlich in die Augen. „Bitte, Manuela, du musst jetzt ganz genau nachdenken. Wie lange hat es laut Protokoll gedauert, bis die Polizei vor Ort war, als Heinz Felsner gestorben ist?“

Manuela zögerte kurz, ehe sie antwortete. „Ich hab das Protokoll wahrscheinlich zehn Mal gelesen. Nach dem Anruf waren wir in einer halben Stunde dort. Laut Gerichtsmediziner lag Felsner zuvor etwa weitere dreißig Minuten im Gras unter den Bäumen."

„Hat es an dem Tag geregnet?"

„Nein, warum fragst du?"

„Bitte konzentrier dich, Liebes, steht was im Protokoll, ob Felsners Kleidung nass war?"

„Süß, kannst du bitte nochmal Liebes zu mir sagen? Zu Punkt zwei, sein Hemd war sehr feucht, das steht im Protokoll, auch der Bund seiner Hose war feucht. Das war angeblich einer der Gründe, warum Richard sofort von einer Herzgeschichte ausging. Als mein Großvater eine Herzattacke hatte, stand ihm auch der Schweiß auf der Stirn."

„Wir wissen mittlerweile, dass es bei Felsner keine Herzgeschichte war. Es war ein warmer, aber kein heißer Tag und es hatte nicht geregnet. Ich weiß, dass der Sprinkler für den Rasen in der Nacht läuft. Davon war sein Hemd nicht nass. Er muss geschwitzt haben, ehe er starb. Ja, wenn er bei dem Klima, bei den äußeren Umständen nach einer Stunde noch immer feuchte, ja, beinahe nasse Kleidung trug, muss er zuvor höllisch geschwitzt haben. Hast du Ilse gesehen? Der Schweiß lief ihr in Strömen von der Stirn. Das ist nicht normal, kein bisschen."

„Red weiter, ich versuche, zu folgen."

„Felsner hat einen Einstich hinter seinem Ohr, woher auch immer. Kurz darauf ist er tot. Er hat stark geschwitzt, ehe er starb. Wahrscheinlich ist er darum

rausgegangen. Er wollte sich an der frischen Luft abkühlen. Ich wette mit dir, dass er selbst dachte, er
würde einen Schwäche- oder Herzanfall erleiden. Kein
Wunder bei dem, was bei ihm anscheinend alles los
war. Und jetzt kommt meine, zugegeben gewagte Theorie. Heinz Felsner hat nicht gewusst, dass er vergiftet
wurde. Irgendjemand hat im dermaßen geschickt die
Spritze gesetzt, dass es für ihn wie ein Mückenstich
war. Ein Jemand, der sehr nahe an ihn herankam, ohne
dass er Verdacht geschöpft hat."

„Also doch jemand aus der Familie?" Manuela wirkte
hochkonzentriert.

„Ja und nein. Ich weiß nicht, wie ich es sagen soll. Severin war nicht da, ebenso wenig seine Mutter und A-
nett schon gar nicht. Wenn ich sage Familie, dann
meine ich jemanden, von dem er glaubte, ihm vertrauen zu können."

Manuela nagte nervös an ihrer Unterlippe. „Meric
war es nicht, seine eigene Familie ebenso wenig, Pohl
hätte er nie so nah an sich rangelassen. Ich getraue
mich kaum, es zu sagen: Eine Geliebte?"

„Felsner?"

„Ich bitte dich, Phillip, warum denn nicht? Möglich
wäre es. Was, wenn er zu ihren Gunsten das Testament
ändern wollte?"

„Keine Geliebte, du denkst in die richtige Richtung,
aber ich bin sicher, dass er keine Geliebte hatte." Phillip
sah geistig auf eine Wand, eine Wand, die einfach nicht
bröckeln wollte und das, obwohl er sich sicher war, nur
einen Steinwurf von der Wahrheit entfernt zu sein.
Wobei …

„Manuela, ich bin dermaßen was von unlogisch. Ich Depp! Wir brauchen diesen Notar, diesen Dr. Hübner, wenn ich es richtig verstanden habe. Suchen wir ihn."

„Nach mir müssen Sie nicht suchen. Ich dachte mir schon, dass irgendjemand mit mir würde sprechen wollen. Außerdem mache ich mir große Sorgen um Frau von Karburg, da beschloss ich, einfach herzukommen." Die Stimme war tief, ruhig und angenehm.

Dr. Hübner war Phillip von der ersten Sekunde an sympathisch. Ein seriöser, freundlicher und überraschend ehrlich wirkender Jurist. Er war sehr positiv überrascht.

„Herr Dr. Hübner, ich möchte so schnell wie möglich zu meiner Tante, aber Sie hier zu haben, ist perfekt. Sie wissen, dass wir im Fall Heinz Felsner ermitteln? Ich denke, Sie haben Verständnis dafür, dass wir einige dringende Antworten benötigen."

„Ich verstehe durchaus. Vor allem, da ich denke, dass ich von meiner Verschwiegenheitspflicht durch den Tod meines Mandanten entbunden wurde. Ja, er wollte, dass sein Testament geändert wird und das zu einem nicht zu kleinen Teil. Ich erzähle es Ihnen so kurz und informativ wie möglich."

Als Dr. Hübner seine Aussage beendet hatte, waren Phillip und Manuela sprachlos. Mit allem hätten sie gerechnet, damit allerdings nicht.

„Seit wann wusste er es?" Phillip musterte Dr. Hübner fragend.

Dr. Hübner zuckte die Schultern. „Er war ein kluger, besonnener Mann, der es gewohnt war, seine Umgebung genau im Auge zu haben. Er wusste es nach wenigen Tagen. Er beobachtete und testete aus, versuchte, an die Grenzen zu gehen, nahm in Kauf, missverstanden zu werden. Letztendlich beschloss er, den Jungen zu überraschen. Darum die Änderung seines Testamentes."

Dr. Hübner wollte fortfahren, aber just in diesem Augenblick läutete Manuelas Handy.

Sie warf einen Blick darauf und nickte Phillip zu. „Mehmet, jetzt wird es interessant."

„Schlangengift!? Kettenviper? Ich fasse es nicht. Darauf wäre ich im Leben nicht gekommen. Aber ich hoffe, nein, ich denke, wir haben das passende Antitoxin." Professor Schreiner hatte es sehr eilig, nachdem Phillip ihm das Ergebnis der toxikologischen Untersuchung mitteilen konnte.

Asiatisches Schlangengift! Wer hätte das ahnen können? Phillip wandte sich an Dr. Hübner. „Finden Sie nicht auch, dass das ein paar Zufälle zu viel sind?"

Der nickte mir trauriger Miene. „Ich stimme Ihnen zu. Wobei es mich sehr überrascht und auch sehr traurig macht. Was mag dahinterstecken? Warum? Ich verstehe es nicht."

Phillip und Manuela warfen sich einen einvernehmlichen Blick zu. „Ich werde rasch zu meiner Tante gehen. Manuela, gibst du im Präsidium Bescheid, dass sie eine Streife losschicken, um den jungen Mann festzusetzen?"

Er wandte sich an Dr. Hübner. „Ich wäre Ihnen sehr dankbar, wenn Sie an der Vernehmung teilnehmen könnten. Sie können alles sehr gut schildern und Sie waren es, der die Neuerungen am Testament durchgeführt hat. Ihr Wort wird großes Gewicht haben."

„Selbstverständlich, auch wenn ich nach wie vor rat-
los bin. Aber ich denke, alles wird sich aufklären, und
ich hoffe, dass es Frau von Karburg bald wieder besser
gehen wird.“

Ungeahnte Abgründe

Während sie bereits in Phillips Wagen saßen und losfuhren, läutete Manuelas Telefon.

„Krankgemeldet? Das ist interessant. Ja, wir haben seine Meldeadresse. Schickt bitte den Streifenwagen direkt da hin. Warte, ich schick dir die Daten."

Phillip musterte sie mit fragendem Blick. „Ist der Vogel schon im Abflug begriffen?"

Manuela nickte. „Sieht so aus. Gib Gas, hier ist die Anschrift."

Wenig später stoppten sie vor einem Mehrfamilienhaus im Münchner Stadtteil Ramersdorf. Der Streifenwagen wartete bereits in angemessener Entfernung. Phillip gab den Beamten ein Zeichen, dass sie mitkommen sollten. Während Manuela ihre Waffe in den Händen hatte, ließ er die seine im Holster. Etwas sagte ihm, dass er sie nicht benötigen würde. Die Eingangstür war wie so oft in diesem Viertel nur angelehnt und sie gelangten ungehindert ins Haus. Es gab keinen Aufzug und sie wussten, dass sie in den dritten Stock mussten. Geräuschlos überwanden sie die ersten beiden Treppen nach oben. In der zweiten Etage war für sie Schluss. Er kam ihnen, seinen Reiserucksack auf dem Rücken, entgegen. Der junge Mann erstarrte in der Bewegung, als er Phillip, Manuela und die beiden Uniformierten erblickte.

„Kamon Saetang, bleiben Sie stehen. Sie sind vorläufig festgenommen. Ihnen wird der Mord an Heinz Felsner und der versuchte Mord an Ilse von Karburg zur Last gelegt. Nehmen Sie die Hände über den Kopf, ganz langsam." Phillip näherte sich dem Jungen vorsichtig und mit Bedacht.

„Vergesst es, so einfach wird es nicht." Die schönen Mandelaugen des Jungen verengten sich zu schmalen Schlitzen. „Los, komm, hol mich." Kamon nahm die typische Karate-Angriffshaltung ein.

Phillip seufzte ausgesprochen genervt. Wieder einer, der dachte, er hätte alles unter Kontrolle.

„Kamon, lassen Sie das lieber. Das könnte übel für Sie ausgehen."

Das Lachen des Jungen hatte etwas ausnehmend Boshaftes. „Das werden wir sehen." Er schien seine Chancen davonzukommen als recht gut einzuschätzen, angesichts der Tatsache, dass er noch etwas weiter in die Knie ging und beide Arme anwinkelte.

Phillip hatte keine Lust auf Spielchen, nicht heute und nicht mit seiner Tante im Krankenhaus, nachdem dieses Bürschchen versucht hatte, sie zu vergiften. Er atmete tief ein und sprang mit einem Satz die drei Stufen hinauf. Mit purer Körperkraft warf er Kamon gegen die Wand, setzte noch einmal nach, ergriff mit der Rechten dessen linken Arm und riss ihn nach hinten, ein lautes, fieses Knacken ertönte und die Schulter sprang knirschend aus dem Gelenk.

Ehe Kamon auch nur einen Tritt anbringen konnte, lag er wimmernd am Boden. „Du gemeines Schwein!"

„Ja, ich würde gerne sagen, es täte mir leid, das tut es aber nicht, du kleine Kröte. Los, aufstehen." Phillip zog den vor Schmerzen schreienden Jungen in die Senkrechte, schüttelte dann mit väterlich besorgter Miene den Kopf. „Bub, so kannst du aber nicht mit der Streife aufs Revier fahren."

„Ich brauche einen Sanitäter, einen Arzt. Das tut weh!"

„Sag bloß. Aber ich bin ein durch und durch netter Mensch, pass auf, ich helfe dir." Entspannt lächelnd drehte Phillip den stöhnenden Jungen herum. „Halt still, dann geht's ziemlich schnell."

„Was ...?" Mehr brachte Kamon nicht heraus, die letzten Worte gingen in seinem lauten Schmerzensschrei unter.

Phillip hatte sich seinen Arm gegriffen und mittels einer schon unzählige Male ausgeführten, schnellen Bewegung sprang der Knochen zurück in das Gelenk. Es knirschte heftig, aber alles war wieder da, wo es hingehörte. Phillip atmete tief ein.

„Fertig. Ihr könnt den Herrn mitnehmen. Wir sehen uns auf dem Revier."

„Ich verlange einen Anwalt!" Kamons Stimme klang atemlos, kein Wunder nach den eben ausgestandenen Schmerzen. „Das war Körperverletzung!"

„Was du nicht sagst. Du hast mich angegriffen. Notwehr im Einsatz. Und ich rate dringend, jetzt den Mund zu halten. Du hast dir dein Leben genug verbaut, glaub mir." Phillip gab Kamon einen Schubs und der landete in den Händen der wartenden Polizeibeamten. „Bringt ihn weg. Ich kann ihn gerade nicht mehr sehen. Was ein dummer Junge."

***

Als Ilse endlich und mit viel Mühe die Augen öffnete, war die Welt viel zu hell, vor allem aber viel zu laut. War das der Himmel? Sie gab sich die Antwort sofort selbst: Wohl eher nicht. Wenn es im Himmel dermaßen laut fiepte, zischte und piepste, dann konnte das nicht ihr zukünftiger Wohnort sein. Außerdem dröhnte ihr Kopf und, als sie vorsichtig in sich hineinhorchte, stellte sie fest, dass ihr grausig schlecht war.

„Ilse, meine Gute, du bist wach. Oh, Gott, was bin ich froh.".

Sie konnte die Stimme erst nach einer Weile einordnen. Tilde. Immerhin, egal wo sie hier war, die Gesellschaft war schon einmal ganz in Ordnung.

Sie wollte antworten, aber warum auch immer fehlte ihre Zunge.

„Warte, Schatzi, hier steht Tee. Du musst eine ganz ausgedörrte Kehle haben. Sie haben dich intubieren müssen. Hier, Ilse, trink einen Schluck."

Dankbar öffnete sie den Mund und trank. Ah, schau her, da war ja ihre Zunge. Die hatte wohl nur ein Päuschen eingelegt. Mühsam schluckte sie, trank noch mehr. Es fühlte sich gut an, vor allem im Hals, der ganz schön kratzte und brannte. Was hatte Tilde da eben gesagt? Intubieren? Warum das denn? Und überhaupt, wo war sie und warum? Sie griff nach Tildes Hand und dieses Mal schaffte sie es zu sprechen.

„Wo bin ich denn hier und was ist los?" Herrschaftszeiten, ihre Stimme klang, als ob sie mit Reißnägeln gegurgelt hätte. Grauenvoll.

„Nicht so anstrengen, meine Liebe. Du bist im Krankenhaus auf der Intensivstation." Tildes Stimme nahm einen ungläubigen Ton an. „Du wurdest vergiftet."

Das musste sie erst einmal sacken lassen, um es überhaupt zu begreifen. Vergiftet? Blödsinn! Wer sollte sie vergiften? Vor allem, warum? Plötzlich fiel ihr alles wieder ein und sie umschloss Tildes Hand fester.

„Aber nicht George Clooney, oder?" Sie sah das Gesicht der Freundin wie durch einen dieser Beautyfilter, also leicht verschwommen und daher mit beinahe schon romantischem Gesichtsausdruck. Der veränderte sich jetzt schlagartig.

„Herrje, Ilse, hast du dein Gedächtnis verloren, bist du sehr verwirrt? Warum sollte der George dich denn vergiften?"

Sie schaffte es nicht einmal zu lächeln, so weh tat ihr alles. „Nicht der echte, du Hase, ich mein den Dr. Hübner, den schönen Anwalt."

Erleichterung machte sich auf den Zügen der Freundin breit. „Ach so, der. Nein, natürlich nicht. Der hat dir wahrscheinlich durch seine schnelle Reaktion das Leben gerettet. Ein tatsächlich gutaussehender Mann."

Ilse riss die Augen auf. „Der ist hier?"

Tilde lächelte beinahe nachsichtig. „Wenn du schon wieder solche Fragen stellen kannst, geht es dir eindeutig besser. Er war hier. Jetzt ist er zusammen mit Phillip, der dir später den Kopf abreißen wird, ins Präsidium gefahren."

Autsch! Phillip. Das könnte übel werden, ihr schwante Böses, aber ändern konnte sie es gerade nicht. „Phillip war auch hier? Und der Anwalt genauso, das klingt, als ob sie eine Spur hätten."

„Nicht nur eine Spur, meine Liebe, sie haben den Fall gelöst. Und du hast schon etwas dazu beigetragen, indem du beinahe dein Leben ausgehaucht hättest.“

Sie seufzte, was, nebenbei erwähnt, auch weh tat. „Na, immerhin. Und auch wenn ich das Gefühl habe, ich sei durch eine antike Wäschemangel gedreht worden, erzähl bitte alles. Das ist nervenzerfetzend.“

„... sagt die Frau, die uns einen furchtbaren Schreck eingejagt hat, da wir dachten, wir könnten dich verlieren. Übe dich in Langmut, meine Liebe, ein guter Rat. Ich hole zuerst Marga herein, die wollte uns Kaffee besorgen und ist genau wie ich außer sich vor Sorge um dich. Sie hat auch noch ein Hühnchen mit dir zu rupfen. Ich bin gleich wieder da. Dann erzählen wir dir alles.“

Ilse rutschte etwas tiefer unter die Decke. Dieses Mal schien sie mächtig in der Patsche zu stecken. Aber immerhin lebte sie, das war ein passabler Anfang.

***

Manuela und Dr. Hübner saßen mit ausdruckslosen Mienen an der einen Seite eines langen Tisches, ihnen gegenüber mit verschränkten Armen und eindeutig wütend-trotzigem Gesichtsausdruck Kamon.

Phillip lehnte an der weißgestrichenen Wand des Verhörraumes und musterte Kamon mit durchdringendem Blick. „Fangen wir gleich mit den Tatsachen an. Sie haben Heinz Felsner getötet. Das wissen wir. In Ihrer Wohnung wurde eine Phiole mit Resten von dem Gift entdeckt, mit dem Sie ihn getötet haben und mit dem Sie nun auch noch versucht haben, Frau von Karburg um die Ecke zu bringen. Sie sollten solche Aktionen besser planen, junger Mann. Derartige Beweisstücke wirft man nicht in den Hausmüll. Was mich wirklich interessieren würde ist die Frage nach dem Warum?"

Kamon schüttelte unwillig den Kopf. „Nein, nein, auf gar keinen Fall wollte ich, dass Frau von Karburg stirbt. Sie hat mich freundlich behandelt wie einen Menschen, der etwas wert ist. Ich wollte nur, dass sie sich endlich aus der Sache raushält. Und ich wollte von mir ablenken. Als ich erfahren habe, dass sie herausgefunden hat, wo das Testament ist, war ich sicher, dass es zu mir führen würde. Herr Felsner hat ganz sicher etwas über mich hineingeschrieben."

„Wie kommen Sie darauf, dass Ihr Chef etwas über Sie in seinem Testament stehen hat?", hakte Phillip ein.

„Weil er mich verachtet." Kamon spie diesen Satz regelrecht aus.

Phillip trat an den Tisch, beugte sich etwas nach unten, legte beide Handflächen auf die Tischplatte und sah Kamon in die Augen. „Warum, um Himmels Willen, sollte Ihr Vater Sie verachten?"

Er sah sofort, wie Kamon zusammenzuckte und ruckartig den Kopf hob. „Woher wissen Sie …? Keiner wusste das."

Manuela lächelte traurig. „Der, der es wissen musste, der hat es gewusst. Und Dr. Hübner wusste es auch. Somit ist es nur logisch, dass wir es erfahren mussten."

„Darum wäre es sinnvoll, wenn Sie uns erklären, warum Sie den Mann umgebracht haben, der Ihr Vater war."

Kamon lachte böse auf. „Vater! Ich lache. Ja, als meine
Mutter, wir lebten auf der Touristeninsel Koh Samui in
Thailand, krank wurde, erzählte sie mir endlich, wer
mein Erzeuger war. Sie hatte alles ordentlich aufgehoben. Meine Mutter, das sollten Sie wissen, war keine
dieser Huren, die sich an deutsche Urlauber verkaufen.
Sie war Hausdame in dem Hotel, in dem Felsner mehrmals mit Freunden einen ‚Männerurlaub‘ gemacht hat.
Sie dachte, Felsner wäre anders, weil er nie betrunken
war und immer höflich zu ihr. So ist es eben passiert.
Sie wurde schwanger und hat es ihm gesagt. Zugegeben, er hat sich gut benommen, war korrekt. Er sagte
von Anfang an, dass er seine Familie nicht verlassen
wird. Aber er hat für sie gesorgt. Über einen amerikanischen Anwalt bekam meine Mutter jeden Monat Geld,
die ganze Zeit seit meiner Geburt. Wir waren nie arm.
Aber sie hat mir auch nie gesagt, wer mein Vater ist. Ich
habe im Hotel gelernt und sie wollte, dass ich Sprachen
lerne. Ich war gut und habe gute Zeugnisse. Als Mutter
krank wurde und merkte, dass sie sterben würde, erfuhr ich, wer mein Vater war. Sie konnte es nicht mehr
verheimlichen. Nach ihrem Tod war ich alleine, ganz
alleine. Ich habe alles getan, um herauszufinden, wo
mein Vater lebt und arbeitet. Ich wollte wissen, wer er
ist.

So bin ich nach ein paar Wochen hier gelandet. Ich
war stolz, die Stelle bekommen zu haben, und fand den
Mann, der mein Vater war. Glauben Sie mir, ich habe
hart gearbeitet, habe alles getan, um ihm zu zeigen,
dass ich etwas wert bin. Ein guter Arbeiter. Ich fand
heraus, dass er Wert auf Fleiß und Eigeninitiative legte.
Das alles habe ich gezeigt, wieder und wieder. Ja, er hat

mich befördert. Vom Putzhelfer des Platzwartes, zur Küchenhilfe und schon nach zwei Wochen zum Kellner und schließlich zum Barmann an der begehrten Terrassenbar. Aber egal, wie viel ich gearbeitet habe, egal, was ich getan habe, wie sehr ich mich eingesetzt habe, es war ihm nie genug.“

„Wie meinen Sie das? Nie genug?“ Phillip richtete sich auf und musterte ihn neugierig.

„Er hat immer gesagt, da würde mehr gehen und ich müsse mehr können. Ich solle mehr Willen zeigen, es zu schaffen, aber das habe ich doch. Er hat jeden einzelnen, auch die kleinsten Fehler aufgezählt und mir vorgehalten. Kein Lob, nie, nur Verachtung. Der Mann, von dem ich mir so sehr gewünscht habe, er könne meine Familie sein, er könne stolz auf mich sein, dieser Mann hat mich verachtet. Ja, wirklich, verachtet. Bei einem Streit meinte er, ich solle kein Feigling sein, sondern Mut zeigen, bin ich so wütend geworden, dass ich ihm an den Kopf geworfen habe, er hätte Mut zeigen sollen und zu seinem Sohn stehen. Sie werden es nicht glauben. Er ging einen Schritt zurück, hat gelächelt und gesagt: Ich habe mich schon gefragt, wann du es endlich aussprichst. Zeit wurde es. Dann ging er einfach weg, ohne ein weiteres Wort. So kann man seine Verachtung auch zeigen, sehr gut sogar.

Als ich durch Zufall, da er sich recht intensiv mit dem Mann unterhalten hat, erfuhr, dass er sein Testament ändern will, war alles klar. Er wollte seine Kinder absichern und sicherstellen, dass ich keine Ansprüche stellen konnte. Wie sehr muss er mich verabscheut haben. Ich wollte nur noch weg, aber nicht, ohne auch sein Leben kaputt zu machen. Ich wollte ihn zuerst nicht töten, aber ich war so zornig, so erniedrigt. Ich wollte nach seinem Tod abwarten und dann irgendwann, nach einer Veranstaltung oder so mit dem eingenommenen Geld verschwinden. Ich wollte nie wieder hierher zurück."

Phillip lächelte ihn traurig an. „Kamon, Ihnen ist schon bewusst, dass die deutsche und die thailändische Mentalität meilenweit auseinanderklaffen? Dass wir hier komplett anders reagieren als zum Beispiel ein Thai? Das ist normal. Darum sollte man sich, ehe man ein Land besucht, auch mit den dortigen Gepflogenheiten und den landestypischen Eigenheiten beschäftigen. Das hilft dabei, gegenseitig Verständnis aufzubringen. In Ihrem Fall wäre es lebensrettend gewesen. Ein dummer, dummer Fehler, Kamon. Ich weiß, dass das, was Sie erlebten, in Ihren Augen ein tödliches Vergehen ist. Deutlich demonstrierte Verachtung. Aber das war es eben nicht, Kamon. Hätten Sie beide einfach nur miteinander gesprochen ... Alles hätte sich aufgeklärt. Sie hätten verstanden, was Ihr Vater getan hat und was er zwischen den Zeilen gesagt hat."

Der junge Mann verstand ihn ganz eindeutig nicht. „Wie meinen Sie das? Ich habe Deutsch gelernt, um ihn zu verstehen, ich ..."

„Junge, Sie haben die Sprache gelernt, aber Sie hatten keinen Schimmer davon, aus welchem Holz Ihr Erzeuger geschnitzt war, nicht wahr?"

Kamon zuckte die Schultern. „Er hat mich verachtet und gehasst. Mehr musste ich nicht wissen."

Phillip ging zurück an die Wand, lehnte sich wieder dagegen und zeigte auf Dr. Hübner. „Tja, das war eine tragische Fehleinschätzung Ihrer Situation, Kamon. Warum und wie, das wird Ihnen nun Dr. Hübner erklären, der von Ihrem Vater den Auftrag hatte, sein Testament zu ändern. Bitte, Herr Dr. Hübner, klären Sie den Jungen auf."

Der Anwalt nickte, atmete tief ein und begann zu erzählen. „Herr Saetang, Sie haben vieles, was Ihr Vater gesagt und getan hat, offenbar gründlich missverstanden. Ich versuche, da ich möchte, dass Sie es wirklich gut verstehen, es Ihnen genau erklären. Sie sollten gut zuhören, bitte. Ja, Herr Felsner wollte sein Testament geändert haben. Sein Freund und eigentlicher Steuer- und Rechtsberater Herr Meric war gegen diese Änderung. Der Grund dafür war, dass Herr Meric die Rechte seines Patensohnes, ihres Halbbruders Severin, schützen wollte. Er befürchtete, dass Herr Felsner übereilt handelte und einen Fehler begehen könnte, wenn er sein Testament änderte. Herr Felsner war sich aber absolut sicher, dass er diese Änderung wollte. Er sagte, es sei gerecht und er wolle alles ordentlich geregelt haben. Herr Saetong, Ihr Vater wusste schon nach wenigen Tagen, wer Sie waren. Er kam aus einem Milieu, in dem man vorsichtig und misstrauisch sein musste. Er hat es gelernt, genau zu beobachten, zu analysieren. Ihr Vater hat auch Sie daher sehr genau beobachtet, hat exakt gewusst, wie Sie arbeiteten und wie sehr Sie sich einsetzten. Er konnte sehen, dass die Gäste Sie schätzten, dass Ihre Arbeit überdurchschnittlich gut war. Wissend, dass Sie sein Sohn sind, hat ihn das stolz gemacht, ja, stolz. In seiner typischen Art hat er Sie herausgefordert, hat versucht, Ihre Emotionen herauszukitzeln, zu sehen, wie Sie unter Druck reagieren. Nein, er hat Sie nie, zu keinem Zeitpunkt, verachtet, aber er hat einfach komplett anders gedacht und gehandelt als Sie. Und Sie, Herr Saetong, haben das gründlich missverstanden. Zu Ihrer Information: Sie sollten in seinem Testament bedacht werden. Er hat Sie als seinen leiblichen Sohn anerkannt. Er plante, Ihnen so wie auch seinen beiden anderen Kindern einen Aktienfond einzurichten, ferner war festgeschrieben, sollte ihm etwas zustoßen, erhalten Sie neben dem Aktienfond über ein komplettes Jahr eine monatliche Zahlung von eintausend Euro, um abzusichern, dass Sie in Ruhe einen neuen Arbeitsplatz finden können, falls Sie im Club nicht bleiben wollten. Und als Abschluss seiner Überlegungen wurden Sie als Erbe für eine sehr hübsche kleine Wohnung in Augsburg eingesetzt, die Herr Felsner seiner Tochter während ihres Studiums zur Verfügung gestellt hat, und die derzeit gut vermietet ist.

Ihr Vater, Herr Saetong, war stolz auf Sie. Sie hätten vernünftig mit ihm sprechen sollen, anstatt sich in seltsame Theorien zu versteigen. Sie haben den Mann getötet, der Ihr Leben einfacher und schöner gemacht hätte. Da Herr Felsner nicht mehr in der Lage war, das geänderte Dokument zu unterzeichnen, ist es nicht rechtsgültig. Auf Sie, junger Mann, wartet nun nur noch das Gefängnis. Es tut mir leid, es tut mir sogar sehr leid.“

Phillip, Manuela und Dr. Hübner wechselten einen verständnisvollen und bedauernden Blick, während Kamon Saetong langsam die Bedeutung dessen verstand, was der Anwalt ihm erklärt hatte. Als er weinend zusammenbrach, konnte Manuela ihm lediglich tröstend den Arm um die Schulter legen. Ein zerstörtes, kaputtes junges Leben war nie Grund für einen Triumph.

***

„Kamon? Der nette, junge Kamon? Er war das alles? Aber wieso hat er mit niemandem geredet?" Ilse war fassungslos und traurig zugleich.

Marga seufzte. „Vorurteile, falsche Wertvorstellung oder vielmehr andere, ganz andere Sitten, andere Umgangsformen ... Er hat sich von seinem Vater verraten gefühlt. Er konnte nicht ahnen, dass sich hinter dem harten, rauen und hohe Ansprüche stellenden Chef der Mensch Heinz Felsner verborgen hat. Ein Mensch, der sich fast nie hinter die Kulissen hat blicken lassen. Das ist nun Vater und Sohn zum Verhängnis geworden."

„Das ist unendlich traurig, auch wenn er mich fast vergiftet hätte, er tut mir leid."

Sie saßen im Café des Münchner Herzzentrums, wo Ilse noch zwei Tage zur Überwachung bleiben musste. Sie erholte sich erstaunlich schnell und wollte nur noch raus aus dem Krankenhaus. Das jedoch ließen ihre Ärzte und Phillip nicht zu.

Herrje, Phillip. Das Gespräch hatte es in sich gehabt. Nachdenklich trank sie einen Schluck ihres leckeren Cappuccinos und löffelte genüsslich die Schlagsahne herunter. Er hatte ihr klipp und klar verdeutlicht, dass sie sich einen solchen Alleingang nie wieder leisten dürfte, wenn sie ihn noch einmal sehen wollte. Gut, das war eine leere Drohung, aber sie klang dennoch gefährlich. Ein Leben ohne Phillip war unmöglich, das wusste

Ilse. Seufzend leckte sie sich die Reste des Schlagobers von der Oberlippe.

„Mädels, ich habe etwas gelernt. Und zwar, dass man alles übertreiben kann. Ich befürchte, ich hab's ein winziges Bisschen übertrieben."

„Winzig??" Margas Blick war eine einzige Anklage. „Du könntest jetzt auch ein winziges Bisschen tot sein, du verstehst das schon, oder?"

„Ich weiß. Sowas mache ich auch nicht mehr, versprochen. Aber, seid ehrlich, ihr wart auch neugierig, wer das Leben unseres Major Domus beendet hat, gebt es ruhig zu." Sie musterte der Reihe nach zuerst Tilde, dann Marga.

„Deshalb muss man aber nicht Hercule Poirot spielen und sein Leben aufs Spiel setzen, basta. Du musst etwas mehr Demut angesichts der Gefahren des Lebens lernen, Liebe. Das hat nur schlimme Folgen." Tilde klang sehr überzeugend.

Als ihr Handy summte, las sie die WhatsApp Nachricht mit wachsender Begeisterung.

Marga kniff die Augen zusammen und beugte sich zu ihr. „Lady Ilse, warum strahlst du denn gar so?"

Sie lächelte siegessicher. „Ich habe eine Einladung zum Dinner. Unser George Clooney, also, Herr Dr. Hübner lädt mich nach Starnberg in ein neues Fischrestaurant mit Sterneküche ein. Mädels, ich brauch was zum Anziehen."

Tilde ließ sich stöhnend in ihren Stuhl zurückfallen. „Ich sehe schon. So wird das nichts mit der Demut, liebe Ilse."

„Ich bin ein nie enden wollender Quell an Überraschungen." Mit dem Zeigefinger wischte Ilse die letzten

Sahnereste in der Tasse zusammen und leckte sie fröhlich grinsend ab.

Epilog

Die Sonne stand bereits sehr tief und tauchte die Gipfel des Bergmassives vor ihnen in leuchtendes Rot. Sattgrüne Wiesen, übersäht mit Herbstblumen, breiteten sich vor ihnen aus und neben der Hütte, an die sie sorgsam ihre Mountainbikes lehnten, plätscherte ein Bach. Das kristallklare Wasser hüpfte fröhlich über die blankpolierten Steine und die letzten Sonnenstrahlen brachen sich in einzelnen Wassertropfen.

Sie waren weit gekommen und hatten ihr heutiges Ziel vor Einbruch der Dunkelheit erreicht.

„Es ist traumhaft schön hier oben. Es war zwar anstrengend, aber es hat sich gelohnt. Auch wenn mir der Hintern langsam weh tut." Manuela massierte sich ächzend das soeben erwähnte Körperteil.

Phillip lachte und sah sich eingehend um. Sie waren allein hier oben, die Hütte stand ihnen in der folgenden Nacht exklusiv zur Verfügung. Er kannte den Ort von diversen Touren und liebte die Ruhe und die Schönheit der Natur. Heute mit ihr hier sein zu dürfen, war ein Geschenk. Er ließ seinen Blick über Bach und Wiese schweifen. Dann stellte er seinen Rucksack auf die Bank vor der hübschen, mit bunten Malereien und Blumen geschmückten Hütte ab.

„Komm, zieh dein Zeug aus. Unterwäsche kannst anlassen, auf geht's."

Ihr Blick war eindeutig misstrauisch. „Sagst du mir, was du vorhast?"

Er grinste. „Deinen schmerzenden Po abkühlen. Da unten ist eine sehr schöne Stelle, um ins Wasser zu gehen. Vertrau mir." Er streckte ihr die Hand entgegen.

„Keine Ahnung warum, aber, ja, ich vertraue dir." Rasch entledigte sie sich ihrer Radlerkleidung, die nassgeschwitzt an ihrem Körper klebte.

Hand in Hand liefen sie an den Bergbach und Manuela quietschte erschrocken, als sie ihre Zehen in das klare Wasser steckte. „Frisch. Sehr frisch."

„Aber schön und einzigartig. Komm rein. Du wirst es nicht bereuen."

Sie schafften es, mit viel Gelächter, sich in der Mitte des Baches in das ungefähr fünfzig Zentimeter tiefe Wasser zu setzen.

„Arschkalt, aber so schön. Du hattest recht. Es tut wirklich gut."

Phillip legte seine Hand an ihre Wange und drehte ihr Gesicht behutsam zu sich. „Natürlich habe ich recht. Und ich freue mich, dass du es magst. Ich freue mich, dass du hier bist. Du weißt, dass du mich sehr glücklich machst."

Statt einer Antwort küsste sie ihn sanft auf den Mund. „Und du mich. Danke für alles." Dann lachte sie plötzlich auf.

Überrascht sah Phillip sie an. Ihr Gesicht strahlte regelrecht im allerletzten Sonnenlicht. „Was ist so amüsant, wenn ich fragen darf?"

„Ich habe mich nur gerade gefragt, ob du deiner Tante schon unseren aktuellen Standort durchgegeben hast. Du erinnerst dich an ihre Worte? Ich muss immer wissen, wo ihr steckt. Nicht dass dir und dem Mädel was geschieht.“

Er hob amüsiert die Brauen. „Das darfst du sowas von getrost vergessen. Ich hab ihr erzählt, wir sind heute in Bozen. Und jetzt komm her, nicht, dass dir kalt wird.“

Der Kuss war lang, zärtlich und liebevoll. In Gedanken bat er seine Tante um Verzeihung, aber nur ein kleines bisschen.